CAMELIA, LA TEXANA

Diego Ramón Bravo

Tamaulipeco fronterizo, hombre enamorado de la historia y la mitología de su región, nos ofrece éste, su primer libro, *Camelia, la Texana*, a manera de especulación personal sobre esa mujer legendaria, creada en el emblemático corrido de Los Tigres del Norte: *Contrabando y Traición.*

Hilario Peña

Autor de *Chinola Kid*, novela protagonizada por un comisario que restablece el orden y la ley en un pueblo plagado de rufianes. Actualmente, Hilario ejerce como presidente de la Sociedad Mexicana de Escritores del Salvaje Oeste.

CAMELIA, LA TEXANA

CAMELIA, LA TEXANA

Diego Ramón Bravo

en colaboración con Hilario Peña

VINTAGE ESPAÑOL
Una división de Random House LLC
Nueva York

PRIMERA EDICIÓN VINTAGE ESPAÑOL, ABRIL 2014

Esta novela es una obra de ficción. Los nombres, personajes, lugares e incidentes o son producto de la imaginación de los autores o se usan de forma ficticia. Cualquier parecido con personas, vivas o muertas, eventos o escenarios es puramente casual.

Información de catalogación de publicaciones disponible en la Biblioteca del Congreso de los Estados Unidos.

Vintage Español ISBN en tapa blanda: 978-0-8041-7367-4
Vintage Español eBook ISBN: 978-0-8041-7368-1

Para venta exclusiva en EE.UU., Canadá, Puerto Rico y Filipinas.

www.vintageespanol.com

Impreso en los Estados Unidos de América
10 9 8 7 6 5 4 3 2 1

CAMELIA, LA TEXANA

OCTUBRE

(1972)

Fermín subió al piso de Rosaura para informarle que había dos hombres de aspecto sospechoso preguntando por su hija Camelia y que él había cometido la imprudencia de confirmarles que la muchacha que buscaban vivía en el edificio donde trabajaba de conserje.

—¿No debí haberles dicho nada? —preguntó Fermín.

—No se preocupe —dijo Rosaura.

—Ahí están afuera todavía —dijo el conserje, apuntando hacia la ventana.

—Muchas gracias —dijo Rosaura, cerrándole la puerta.

Camelia se asomó por la ventana para observar a los tipejos que platicaban junto a una camioneta negra.

Uno, el de gafas de aro, camiseta azul sin mangas, pelo largo y enorme sombrero de mimbre, parecía un músico de jazz psicodélico, mientras que el otro lucía como el hermano gemelo de Cornelio Reyna, pero con cara de poca inteligencia.

Ambos hombres discutían qué hacer.

—Emilio nos pidió que le dijéramos dónde vivía la muchacha. Ya lo sabemos. Ahora vámonos —dijo el de pelo largo.

Mientras tanto, Rosaura hacía su maleta y la de Camelia a toda velocidad.

—Nos vamos para San Antonio —dijo Rosaura.

—¿De quién corremos? —preguntó Camelia, más calmada.

—¡De los hombres que están abajo!

—Ésos tienen cara de tontos. No matan ni a una mosca —dijo Camelia—. Mejor vamos a preguntarles qué se les ofrece.

—¡Igualita que tu padre!

—¿Por qué nos tenemos que ir? ¿Por qué no le hablamos a la policía?

—Esa gente es muy poderosa, hija. Tienen comprada a la policía.

—¿Ésos? —preguntó Camelia.

Rosaura había terminado de hacer su maleta y ahora hablaba por teléfono con su amiga Nora:

—Escúchame: te metes directo al estacionamiento... No, no quiero que llames a la policía... Estaremos bien —dijo Rosaura, antes de colgar.

Camelia ayudó a su mamá con su maleta.

—Usted cierre —le dijo a Rosaura, de camino hacia el elevador.

Para cuando Nora llegó a recogerlas y las tres salieron sigilosamente del edificio, la camioneta negra ya no estaba a la vista.

Emilio Varela logró colocarse sus botas ajustadas con la ayuda de las bolsas de plástico que llevaba encima de cada calcetín. Las botas eran un número y medio más pequeñas que su pie.

—¿Prefieres andar incómodo con tal de estrenar? —le preguntó asombrado el Alacrán, parado frente a él en la zapatería ubicada cerca de la frontera.

Las botas le pertenecían al Alacrán, quien, a diferencia de Varela, odiaba usar botas nuevas. Emilio se había ofrecido a amoldarlas.

—Las muchachas siempre se fijan en el calzado de los hombres —respondió Varela, caminando frente al espejo.

Ahora el Alacrán entendía por qué Varela gastaba tanto dinero en boleros. Además de las peleas de gallos, ése era su otro vicio. Durante el viaje a El Paso, Varela le había pedido que se detuvieran en cada pueblo en busca de dos cosas: un palenque y un nuevo lustre para sus botines. También por ello su imagen siempre era impecable. Varela incluso llegaba al extremo de arrancar los bolsillos traseros a los pantalones. La cartera la llevaba siempre en los de enfrente.

—¿Y eso para qué? —le preguntó el Alacrán al percatarse de ello, mientras ambos regresaban a su camioneta.

—Para verme más nalgón.

—¿No serás puto?

—Eso les gusta a las muchachas. Los hombres como yo. De buena figura. No les interesan los tipos con nalgas de mariachi.

—¿Y eso por qué?

—No lo sé… Supongo que porque les gusta agarrarme de ahí.

—¿En serio? —preguntó el Alacrán, un tanto intrigado.

—En serio.

—¿Yo tengo nalgas de mariachi?

—¿Tú?

—Sí.

—No sé, déjame verte.

Esto significaba que el Alacrán debía adelantarse a Emilio Varela, detenerse, levantar su chamarra de mezclilla y mostrarle el trasero; todo en una de las calles más transitadas de Ciudad Juárez.

Lo bueno es que aquí nadie me conoce, se dijo el Alacrán a sí mismo, antes de mostrarle los glúteos a Emilio Varela.

—Dime rápido —lo apresuró.

—Necesitas quitarte la cartera para verte mejor.

El Alacrán llevó inmediatamente su billetera a uno de los bolsillos delanteros. Al hacerlo, un papel doblado cayó al suelo. Varela pensó en alertarlo de ello, pero rápidamente cambió de idea. Fue él mismo quien recogió el papel del suelo y lo llevó al bolsillo de su propio pantalón, sin informar al Alacrán. Sabía lo que era ese papel: una fotografía. La fotografía de la chica que han ido a buscar y que sus primos en El Paso ya han localizado con el puro nombre de ella y el de su mamá. La misma fotografía que don Antonio le había entregado al Alacrán en su estudio, pidiéndole encarecidamente que no se la mostrara a nadie, y menos a él, Emilio Varela.

—¿Cómo estoy? —le preguntó el enorme Alacrán, volteando hacia atrás, con aquella inocencia tan suya.

—Tu espalda nunca termina.

—¿Eso qué significa?

—Como una tabla para surfear.

—¿Qué es eso?

—No te preocupes.

—¿En serio?

—Sí.

—¿Crees que debería quitarles las bolsas a mis pantalones?

—No; déjalos como están.

Enseguida ambos hombres subieron a su camioneta y se sumaron a la línea de los que cruzaban hacia el otro lado del río Bravo.

—¿Adónde van? —les preguntó el agente de migración, pasando la vista de sus pasaportes a sus rostros.

—Al Segundo Barrio —respondió Varela muy sereno.

—¿Qué van a hacer allí?

—Visitar a unos primos.

—¿No llevan nada?

—Nada más estas botas —dijo Varela, pasándole la caja.

El oficial cogió la caja con los botines lustrados una y otra vez por Varela. Los inspeccionó. Los regresó a su empaque.

—Están usados —observó, mientras se asomaba al interior de la cabina.

—Compré estos otros en Juárez —dijo Varela, apuntando hacia las botas vaqueras financiadas por el Alacrán.

El agente se quitó sus gafas de aviador y miró fijamente a Varela, quien lo aguantó bien. Sin parpadear ni pasar saliva. Con una ligera sonrisa.

—Pasen —dijo el agente.

Por fin, la camioneta enfiló lentamente hacia el lado americano. Tan pronto como cruzaron el punto de revisión, Varela dejó escapar un enorme suspiro que puso en alerta al Alacrán.

—¿Qué pasa?

—Nada.

—¿Estabas nervioso ahí atrás?

—No.

—¿Qué escondes?

—Te dije que nada.

Varela encendió un cigarro. Esto lo hacía a menudo; sin embargo, fumaba todavía más cuando se ponía nervioso, lo cual era sabido de sobra por el Alacrán.

—¿Y ahora para dónde? —preguntó el Alacrán.

—De éste al otro semáforo doblas a la izquierda.

—Más te vale que no estés traicionando a don Antonio —dijo, sin voltear a verlo.

—¿Por qué lo dices?

—Porque se va a enterar.

—Ya sé que estarías dispuesto a delatar a tu madre por ese viejo pedorro.

—Estás advertido.

Ahora el Alacrán se encontraba profundamente arrepentido de haberse echado a este otro alacrán al hombro. Aun así, era inevitable. Don Antonio eligió a ambos hombres para buscar a la muchacha llamada Camelia Pineda en El Paso, luego de dejar el encargo en Juárez.

—Métete en esta calle —le pidió Varela.

—Sube el vidrio de tu ventana. Tengo frío —ordenó el Alacrán.

Habían dado las dos de la tarde. El cielo aparecía nublado sobre la antigua llanura. En esos momentos el Alacrán y Varela se encontraban en una zona conocida como el Segundo Barrio.

—¿Estás seguro de que tus primos dieron con la dirección de esa muchacha?

—Me dijeron que es en Chihuahuita. En un edificio de departamentos. Ellos nos van a llevar.

—Espero y no hayan hecho algo mal.

—Detente ahí, en la casa color verde con la camioneta negra afuera.

El Alacrán así lo hizo. Ambos descendieron de la camioneta y caminaron hacia la casa con la pintura desgastada y la bandera mexicana en el pórtico. Varela tocó con fuerza la puerta negra de metal. Le abrió un tipo con pinta de Jesucristo: delgado, alto, velludo, de nariz prominente, barba poblada, pelo largo color castaño, pantalón de mezclilla, sandalias de goma y sin camisa. Al Alacrán no le gustó para nada la facha de ese sujeto.

Una cosa es traer las botas un poco sucias y otra muy diferente es de plano lucir como un vago, pensó el Alacrán, cuya única consigna a la hora de elegir su vestimenta era pasar inadvertido, esto con tal de ser más eficiente en su trabajo.

El chiste es no llamar la atención andando muy catrín, pero tampoco puede uno andar tan desarrapado, solía pensar.

—¡Primo! —dijo el Jesucristo, cuyo verdadero nombre era Ramón.

—¡Ramón!

—¿Ahí lo traes? —preguntó Ramón, casi lamiéndose los bigotes.

Varela tosió con fuerza, enviando una señal muy fácil de detectar para el Alacrán.

—¿Encontraron la dirección de la muchacha? —cambió de tema de inmediato.

—Sí —respondió el tipo calificado como marihuano por el Alacrán—. Pásense.

El Alacrán se quedó mirando un enorme retrato colgado de la pared de la sala en el cual se veía un tipo muy parecido a su anfitrión, sólo que con una corona de espinas, la frente escurriendo sangre y la vista mirando hacia el cielo, en agonía.

En la pared opuesta se hallaba un póster de Raquel Welch, aún sin enmarcar.

—¿Y mi tía? —preguntó Varela.

—No está —contestó Ramón, yendo hacia la cocina.

—¿Sigue trabajando en esa casa?

—¿No quieren una cerveza? —ahora Ramón cambió de tema con rapidez, ante la mención de la palabra "trabajo".

—Por favor —Varela habló por los dos.

El del pelo largo entregó a cada uno su respectiva lata y sacó una para él, la cual abrió de inmediato y se la empinó.

—¿Cerveza gringa? —preguntó Varela, leyendo la marca de su lata.

—Ya no tomo cerveza mexicana —respondió Ramón, en lo que liaba un cigarro de marihuana, que molestó aún más al Alacrán, quien era enemigo de todas las drogas, excepto cuando se trataba de transportarlas de un lugar a otro por dinero.

—¿Y Enrique?

—Ya viene.

—¿No trabajan?

Al oír la pregunta, Ramón puso cara de "y dale otra vez con esa maldita palabra".

—Ya no queremos andar en el campo. Es trabajo para burros. Nosotros tenemos cerebro, ¿verdad, Enrique? —le preguntó a un perfecto doble de Cornelio Reyna (bajito de estatura, pelo negro azabache, rasgos mestizos y piel morena) que iba saliendo del pasillo.

Enrique vestía un pantalón de pana café, botines color beige y camiseta blanca y ajustada de los Astros de Houston.

—Así es —dijo Enrique, con cara de poca inteligencia y hurgándose el ombligo.

—A lo mejor nos vamos a Vietnam —dijo Ramón, como si estuviera hablando de una universidad.

—A matar comunistas —agregó Enrique.

—Sólo que yo no me quiero cortar el pelo... ni la barba —le advirtió Ramón.

—¿Ustedes dos son hermanos? —les preguntó el Alacrán, un tanto incrédulo.

—Sí —respondieron los dos, en plan desafiante.

—¿Y cómo dieron con la muchacha?

—Anduvimos preguntando por ahí, más que nada en los centros de salud y las iglesias —habló Enrique—. Les dijimos que éramos parientes de ella y funcionó; nos dieron la dirección, sólo que en ese momento ni la muchacha ni la mamá estaban. Pero cuando le preguntamos al conserje, éste nos dijo que, efectivamente, ahí vivía una muchacha como de veinte años y su mamá. Luego llegaron y nos vieron. Incluso la muchacha me hizo así con el dedo, desde su ventana.

Ahora el Alacrán estaba seguro de que aquel par de pendejos había estropeado el encargo. Pero todo era su culpa, eso le quedaba claro.

"Si quieres que algo se haga bien, hazlo tú mismo", era su lema.

"El flojo trabaja doble", ése también era su lema.

Sin importar cuánto insistió Varela en que sus primos eran las personas más indicadas para dar con la muchacha llamada Camelia Pineda, por su conocimiento de la ciudad, el Alacrán jamás debió haber puesto su misión en manos de unos aficionados.

—Ya no están ahí —dijo, molesto, pero sin perder la calma.

—¿Cómo? —preguntó Varela.

—Claramente te dije que sin llamar la atención. Me aseguraste que este par de idiotas sabrían hacerlo.

—Hay que apurarnos entonces; probablemente apenas se están mudando.

—Vamos, pues.

Emilio lo pensó un poco mejor. Se le olvidaba algo.

—Espérame aquí —dijo, visiblemente nervioso.

Fue ahí cuando el Alacrán supo que Emilio se había quedado con dos de los paquetes enviados a Navarro. Decidió no armar un escándalo. Al llegar a Sinaloa informaría a su jefe de todo lo ocurrido en Ciudad Juárez, para después esperar órdenes... y acatarlas.

Como siempre.

Al regresar con los dos kilos de heroína dentro de su chamarra, Varela creyó que se había salido con la suya. Que había burlado tanto a don Antonio como a Navarro, y que lo había hecho porque en realidad era más listo que todos ellos. Pensaba esto mientras se dirigía al baño, donde metió el paquete en el compartimiento para las toallas y desdobló la fotografía de la chica llamada Camelia Pineda.

Emilio quedó impresionado por la belleza de la adolescente. La comparó en su mente con Alison, su esposa, quien lo esperaba en San Francisco. La jovencita de la fotografía era morena y muy guapa, pero Alison era rubia y de ojos verdes.

Alison tiene clase, estimó Varela, cuyo origen humilde lo llevaba a perseguir el sueño de algún día ser aceptado socialmente por las clases más pudientes, lo cual, según él, conseguiría más fácilmente por haberse casado con una mujer con las características físicas de Alison.

—¿Qué tanto haces ahí dentro? —le preguntó el Alacrán desde el otro lado de la puerta.

—Ya mero salgo —dijo Varela.

Lo que Varela y el Alacrán encontraron luego de mucho tocar a la puerta fue un departamento deshabitado. Esto era evidente por los ganchos para la ropa sobre los sillones viejos y por los cajones abiertos y vacíos.

—¿Y ahora qué hacemos?

—Hablarle a don Antonio.

—¿Qué le vas a decir?

—Que le fallé.

—Yo digo que las busquemos por toda la ciudad.

—No; hay que regresar.

—¿Por qué?

—Ya se dieron cuenta de que las persiguen. Ahora será más difícil encontrarlas... Además, perdí la fotografía que me dio don Antonio.

—¿No la habrás dejado en el hotel? —preguntó Varela.

En el camino de regreso a Sinaloa, el Alacrán se mantuvo más callado que de costumbre. Al salir de Hermosillo, Varela se preguntó cómo luciría Camelia hoy en día. Era evidente que la foto databa de, mínimo, unos siete años atrás; por lo tanto, ya no sería una adolescente, sino toda una muchacha. Joven e indefensa. Amenazada por rufianes como don Antonio y el Alacrán, quien ahora mismo se negaba a hablarle y tenía más de veinticuatro horas comportándose de ese modo.

¿Se habrá dado cuenta de los dos kilos de heroína?

¿Cómo pudo haberlo hecho, si los escondió demasiado bien durante todo el camino?

¿Qué pudo haber pasado?

Varela comenzó a ponerse de mal humor. Estaba harto del paisaje. Detestaba la extrema aridez que lo rodeaba. No entendía cómo el Alacrán podía estar tan tranquilo mientras atravesaban ese infierno.

Sentía comezón en todo su cuerpo. Abrió la ventana. Aire caliente y arena le pegó en la cara. La volvió a cerrar. Varela seguía de mal humor.

Sólo a un idiota como este que traigo al lado le puede gustar vivir en el desierto, pensó Varela, qüien, si le daban a elegir, prefería el paisaje de la ciudad, o al menos el de los bosques con montañas nevadas, águilas americanas, cascadas y árboles frondosos, como el que aparece en el óleo que le regaló a su mamá el día de las madres y que ganó jugando a los gallos.

Varela encendió la radio.

No pescaba la señal.

—Y qué, ¿de plano no me vas a hablar? —le dijo finalmente al Alacrán.

—...

—Yo también puedo ser así, ¿me oyes?

—...

—Ni creas que te voy a hablar.

—...

Varela supo de inmediato que había equivocado la táctica. *De nada servía increpar a ese bruto*, pensó. Pero tampoco soportaría estar una hora más sin hablar. Tenía que decir algo o explotaría. Cualquier cosa.

—Yo también quiero un apodo —dijo Varela, rompiendo el hielo.

—...

—¿Tú cómo te llamas?

— ...Genaro —contestó finalmente el Alacrán, pero sin voltear a verlo, luego de pensar: *Qué más da hablar con un muerto.*

—¿Y por qué no te llamamos Genaro?

—Ya hay un Genaro en la organización.

—Es verdad...

Los dos hombres pasaron cinco minutos más sin hablar.

—¿Pero por qué *Alacrán*? —Varela no pudo aguantarse las ganas de preguntar.

—Nací en Durango.

—¿Por eso nomás?

—Y el día que le pedí trabajo a don Antonio llevaba puesta una camiseta que decía "100% Durango" y tenía un alacrán pintado aquí abajo.

—Suena chingón —opinó Varela—. *Alacrán*... suena chingón —repitió.

De pronto a Varela le gustaba el desierto. Lo tranquilizaba. Arena, arena y más arena en el inmenso horizonte. Le daba una sensación de libertad. Además, le había caído bien la conversación. La necesitaba. Sentía que se estaba volviendo loco sin hablar. Ahora estaba de mejor humor.

—A mí me gustaría que me llamaran *el Gallo*.

—¿Por qué *el Gallo*?

—¿Cómo que por qué *el Gallo*? Ya sabes que a mí me gustan un chingo los gallos. En la casa tengo dos.

—Se lo voy a comentar a don Antonio.

Pero antes debo decirle otras cosas, pensó el Alacrán.

A pesar de sus problemas económicos, David Miller, el esposo de Berta Morales, se había pasado toda la mañana payaseando con Camelia en el Double Deuce Diner, llamándola "muchacha bonita", mientras ésta continuaba con la limpieza del lugar, sin voltear a verlo, técnica que desarrolló en otro tiempo trabajando de mesera en un restaurante de Phoenix, Arizona, donde aprendió a no mirar nunca a los hombres a la cara, para evitarse problemas con esposas celosas, a las cuales ya conocía de sobra.

Ese día los problemas para Camelia comenzaron cuando su patrón salió rumbo al banco para solicitar otra moratoria y el policía de ciento catorce kilos, Ellis Mortimer, estuvo a punto de caer al suelo a causa del piso mojado.

—Slippery floor —le dijo el policía a Camelia, con una sonrisa amigable.

El incidente por sí solo no hubiera pasado a mayores, de no ser porque ahí cerca se encontraba Berta Morales, quien decidió tomar cartas en el asunto.

—You're not in Mexico anymore, young lady. In this country we have rules! —le dijo Berta Morales a una confundida Camelia, quien seguía batallando con el idioma inglés—. What if somebody falls, breaks his back and sues us? Are you gonna pay for it? Of course not! I don't know why my husband hired you... You don't even understand a word I'm saying! Do you?

Camelia buscó a su amiga Nora con la mirada. No la veía por ningún lado. No sabía exactamente lo que había hecho mal. El piso estaba sucio. Le pareció lógico "mapearlo", como decían allá. Era su trabajo. Para eso la contrataron. Fue lo que le dijeron. Y que no se acercara a la comida ni a los clientes.

—Lo siento —se disculpó Camelia, sin saber exactamente por qué lo hacía.

—How many times do I have to tell you that you're not in Mexico anymore, *señorita!* In this country we speak English!

—Sorry.

—Sorry is not good enough!

Tuvo que defenderla el cocinero mexicano llamado Rico, quien se apareció con el letrero amarillo de "Wet Floor".

—She didn't know —dijo él.

—How come? —le preguntó Berta Morales a Rico.

—Nobody told her —le explicó.

—Explain to her the basics of her job, please. You know I don't speak Spanish.

—Don't worry, I'll take care of it.

Este muchacho, Rico, realmente ponía nerviosa a Camelia por la manera como la miraba. Esa mirada de asombro, esa cara desencajada, esa manera de tartamudear cuando estaba frente a ella. Por eso lo evitaba.

Rico era un chico romántico. Toca la guitarra. Incluso le compuso una canción titulada *Camelia, Camelia.*

Rico no era lo que Camelia estaba buscando. Nora, la chica huérfana que las había acompañado a ella y a su mamá desde Phoenix, era diferente. Para Nora, Rico era el hombre con el que siempre había fantaseado. Joven, humilde, bohemio y soñador.

Camelia estaba convencida de que había una especie de fuego en su interior que la empujaba siempre a tomar decisiones arriesgadas, como haber despreciado desde un inicio el amor de buenos muchachos como Rico.

—Tienes que poner este letrero cada vez que trapees el suelo. Es para que la gente sepa que está mojado y no pase —le explicó Rico a Camelia.

—No lo sabía.

—No te preocupes.

Rico era un soñador. Se imaginaba mil cosas al ver el rostro de Camelia. Por eso no podía dejar de observarla. Lo hipnotizaba.

Para Rico, Camelia representaba ese soplo de vida que le había hecho falta por tanto tiempo. Rico necesitaba una mujer a su lado. Una mujer que lo mimara, que lo ayudara a criar a su hijo Luisito y que lo apoyara en su carrera como cantautor de música ranchera, única razón por la que se había ido a los Estados Unidos, para triunfar en el mundo de la música. Él no había dejado su país para convertirse en un simple cocinero en los Estados Unidos. Él fue a "superarse". Porque él era un tipo con metas y objetivos claros, que luchaba por un sueño. Todo esto lo tenía muy claro. Sólo le hacía falta hacérselo ver a Camelia.

—Te compuse una canción —le informó Rico a Camelia.

—¿Otra? —preguntó Camelia.

—Ésta está mejor. No es tan romántica. Es más movida. Tipo cumbia.

—Ah —dijo Camelia.

—Estaba pensando en traerme la guitarra mañana y tocártela.

—¿Por qué mejor no le compones una canción a mi amiga Nora? A ella le gustó mucho la que me tocaste.

—La mesera que entró contigo —dijo Rico, con poco entusiasmo.

—Tócale a ella primero su canción y luego yo escucho la mía.

—Trato hecho —dijo Rico, sin saber exactamente en lo que se metía.

—Oye, voy a seguir limpiando, no vaya a ser que a esa vieja cara de sapo se le ocurra regañarme otra vez enfrente de todos.

—Te tiene celos.

—¿Qué?

—Le gustas a su marido. Desde que te contrató viene vestido muy elegante. La señora nomás está buscando un pretexto para correrte —le informó Rico, antes de retornar a la cocina.

Camelia puso cara de extrañeza. Sí se percató de que el norteamericano esposo de la señora cara de sapo se esforzaba demasiado en hablar en español con ella, haciéndole mucho al payaso; sin embargo, no le dio mayor importancia.

—¿De qué estabas hablando con Rico? —le preguntó Nora.

—Me estaba diciendo que te compuso una canción.

—¿¡En serio!?

—Sí, y que te la va a tocar mañana. ¿Ya ves cómo sí le gustas?

—Creí que no sabía ni cómo me llamo.

—Claro que lo sabe.

—¿Segura que tú no quieres nada con él?

—No, qué va.

—Es viudo, ¿lo sabías?

—No.

—Su esposa murió de cáncer. Le dejó un niño que él solito cuida. Y vino a los Estados Unidos a triunfar como cantante de música ranchera.

—Es un estuche de monerías —dijo Camelia.

—Sí —continuó Nora, sin pescar el sarcasmo—. ¿Tú cómo crees que se vea en traje de charro? Guapo, ¿verdad?

De regreso en Sinaloa el Alacrán notó que a pesar de todo lo que le había tocado arrastrarse por la tierra, Varela no había ensuciado sus botas negras, que aún llevaba puestas. (Seguían sin ablandarse.) El color lo eligió por influjo de Varela, quien le aconsejó evitar el café por considerarlo un símbolo de inseguridad y timidez, y optar por el negro, color que proyectaba audacia frente a las mujeres, según él. Al Alacrán le gustaba el café, las botas que calzaba en ese momento eran de ese color; sin embargo, reconoció que había algo de verdad en el consejo de su compañero.

Lo cierto es que siempre le había costado trabajo acercarse a las muchachas. Quizá si hubiera tenido una hermana todo hubiera sido más fácil, y por supuesto que su color hubiera sido el negro. Pero no tuvo. Por eso las mujeres y sus acciones se le presentaban como un misterio inescrutable. No las entendía. Por eso también le costaba tanto trabajo matar a alguien que las tenía tan bien descifradas y que le había enseñado tanto acerca de ellas y de cómo tratarlas.

—Fuiste un estorbo durante todo el viaje. Te estuve llevando a cada palenque de cada ranchería, de aquí a Ciudad Juárez, con tal de no oírte llorar, y aun así nos robaste de la manera más descarada —le reprochó el Alacrán.

—¡Me lo pidieron mis primos! —explicó Varela, aún encañonado y aún de rodillas.

—¿Dos kilos?

—¡No era para ellos!

—Por supuesto que no era para ellos.

—¡Yo no sabía! ¡Me engañaron!

—Y por inocente se te acabó el corrido —dijo el Alacrán, amartillando su arma.

—¡Lo vas a hacer porque tu jefe te dijo que me mataras! ¡Tú no tienes nada contra mí! ¡Tú y yo somos amigos! —chilló Varela, quien de pronto, y luego de tantos años manejando armas, comprendió el verdadero significado de una pistola.

Una pistola en las manos de un individuo no es una extensión de su pene ni un símbolo de poder. Ahora le quedaba claro: una pistola es un mecanismo encargado de expulsar pedazos de plomo ardiente con el fin de realizar perforaciones sobre aquello a lo que se apunta, lo cual en este caso era su frente.

Consideró que una munición calibre .22 probablemente le traspasaría el hueso frontal, lo que produciría una carambola dentro de su cerebro, mientras que el calibre .44 mágnum del Alacrán seguramente partiría su cráneo como una sandía arrojada al suelo con fuerza, desenchufándolo de un tirón. El Alacrán sabía cómo liquidar sin causar sufrimiento. No era uno de esos cobardes que disparan al estómago para sentirse mejor consigo mismos, dejando que la víctima sufra una de las muertes más dolorosas, mientras su jugo gástrico se libera en su interior. En ese sentido Varela se encontraba en buenas manos. Era una buena noticia. Y sin embargo no lo era. Así como tampoco lo era la certeza de que don Antonio le organizaría un entierro fastuoso, con todo y música de banda, tal como él mismo, borracho, se lo había pedido en una fiesta organizada en su rancho, ubicado a escasas tres millas de donde se encontraban en ese momento.

Enseguida Varela se preguntó por qué no había elegido un oficio más normal, uno de esos trabajos en los que el patrón liquida a sus empleados con un dinero proporcional a su salario y al tiempo trabajado, en lugar de con un pedazo de plomo dirigido a la cabeza.

Tan sólo una milésima de segundo después, Varela recordó por qué había elegido esa vida. Recordó su paso por la ventanilla de un banco ubicado en Sinaloa, cuando todo su salario se le iba en ropa, accesorios, peluqueros y lociones, puesto que siempre había sido igual de vanidoso.

A los nueve años Varela dejó de jugar en la tierra con sus vecinos, en cuanto le compraron su primer par de zapatos. A los doce tuvo su primera novia. A los trece embarazó a su prima. A los dieciséis entró de mensajero en el banco. A los dieciocho lo ascendieron a cajero. Dos años más tarde comenzó a trabajar para Timoteo. Millones de recuerdos de una vida llena de aventuras pasaban por su mente ante la cercanía de la muerte.

Por favor, Dios mío, sálvame de ésta y prometo no volver a burlarme de ninguna muchacha jamás en la vida, y te prometo también que me haré cargo de los gastos de todos mis hijos y no negaré ninguno, como lo hice antes, sino que, al contrario, si se parece a mí le voy a echar muchas ganas para que salga adelante en la vida y estudie para contador público, licenciado o doctor, pensó Varela con los ojos bien cerrados y esperando el disparo.

Mientras tanto, el Alacrán se preguntaba si se animaría a quitarle las botas a su compañero luego de liquidarlo. Jamás había dejado un cadáver descalzo. Aquello sonaba a salvajismo. Se estaría comportando como un animal carroñero. Ésta sería la primera vez que haría algo semejante. Se preguntaba también si para ese entonces sus botas estarían más suavecitas.

La muerte de Varela era decisión del Alacrán. Así se lo dijo don Antonio.

—Tú decides —le dijo su patrón.

El Alacrán lo pensó.

—Adiós —dijo el Alacrán, y el disparo accionado por él hizo que Varela se estremeciera.

Varela abrió los ojos. Un milagro. Seguía vivo. El aire era el más puro que había respirado en toda su vida, el cielo el más azul, los ruiseñores los más melodiosos y el sol el más gratificante.

La libré.

No podía creerlo. El Alacrán no era tan desgraciado como había pensado. Tenía corazón. Le había perdonado la vida, a él, un sinvergüenza pendenciero que había traicionado a su patrón por apenas unos cuantos miles de dólares.

—Gracias, gracias, me voy a ir de aquí —le aseguró, luego de abrir los ojos.

—¿Adónde te vas a ir?

—¡A Tijuana! ¡Sí, sí, a Tijuana! ¡Allá voy a trabajar!

—No te quiero volver a ver por aquí.

—¡Sí, sí, sí! No te preocupes…

—Quítate mis botas, no quiero que las ensucies.

—¿Quieres que me vaya descalzo por el monte? Hay víboras…

—Te voy a dar éstas.

—¡Eso! ¡Sí! ¡Gracias! —dijo Varela, mientras intercambiaba sus botas con el Alacrán.

Éste esperó a que Varela se perdiera entre la maleza para calzarse sus botas seminuevas. Ambas se hallaban empapadas de orines. Aun así se las puso.

—Ahora sí… están suavecitas —dijo.

Varela se alejó corriendo para que el Alacrán no cambiara de opinión, cosa que hubiera hecho de haberse dado cuenta de que Varela se había quedado con la foto de Camelia.

Cinco horas después de que Emilio Varela le rogara al Alacrán por su vida, Ramón y Enrique llegaron a San Antonio armados con los revólveres Smith & Wesson obsequiados por su primo. Éste también les había dado el contacto del haitiano llamado Khalifa Dubois, con quien quedaron en verse en el motel Round-up Inn. Los gemelos cómicos y dispares ensayaron desenfundando sus armas frente al espejo. Con cara de malos.

El televisor encendido a todo volumen transmitía un episodio de *Mod Squad*.

—¿Quién soy? —le preguntó Ramón a Enrique, luego de desenfundar torpemente y jalar seis veces el gatillo de su pistola sin balas.

—¿Steve McQueen?

—No.

—¿Charles Bronson?

—Tampoco —dijo Ramón, perdiendo la paciencia.

—¿Clint Eastwood? ¿Lee Marvin?

—Henry Fonda, ¿no ves que estoy amartillando con la palma de la mano?

—Ah, sí, sí… ¡Ahora voy yo! —dijo Enrique, entusiasmado, cuando escucharon el motor de una camioneta que se acercaba.

Rápidamente, Ramón y Enrique cargaron seis .38 Special en sus respectivas armas.

Nerviosos.

—Amárrate los huevos —dijo Ramón.

Tocaron a la puerta de manera autoritaria. Los hermanos se fajaron sus pistolas en el pantalón. Ramón abrió. Por poco y deja escapar un alarido al ver la figura de Khalifa Dubois frente a él.

Ramón estimó que el moreno medía casi el doble de estatura que Enrique, pero pesaba la mitad. Usaba un gabán militar y el pelo alaciado y peinado hacia arriba. Las cuencas de sus ojos eran como dos abismos sin fondo. Lo acompañaba un hillbilly barbón y de ojos azules.

El aroma de ambos era incluso peor que el de sus anfitriones.

—Noche fría —dijo en inglés el haitiano, en lugar de pedir permiso para entrar a la habitación.

El hillbilly entró detrás de él.

—¿Dónde está Emilio? —preguntó Khalifa Dubois, frotándose las manos y sacudiendo su cuerpo.

—Tuvo que estar en un lado —respondió Ramón.

—¿Tienes la chiva?

Ramón apuntó con la barbilla a los dos paquetes sobre la cama.

El hillbilly se humedeció los labios. Khalifa Dubois seguía temblando. Ramón comprendió que no era por el frío.

Del gabán militar salió una báscula que aterrizó junto a los paquetes.

Ramón no hizo nada. Enrique tampoco.

—¿Qué estás esperando? ¡Pésala, negro! —le ordenó el moreno a Ramón.

—Hazlo tú —lo desafió Ramón, con una mano yendo lentamente hacia su pistola.

El hillbilly sacó una chaquetera de su gabardina camuflada, cargó un cartucho en la recámara y le apuntó a Ramón.

—Tal parece que tenemos un par de malos hijos de puta aquí, Jett.

—Yo les veo más parecido a Cheech y Chong —dijo Jett, sin dejar de apuntar a Ramón.

Transcurrió casi un minuto de tenso silencio.

—Lo haré yo —cedió el haitiano, colocando su mano sobre el cañón de Jett para bajarlo, en señal de paz.

Khalifa actuaba como si la pistola que le apuntaba lanzara agua. Se sentó en la cama y pesó el lodo mexicano. A continuación lanzó uno de los paquetes a Jett, quien se preparó para probar la mercancía.

Los hermanos bajaron sus armas. Jett se sentó en una de las sillas y colocó su kit sobre la mesa.

—¿Tienes el dinero? —preguntó Ramón.

—Debemos probarla primero —dijo Khalifa, extrayendo cinco gruesos fajos de su gabán, los cuales pudo abarcar con una sola mano, que más que mano parecía centolla gigante y morena.

Enrique perdió interés en la transacción comercial que emprendía junto a su hermano y fijó su atención en el televisor, mientras los otros veían al hillbilly retorcer el torniquete.

—¡Ochenta por ciento! —ladró Jett, como volviendo de la muerte.

Dubois regresó uno de los fajos a su gabán y le entregó cuatro a Ramón.

—Cuéntalo —le dijo.

Ramón obedeció.

—Aquí sólo hay ocho. Quedamos en que serían cinco por kilo —protestó Ramón.

—Mi inspector me dice que es ochenta por ciento pura y eso es lo que pagaremos. Tómalo o déjalo.

—Chinguesumadre, lo tomo —dijo Ramón, luego de pensarlo un rato.

—Es lo que pensé.

Se llevó a cabo la transacción.

—Tú quédate aquí, cuidando el dinero. Voy por unas hamburguesas —le dijo Ramón a su hermano, tan pronto salieron los veteranos de guerra de la habitación.

Ramón caminó un par de cuadras y entró al Double Deuce Diner.

Salió corriendo a los pocos segundos. No estaba acostumbrado a ello. Tardó unos minutos en recuperar el aliento.

Había visto a Camelia, la chica que su primo le encargó buscar en El Paso. Se encontraba haciendo el aseo en el Double Deuce.

Por suerte para él, Camelia no lo vio entrar.

—¿Y las hamburguesas? —le preguntó Enrique, cuando lo vio volver.

—No las traje.
—¿No encontraste un restaurante?
—Encontré algo mejor.

Pasaban de las nueve. Los empleados del Double Deuce Diner se encontraban afuera, en el estacionamiento, rodeando a Rico y su guitarra.

Nora, Nora era básicamente la misma canción que *Camelia, Camelia*, excepto por lo que se cantaba en el estribillo. Fuera de eso, ambas baladas compartían exactamente las mismas chabacanerías, aquello de "tu amor es tan necesario para mí como lo es el agua para al pez y la flor para el colibrí", y lo de que "ya no sé lo que hago aquí, sin ti, porque vivir sin ti no es vivir sino morir".

Ahora bien, lo que Rico se ganó con esa sarta de cursilerías fue que Nora le plantara un besote en la boca frente al resto de sus compañeros, entre los cuales se hallaba Camelia, quien aplaudió con mucho ánimo la bravura de su amiga.

—¡Te amo! —gritó Nora, ahora sentada sobre las piernas del cantante.

Rico no tuvo oportunidad de entonar la cumbia que le había compuesto a Camelia. Lo consideró poco conveniente, dada la situación.

Ahora sí que estoy metido en un verdadero aprieto, pensó Rico en un principio.

Luego lo pensó un poco mejor.

Nora no era fea. Bonitas piernas, bonita cara y bonito tono de piel. En efecto, era bella. Quizá la suya era una belleza menos llamativa que la de Camelia, pero a cambio de ello Nora ofrecía un carácter mucho más dócil y, lo mejor de todo, quería a Rico. Eso era evidente. Ni siquiera le había importado el enorme parecido entre su canción y la dedicada a Camelia tan sólo una semana antes.

Nora no se fijaba en ese tipo de cosas.

—Hacen muy bonita pareja —confirmó Camelia, parada frente a ellos.

—Gracias —le dijo Nora.

—Sí, gracias —dijo Rico, rascándose la cabeza.

Rico, quien se asomaba desde la cocina, no podía tolerar la facha del tipo con la camelia en la solapa del saco, quien platicaba con Camelia como si la conociera de años atrás, cuando en realidad acababa de presentarse.

—No soporto a ese tipo —refunfuñó Rico.

—Se ve muy simpático —opinó Nora, parada a un lado de él.

—¡Es un junior!

—¿Cómo lo sabes?

—Ve cómo viene vestido.

Nora se percató de que Rico tenía razón. El traje del desconocido parecía confeccionado por Dios y los ángeles.

—¿Y eso qué? —preguntó Nora.

—Es un junior. Hijo de papi.

—No entiendo por qué te molesta tanto.

—Velo nomás: tiene cara de patán, mirada de patán y ropa de patán, y me molesta porque Camelia es una buena muchacha. Ella no se merece a un patán como ése.

—Camelia sabe cuidarse sola, no te preocupes.

—Te aseguro que todo lo que trae puesto se lo compró su papá. Y el carro en el que vino también. Un carro de patán. Te aseguro que no ha trabajado ni un solo día de su vida —continuó Rico, a quien no le paraba la boca—. Y, además, ¿quién se pone una flor en la solapa del saco? ¡Sólo los jotos!

Camelia barrió con la mirada la figura de Varela, parado frente a ella; tomó nota de su pelo bien peinado, de su rostro perfectamente rasurado, de su cuello almidonado, de su corbata italiana, de la camelia en la solapa de su saco, de su abdomen firme, de su cinturón sin arrugas, de la línea del planchado en su pantalón y, finalmente, de sus zapatos recién lustrados.

Este tipo no puede ser un barbaján, pensó Camelia, quien se sentía atraída por lo mucho que la figura de Varela le evocaba el difuso recuerdo de su padre.

—Emilio Varela, mucho gusto —le dijo, extendiéndole la mano.

—Camelia —confirmó ella.

—Camelia, quiero veintisiete hamburguesas con doble queso y tocino. Nueve sin cebolla —dijo Varela.

La sonrisa de Emilio era muy cuidada. La había ensayado muchas horas frente al espejo. No debía resultar ni libidinosa, ni irónica, ni fingida.

—Le pediré a mi amiga que te atienda. Yo nomás hago la limpieza, y si me ven platicando con un cliente…

—¡No puede ser! —protestó Varela, indignado.

—No grites, por favor. Vas a hacer que venga la dueña y me regañe.

—¡Es que esto es una injusticia! Una muchacha tan buena gente ¿no puede hablar con los clientes?

—Lo que pasa es que no sé hablar muy bien el inglés y…

—¡Pero éste es un barrio mexicano!

—Sí, pero esto es Estados Unidos, y aquí…

—I need to talk to the manager of this place! —gritó Varela, ahora en inglés.

—What have you done now, Camelia! I swear I had it with you and your incompetence —llegó vociferando Berta Morales, luego de salir corriendo de la oficina de su marido.

Varela ya la esperaba enarbolando sus billetes de cien dólares por encima de su cabeza.

—What's the matter? —preguntó agitada la esposa del propietario.

—I need a place to buy twenty-seven meals, every week, for at least a year! It's for the homeless, you understand, don't you? —respondió Varela.

—Yes, yes, this is the place you're looking for.

—Ok, ok, and I need this girl right here to take my order!

—But she doesn't speak English.

—Oh, by the way, también necesito alguien que hable español conmigo.

Esto último tomó por sorpresa a Berta Morales. No lo vio venir. Varela no lucía como un mexicano común y corriente. No vestía como tal.

—Yo hablo español —admitió finalmente Berta Morales.

—Ella también, pero me dice que no la dejan hacerlo.

—¿Quién no la deja? —preguntó Berta Morales, fingiendo extrañeza.

—No lo sé; sólo espero que no sea la gerencia, porque en ese caso tendré que llevarme mi dinero a otro lado.

—Llegaré al fondo del asunto, usted no se preocupe. Aquí no admitimos racismos de ningún tipo. Por lo pronto, Camelia, tómale la orden a este joven, por favor —dijo Berta Morales, exhibiendo su perfecto español.

Para Camelia ése fue el mejor día de toda su vida. Nadie la había hecho sentir tan bien. Tan importante.

Emilio se convirtió en su héroe.

—No creí que mi patrona supiera hablar español —dijo Camelia.

—Primera lección: en este mundo todos tienen su precio. Que no se te olvide, Camelia. Por una suma adecuada, esa señora es capaz de hablarte en chino.

—No la culpo; lo que pasa es que el negocio ha estado un poco lento estos últimos días; los dueños están hasta el tope de deudas. Es lo que me dicen…

—Eso no le da derecho a humillarte —dijo Emilio.

—¿Para qué tanta hamburguesa? Digo, si se puede saber...

—Para un refugio de indigentes y veteranos de la guerra de Vietnam —improvisó Emilio.

Al escuchar esto, Camelia sintió como si se moviera el suelo que pisaba. Le asombraba que este muchacho, además de galante, fuera tan desprendido.

Definitivamente no podía ser un barbaján.

—Eres un altruista...

—En realidad soy un empresario. Manejo unas florerías en Tijuana. Esta camelia viene de ahí —dijo Varela, quitándose la flor del ojal en su solapa para luego entregársela a Camelia—. Ahora es tuya.

Camelia aceptó la flor y de inmediato se percató de que estaba entrando en demasiada confianza con Emilio. Recordó las palabras de su madre: "Hay gente muy peligrosa buscándote por todo el mundo. No descansarán hasta encontrarte. ¡No debes confiar en nadie! ¿Entendido?"

—¿Me puedes repetir la orden? —le preguntó Camelia a Emilio, luego de recordar las palabras de Rosaura y guardarse la flor en el delantal.

Emilio comprendió que se estaba excediendo en confianzas. Se lo atribuyó al tipo de chicas que había conocido últimamente. Resultaba obvio que Camelia era diferente.

Decidió replegarse un poco.

—Veintisie...

—Espera —dijo Camelia, antes de quitarle una pluma y la libreta de las comandas a Nora, quien pasó a su lado—. Ahora sí —dijo, lista para tomar la orden de Emilio.

—Veintisiete hamburguesas con doble queso y tocino. Nueve sin cebolla... Para llevar.

Camelia apuntó la orden, se la llevó a Rico y continuó limpiando el Double Deuce Diner. Emilio se mantuvo alejado de Camelia hasta que Nora le entregó la orden y pagó.

—Gracias —le dijo Emilio a Camelia cuando ésta volvió a pasar a su lado.

Desesperada, Camelia le decía que no con la cabeza a Nora, cuyo despiste le impidió enterarse de la señal.

Era demasiado tarde. Para ese entonces Nora ya había hablado demasiado.

—¡Hubiera visto cómo defendió a Camelia! —le relataba, emocionada, Nora a Rosaura en la sala de su casa.

—¡Debemos irnos! —exclamó Rosaura, espantada por el relato protagonizado por el joven casanova.

—¡No! ¡Era un buen muchacho! Se le veía —le aseguró Nora, cuando por fin se percató de su propia imprudencia.

—¿Qué te dije? —le preguntó Rosaura a Camelia, en tono de reproche.

—Él me sacó plática —dijo Camelia.

—¿Le diste tu nombre? —preguntó su madre.

—¡Me lo pidió! ¿Qué quería que hiciera?

—Escúchame bien, Camelia: si vuelves a ver a ese hombre dejas lo que estés haciendo y me llamas, para ir haciendo las maletas.

—¿Qué? ¡No, no y no! Ya nos hemos ido de suficientes lugares.

—No subestimes el peligro, Camelia.

—Entonces dígame qué es lo que me está ocultando. ¿De qué huimos?

Rosaura sabía que estaba siendo injusta con Camelia; sin embargo, determinó que no le podía confesar la razón de su vida errante. Al menos no por el momento.

—No me quiere decir nada, está bien. Pero entonces yo tampoco voy a darle cuenta de lo que hago cada minuto de mi vida —dijo Camelia, antes de dirigirse a su habitación.

—¿Por qué no le dice la verdad? —le preguntó Nora a Rosaura.

—¿Cómo va tu relación con ese cocinero del restaurante? —astutamente, Rosaura decidió cambiar el rumbo de la conversación.

De inmediato los ojos de Nora se iluminaron de felicidad.

—¡Canta más bonito que Miguel Aceves Mejía!

Faltaban pocos minutos para terminar la jornada laboral. Camelia se encontraba limpiando la oficina cuando Berta Morales le informó que Emilio había regresado al restaurante.

—¡Preguntó por ti! —le dijo Berta, emocionada.

—¿Y qué? —respondió de manera hosca Camelia, sin parar de sacudir el escritorio de David Miller.

Berta se hacía pasar por amiga de Camelia.

—Ándale, se ve que le gustas.

—¿Ahora se convirtió en la celestina de ése? —le preguntó Camelia, quien se encontraba molesta con su patrona, con su madre y con la vida en general.

—Lo que te dije ayer fue por tu bien. Necesito que aprendas inglés para que te puedas superar…

—Está bien, está bien. Lo atenderé —accedió Camelia, con tal de no seguir hablando con Berta.

Emilio Varela la esperaba vestido de manera más relajada que el día anterior. Ahora iba de pantalón de mezclilla, chamarra negra de piel y camisa blanca. Según sus cálculos de seductor profesional, esto ayudaría a bajar la guardia de Camelia.

—Los chicos en el refugio para indigentes y veteranos de la guerra de Vietnam me pidieron que te diera las gracias. ¿Me puedes volver a tomar la orden? —le dijo Emilio a Camelia.

Camelia respondió yendo por una libreta donde anotar la orden. Emilio la siguió de cerca. Había pocos clientes en el Double Deuce Diner, lo cual le daba a Emilio suficiente privacidad para continuar con su cortejo.

—¿Por qué estás tan enojada?

—¡No estoy enojada!

El grito de Camelia generó un silencio repentino. Nora, quien se encontraba cobrándole a un cliente, volteó a ver a su amiga, asustada.

—¿Qué va a ser? —preguntó Camelia, luego de que consiguió donde anotar.

—Me gustaría conocerte más, Camelia. Saber qué es lo que te interesa en la vida, que me cuentes por qué tienes esa mirada tan triste —le susurró Emilio al oído.

—Tengo mucho trabajo —le aclaró Camelia—. ¿Me podrías dar la orden de una vez?

—Veintisiete hamburguesas con doble queso y tocino. Nueve sin cebolla... Para llevar.

—Estás bromeando —dijo Camelia.

—No lo hago.

—¿Lo mismo de ayer?

—Sí.

—¿Para eso me mandaste llamar?

—Sí. Para eso y para darte esto.

Emilio hizo aparecer una cajita forrada de terciopelo, la cual le ofreció.

—Gracias, pero no puedo aceptarlo.

Emilio abrió la cajita y sacó una cadenita de oro con un dije en forma de camelia. Él mismo se la puso en la mano.

—Tírala si quieres; ahora es tuya.

Camelia fingió indiferencia y guardó la cadenita en el bolsillo de su delantal.

—En un momento te entregan tu orden... Nos vemos —dijo Camelia antes de dirigirse a la cocina.

Está loca por mí, dijo Emilio para sí.

Durante el camino de regreso a casa, Camelia no le dirigió la palabra a Nora. Llevaba un día sin hablarle. La castigaba por su imprudencia. Contestaba con monosílabos a las preguntas que le hacía su amiga.

Las muchachas bajaron juntas del autobús y caminaron en silencio hasta el departamento.

Rosaura había regresado de su trabajo en una fábrica de balatas y se encontraba preparando chocolate caliente cuando Camelia y Nora llegaron. Nora fue a la cocina para saludar a Rosaura de beso. (La quería como a una madre.) Camelia dijo hola y se fue directo a su habitación.

—Sigue molesta —adivinó Rosaura.

—Tampoco me habló a mí.

—¿Volvió a verlo? —fue al grano Rosaura.

Nora caminó hasta la estufa.

—¡Hizo chocolate! —cambió de tema. Se sirvió una taza.

—Tenemos que irnos de esta ciudad —pensó Rosaura en voz alta.

—No es para tanto —dijo Nora, luego de darle un trago a su bebida.

—No es necesario que te sacrifiques junto a nosotras.

—Las seguiré hasta el fin del mundo... Usted y Camelia son mi única familia.

Rosaura acarició el pelo de Nora.

—Has sido una bendición para nosotras.

—Hable con Camelia —le pidió Nora.

Rosaura asintió y caminó hasta la habitación de su hija. Tocó a su puerta.

—Pase —dijo la muchacha, luego de guardar la cadenita que le regaló Emilio Varela.

Rosaura entró, se sentó junto a Camelia, en la cama, y tomó del buró la fotografía enmarcada de su esposo.

—Siempre andaba así de elegante y oliendo bonito —recordó Rosaura.

—¿Cuándo me va a contar lo que pasó con mi papá?

—Dame tiempo, por favor —dijo Rosaura, abrazando a su hija.

—¿Entonces por qué le tengo que contar todo lo que pasa en mi vida?

—Volviste a verlo —dijo Rosaura.

—Éste es un país libre. ¿Qué quiere que haga? ¿Qué le prohíba la entrada al restaurante?

—Podría ser uno de los hombres que nos andan buscando para matarnos.

—Lo que pasa es que usted no lo ha visto. No se parece en nada a los vagos que vimos en El Paso.

—¿A qué se dedica?

—Tiene una florería en Tijuana.

—¿Una florería en Tijuana?

—Sí, incluso traía una camelia en la solapa de su saco.

—¿Qué clase de gente se cuelga flores en sus trajes hoy en día? —preguntó Rosaura.

—La gente que se dedica a vender flores —dijo Camelia.

Lo que a Rosaura le parecía un auténtico bribón, para su hija era un príncipe azul. Rosaura se compadeció de la ingenuidad de su hija.

La abrazó.

Emilio le pidió a Camelia que lo acompañara a su carro para ayudarla a cargar las bolsas de papel de estraza.

—¿Tiraste a la basura la cadenita que te regalé? —le preguntó Emilio en el estacionamiento, luego de meter las bolsas dentro de su carro.

A pesar de su timidez, Camelia dijo que la cadena le había gustado y que le sería imposible tirarla a la basura.

—Se vería más bonita en tu cuello —dijo Emilio.

Camelia sacó la cadena de su delantal y se la puso ella misma.

—Me gustaría invitarte a comer un helado de fresa o de chocolate —fue lo más inocente que se le ocurrió decir a Emilio.

—Necesitaría pedirle permiso a mi mamá —dijo Camelia.

—¿Y si yo mismo le pido que te deje salir conmigo?

—¿Harías eso? —preguntó Camelia.

—¿Cuánto falta para que salgas?

—¿Qué hora es?

Emilio vio su reloj.

—Ocho y media.

—Media hora.

—¿Qué tal si espero a que salgas y te llevo a tu casa?

—¿Pero no vas a llevar las hamburguesas al refugio para indigentes y veteranos de la guerra de Vietnam?

—Ah, sí, sí, claro… Primero haremos eso —se apresuró a decir Emilio.

—¿Qué chingados es esto? —le preguntó Khalifa Dubois a Emilio, con cara de asombro, luego de que éste le entregara la primera bolsa llena de hamburguesas.

—Se llaman hamburguesas; ¿ustedes no las comen?

—Me gustaría más un reembolso. Ese puto lodo mexicano tuyo ni siquiera es capaz de curarme mi dolor de cadera.

—¿De qué chingados estás hablando? —se exasperó Emilio, aunque logró calmarse a tiempo—. Mira, cabrón, sólo sígueme la corriente. Necesito tirarme a la vieja que ves allá —dijo Emilio señalando a Camelia, quien se encontraba dentro del carro estacionado al otro lado de la calle—. Ella cree que éste es un refugio para veteranos de la guerra y yo les estoy trayendo comida.

—Éste es un refugio para veteranos de la guerra, hijo de puta. ¿No sabes leer? —le preguntó el haitiano a Emilio, señalando la lona que colgaba de la fachada del edificio y que decía: "Refugio para veteranos de guerra".

—Sólo quédate con las hamburguesas. Haz lo que quieras con ellas —dijo Emilio, antes de dar media vuelta e ir por el resto de las bolsas.

—¿Por qué se veía tan enojado ese señor tan feo? —preguntó Camelia cuando Emilio regresó al Barracuda.

—Ese que hablaba conmigo es el héroe que dirige el albergue para indigentes y veteranos de la guerra de Vietnam. Quería que me quedara más tiempo. Le dije que esta noche no, porque tengo una cita muy importante.

—Te han de querer mucho ahí adentro —dijo Camelia.

—Todos ellos son mis amigos... Dicen que una condición de la amistad es admirar a la gente... Yo a todos estos héroes los admiro —suspiró Emilio—. Vietnam... "el infierno verde", le decía el Yisus.

—¿Perdiste a alguien en Vietnam?

—A mi primo Ramón —improvisó Emilio, la mirada puesta en el infinito, muy teatral— ...le decíamos Yisus por lo mucho que se parecía a Jesucristo... Era como un hermano para mí... Viví con su familia por un tiempo, luego de que fallecieron mis padres... Siempre sonriente, el Yisus... Parece que lo hubiera visto ayer, todo flaco, con su barba y el pelo largo... A todos estos hombres excepcionales les debemos nuestra libertad, ¿sabes?

—Yo no sé mucho de esas cosas —reconoció Camelia.

—Es mejor así —dijo Emilio, poniendo en movimiento los ocho pistones de su Barracuda.

Eran las diez de la noche cuando Emilio llegó al edificio indicado por Camelia.

Estacionó su carro.

—Es en el 402 —dijo Camelia antes de ver a su madre, quien se asomaba con semblante severo desde la ventana que daba a la calle.

—¿Estás lista? —le preguntó Emilio, tomándola de la mano.

—¿Qué te parece si mejor subes mañana? —le preguntó Camelia, nerviosa.

Emilio también volteó a ver la ventana.

—¿Ésa es tu mamá?

—Sí.

—Lo entiendo, no te preocupes. Mis padres también eran sobreprotectores.

—Creí que eras huérfano.

—Sí, digo... bueno, antes de que fallecieran.

—Mañana descanso —dijo Camelia, cambiando de tema.

—Pasaré por ti a las siete de la noche, ¿qué te parece? —dijo Emilio.

A Camelia le pareció bien esa hora.

Emilio llegó al motel Round-up Inn con otra bolsa llena de hamburguesas. Tocó a la puerta de su habitación con el pie. Le abrió Ramón.

—¿Más hamburguesas? —protestó el tipo con el *look* de Jesucristo, mientras se hacía a un lado para abrirle paso a Emilio.

Ramón se sentó en la silla de madera ubicada frente al televisor, que en ese momento transmitía el programa *Kung Fu*.

—¿Por qué no nos trajiste un pozole? —preguntó Enrique, inspeccionando el contenido de la bolsa que Emilio colocó sobre una mesa circular.

—¿Tienes pensado gastarte el dinero que ganamos en ese restaurante? ¿Por qué no te robas a la muchacha de una vez? —preguntó Ramón.

El coraje que le causaba el deplorable estado en el que se encontraba la habitación le impedía a Emilio articular palabra. Para empezar, predominaba el aroma de la marihuana, ninguna de las dos camas estaba hecha y en el suelo había ropa sucia, naipes, fichas de dominó, colillas de cigarro, vasos de plástico y botellas de cerveza.

La patada que Emilio le propinó a la silla donde estaba sentado Ramón hizo que éste volara por los aires y aterrizara en la cama.

—¡Esto es una mierda repugnante! ¿Así los educó mi tía? —exclamó Emilio.

—Cálmate, Emilio —pidió Enrique.

—¡Dame mi parte! —gritó Ramón, ahora ofendido.

Las palabras de Ramón hicieron recapacitar a Emilio, quien se había gastado en el cortejo de Camelia gran parte del dinero obtenido con la venta realizada por sus primos. El Barracuda convertible, la ropa costosa, la cadena de oro y las cincuenta y cuatro hamburguesas adquiridas en el Double Deuce Diner provenían de ahí.

—Lo lamento mucho, primo; toda esta situación me tiene muy tenso. Pero verás que la recompensa que don Antonio nos dará por haber encontrado a Camelia hará que lo que ganamos por la venta de la chiva sea calderilla en comparación —dijo Emilio extendiéndole la mano.

Ramón aceptó la disculpa de su primo y le estrechó la mano. Emilio lo atrajo hacia él, lo abrazó y le plantó un beso en la barba grasosa.

—Hay algo más que necesito que hagan —anunció Emilio Varela a sus primos.

Seguía haciendo frío. Sobre todo en la noche. Varela se había colocado un abrigo de piel de camello encima de la chaqueta. Estaba parado afuera del edificio donde vivía Camelia, con dos cajas de chocolate Whitman's Sampler bajo el brazo, un ramo de camelias en una mano y un arreglo de flores en la otra. Era su oportunidad para reivindicarse frente a los ojos de su antiguo jefe. Emilio Varela podría llamar a don Antonio desde un teléfono público y decirle: *Patrón, misión cumplida: he encontrado a la muchacha y a su madre, lo que no pudo hacer el incompetente del Alacrán. ¿Ahora qué hago? Nunca me dijo para qué las quería. ¿Las ejecuto a las dos? Puedo hacerlo si usted así lo requiere. ¿O me las llevo por la fuerza hasta Sinaloa? También puedo hacer eso. ¿Las amenazo? ¿Les digo algo para asustarlas? ¿Le corto un dedo a cada una? Usted manda, jefecito.*

Varela lo pensó un poco mejor. Reflexionó: *Una muchacha tan bonita como Camelia no merece morir. Y menos por órdenes de un zángano como don Antonio, quien nunca respetó mi trabajo e incluso me hubiera mandado matar por tan sólo dos miserables kilos de heroína que hice perdedizos antes de llegar a Chihuahua y que Navarro ni siquiera echó de menos.*

Eso es lo que vale mi vida para un tipo como él, maligno y sin escrúpulos.

Dos mugrosos kilos de chiva.

¿Acaso es justo?

Por supuesto que no lo es.

Yo simplemente estoy tratando de superarme. Por mi mujer y mi hijo. Ése es mi único crimen. Ser emprendedor. Porque don Antonio sólo quiere empleados sumisos, como el Alacrán, quien encima de todo me acusó de haber estropeado su misión al involucrar a mis primos en la búsqueda de la muchacha y de su mamá, cuando de no haber sido por ellos jamás las habría encontrado.

Sólo había que tener paciencia. Porque a la fuerza ni los zapatos. Para todo se requiere maña y paciencia. Como lo hice con las botas bien duras que se compró el Alacrán y que yo mismo tuve que amoldar a pesar de calzar un número y medio más grande que él. ¿Pero cómo lo logré? Con maña y paciencia. Como se logran las cosas.

Más vale maña que fuerza.

Al llegar a este punto de sus cavilaciones, Emilio Varela admitió —por fin— que se estaba saliendo un poco del tema, por lo cual optó por tomar una decisión con respecto a Camelia de una vez por todas. Emilio suponía que la buscaban para matarla.

¿Qué hacer con ella?

La mato y la dejo muerta…

…O la mato y la dejo viva, pensó Varela, permitiéndose el vulgar y previsible chiste para relajarse un poco antes de actuar.

Me sirve más viva, concluyó Emilio, quien llevaba consigo su escuadra, por si las dudas.

De pronto Varela tenía planes para Camelia. Podía usarla en sus negocios. Una carita tan atractiva y angelical como ésa definitivamente podría abrirle muchas puertas.

Me va a servir de mucho. La gente desconfía de los hombres solos. Sobre todo las autoridades. Detestan a los sujetos audaces como yo.

No nos pueden ni ver.

Y de ir acompañado de un bruto como el Alacrán a una belleza como ésta…

Varela no lo pensó más. Decidió no avisar a don Antonio. Subió los cuatro pisos que lo separaban del departamento de Camelia. Tocó a la puerta del 402. Le abrió un fulano que lo miraba con desprecio.

Un sujeto sin modales, pensó Varela.

—¿Qué se le ofrece? —preguntó Rico.

—Buenas noches —dijo Emilio.

—…

—¿Aquí vive Camelia?

—¿Quién la busca?

—Emilio Varela.

Rico dejó la puerta abierta y dio media vuelta, alejándose sin decir más. De manera grosera. Varela sopesó la posibilidad de liquidar a ese tipejo insolente ahí mismo. Palpó su escuadra. Pospuso la idea para más tarde. Por lo pronto tenía otros asuntos más importantes que tratar. Le apuntó a la nuca con su dedo índice simulando el cañón de una pistola. Disparó, haciendo *puf* con la boca.

—Ya llegó el secuaz de Al Capone —fue como Rico anunció a Emilio.

Camelia salió a su encuentro.

—Hola —dijo.

—Luces muy guapa —dijo Varela, impactado al ver a Camelia con su vestido rojo de tirantes.

—Gracias.

—Éstas son para ti —dijo Varela, entregándole el ramo de rosas y los chocolates.

—¿Son de tu florería? —preguntó Camelia, oliendo las camelias.

—De mi proveedor local. Traje este arreglo para tu mami.

—Pasa.

Ambos caminaron por el pasillo que llevaba al comedor, donde se encontraban sentados Rosaura, Nora y Rico. Camelia se hizo cargo de las presentaciones.

—Esto es para usted —dijo Varela, entregándole el arreglo de flores y una caja de chocolates a Rosaura, quien se sintió halagada por aquel detalle que no esperaba.

—Camelia me dice que tienes una florería.

—En Tijuana.

—Me imagino que tus papás te heredaron el negocio.

En ese momento Varela vio la oportunidad de dar la estocada. Y la aprovechó.

—Soy huérfano. Comencé vendiendo rosas en los semáforos.

—¡Ay, no me digas! —exclamó Rosaura, llevándose ambas manos al pecho.

—Luego ahorré un poco y puse mi propio puesto en la calle. Todo gracias a mi nana, la señora para la que trabajé en un inicio.

—Y me imagino que le pagaste por todo lo que hizo por ti —dijo Rosaura.

—Eso hubiera querido, pero no fue posible.

—¿Por qué?

—El cáncer se la llevó justo antes de que a mí me empezara a ir bien.

—¡Ay, no! —se lamentó Rosaura.

—La esposa de Rico también falleció de cáncer, ¿verdad, amor? —intervino Nora, en un intento por establecer un vínculo entre ambos hombres.

—La diferencia es que mi esposa no es un producto de mi imaginación —aclaró Rico.

—¡Rico! ¡Cómo te atreves! —le gritó Nora.

—¡Yo me largo! ¡Estoy cansado de tanta farsa! —dijo Rico, antes de chocar su hombro con el de Varela, en su camino hacia la puerta, con todo y guitarra.

—No sé qué le pasa —aseguró Nora, luego de que Rico se fue.

—¿Nos vamos? —propuso Camelia, molesta con Nora por la imprudencia de su novio.

—¡¿Adónde van?! —gritó Rosaura, asustada.

—Mamá, ¡le dije que saldríamos a comer un helado! —le recordó Camelia.

—¡En pleno invierno!

—Sí.

—Está bien. Nomás déjame darte la bendición, m'ija.

Camelia dejó que su madre le persignara la frente.

—Con su permiso —dijo Varela, ahora con la mano de Camelia descansando sobre su antebrazo.

—No llegues muy noche —pidió Rosaura.

—Nomás vamos a ir por un helado, ¿verdad, Emilio?

—Así es. ¿Gustan algo?

—Que se la pasen bien.

—Sí, que se diviertan —agregó Nora.

Camelia y Emilio bajaron las escaleras y al salir a la calle se toparon de nuevo con Rico, quien los esperaba parado sobre la acera y con el rostro rojo de ira.

—No sé exactamente lo que tramas, pero te advierto que si lastimas a Camelia te las verás conmigo, ¿entendido?

Varela no se dignó a contestarle.

—Rico, ya fue suficiente —dijo Camelia.

—Estás advertido —dijo por último Rico, antes de recoger su guitarra del piso y marcharse.

—Ese muchacho está muy preocupado por ti —dijo Emilio.

Enseguida le abrió la puerta de su Barracuda a Camelia.

—Yo tampoco sé lo que le ocurre —dijo Camelia, quien observaba cómo se perdía Rico entre las sombras de los árboles sobre la acera.

¿Acaso era un pecado ir en busca del macho alfa?, se preguntaba Camelia, pero con sus propias palabras.

El hombre más apto para sobrevivir en la jungla de asfalto.

—Vamos —dijo Varela, justo antes de arrancar el carro.

Emilio se estacionó frente a la nevería, despachada por un chico rubio con acné en el rostro y uniforme blanco y azul.

—¿En verdad quieres un helado? —preguntó Emilio.

—No —dijo Camelia.

—¿Y si vamos a otro lado?

—¿En qué estás pensando?

—En bailar.

Camelia lo pensó por un momento. De nuevo sintió ese vértigo que precede a toda aventura.

Su corazón recibía el llamado de lo salvaje.

Camelia sabía que había muchas cosas que Varela no le decía; sabía incluso que en cierta forma la estaba engañando, pero quizá esto era lo que más le gustaba de él. Ese halo de misterio que lo rodeaba. Esa manera suya de decirle con la mirada: *Sabes que nada de lo que te estoy diciendo es verdad y sin embargo aquí estás, conmigo.*

Era como si Varela representara el acceso a ese otro mundo que desde siempre la había estado reclamando. El mundo de la gente audaz, los autos lujosos y los sitios finos. A donde ella pertenecía. Donde Camelia sería convertida en reina. Tal como lo había estado soñando por tanto tiempo.

—Pues vamos a bailar —le dijo Camelia a Varela.

Así lo hicieron, y en la pista Emilio probó ser, además de galante, carismático y buen mozo, buen bailarín. No era pesado ni demasiado tieso. Tampoco la mareaba dando vueltas y vueltas, como le había ocurrido a Camelia con otros compañeros de baile. Varela sabía mover los hombros y la cadera al ritmo de la música norteña. También sabía sujetar la cintura de la chica sin apretar demasiado.

Ambos bebían soda cada vez que iban a su mesa para descansar. Eso también le gustó a Camelia, que Varela jamás se saliera de su papel de hombre educado y responsable. Lo buen actor que era. Su buen conocimiento de las reglas del juego más viejo del mundo era lo que le permitía hacer trampa con toda impunidad.

Emilio le dio un pequeño trago a su soda y tomó a Camelia de la mano.

—Cuando la noche tiende su manto y el firmamento se viste de azul, no hay lucero que brille como esos bellos ojos que tienes tú —dijo el cursi de Emilio.

—Estuve pensando mucho en ti el día de hoy —respondió Camelia, mientras sus ojos decían: *Tú no vendes flores.*

—Quisiera ser el aire que respiras, el sol que te ilumina; pero lo que más quisiera ser es el amor de tu vida —le dijo Emilio (*Sabes bien que no*).

Las caras de ambos se acercaron un poco más.

—Camelia, creo que tengo miedo, tengo mucho miedo —dijo Emilio.

—¿De qué? —le preguntó Camelia (*¿Qué me vas a decir ahora, muchacho verboso?*).

—Tengo miedo de probar la miel de tus labios y perder la razón para siempre —le dijo Emilio (*¿Cómo la ves?*).

—Atrévete —dijo Camelia (*Un poco cursi, pero vas bien*).

Camelia y Emilio se besaron ahí mismo, durante uno de los descansos del conjunto norteño. Con su mano Varela rozó el hombro descubierto de Camelia. Ésta sintió escalofríos.

Tembló.

Abrió lentamente los ojos.

Enseguida dijo:

—No me lo vas a creer.

—¿Qué cosa?

—Nadie me había besado —dijo Camelia (*Nadie me había mentido tan bonito como tú*).

—Lo creo —dijo Emilio.

—Seguro estarás pensando que soy una mojigata —dijo Camelia (*Sólo te pido una cosa...*)

—Más bien creo que preferiste no perder tu tiempo con muchachos inmaduros, como ese Rico, que sigue enamorado de ti —dijo Emilio (*¿Cuál?*).

—¿Qué hora es? —preguntó Camelia (*Nunca dejes de mentirme tan bien*).

—Van a ser las once —respondió Emilio (*Lo seguiré haciendo hasta que me sea imposible*).

—¿Tan tarde? —preguntó Camelia (*No digas eso*).

—¿Quieres que te lleve a tu casa? —preguntó Emilio (*Chiquilla, nada es para siempre*).

—Por favor —dijo Camelia (*Lo sé*).

Antes de partir, Varela colocó su abrigo sobre los hombros de Camelia. Ésta se lo agradeció. Tenía frío. Enseguida la pareja salió del centro nocturno y subió al carro, que partió rumbo al oeste de la ciudad.

El Barracuda se detuvo frente al edificio de Camelia.

—Me la pasé muy bien —dijo ésta.

Escucharon el grito de Rosaura.

Camelia bajó rápido del carro y corrió hacia su casa. Emilio Varela la siguió de cerca.

—Entra tú primero —le susurró Emilio, al llegar juntos a la puerta del departamento 402.

Camelia así lo hizo y encontró a Rosaura en manos del hombre a quien ella conocía como el gemelo de Cornelio Reyna. Una pistola apuntaba a su sien. Nora se encontraba amordazada y atada de pies y manos en una esquina del departamento.

Ramón sorprendió por detrás a Camelia, le tapó la boca y colocó su navaja contra el cuello de la muchacha.

—¡Suéltala! —gritó Rosaura.

Enrique volvió a taparle la boca, pero Rosaura le mordió la mano y luchó por quitarle la pistola. Justo en ese instante apareció Emilio, quien tomó del brazo a Ramón y le aplicó una llave que lo hizo soltar la navaja; enseguida le propinó un puñetazo en la boca del estómago y otro en la cara.

Emilio dejó fuera de combate a Ramón y fue a ayudar a Rosaura en su lucha contra Enrique.

—¡No, no, no! —gritó Enrique, antes de recibir el mismo tratamiento que su hermano.

Luego de desarmar a sus primos, Emilio echó a ambos del departamento con una patada en el trasero y cerró la puerta.

—Debemos llamar a la policía —dijo Camelia.

—¡No! —gritó Nora—. Debemos irnos de la ciudad —agregó, hecha un manojo de nervios.

Emilio liberó a Nora con la navaja de Ramón.

—¡Tiene que decirme quiénes son esos hombres y qué querían! —le exigió Camelia a su madre, apuntándole con un dedo.

—No puedo —respondió Rosaura, llorando.

—¡Hipócrita! —la insultó Camelia.

—Camelia, por favor, no le faltes el respeto a tu madre —defendió Emilio a Rosaura.

Camelia salió del departamento.

—¡Camelia! —gritó Rosaura.

—Voy por ella —dijo Emilio.

Rosaura se lo agradeció con los ojos aún llorosos.

—Fuiste muy dura con tu mamá —dijo Emilio, luego de que alcanzó a Camelia en uno de los pasillos del edificio y la abrazó tiernamente.

—¡Ella sabe por qué nos buscan esos hombres y no me lo quiere decir! —dijo Camelia, llorando.

—Tu madre tiene razón.

—¿En ocultarme la verdad?

—En que se tienen que ir de aquí. Tarde o temprano, esos hombres volverán.

—¡Estoy harta de huir para empezar de cero en una ciudad distinta!

—Ven conmigo a Tijuana y no empezarás de cero. Serás la Dama de las Camelias.

La propuesta de Emilio tomó a la muchacha por sorpresa.

—¿Qué dices?

—Lo que oíste. Mañana me regreso en carro a Baja California. Tú decides si te vas conmigo. No pienso aprovecharme de ti. Nos casaremos ya que lleguemos a Tijuana. Invitaremos a tu mamá. Será una boda bonita, con vestido blanco, pajecitos y mucho arroz. Mi mamá también estará ahí —le prometió, al tiempo que le sujetaba ambas manos.

—Creí que eras huérfano.

—Ella nos verá desde el cielo.

—Ah —dijo Camelia (*Qué rápido estás perdiendo tu habilidad para mentir*).

—Y ya después podrás estudiar una carrera, para que te puedas superar. Yo te voy a apoyar —prometió Emilio.

—¿En serio? —dijo Camelia (*Así está mejor*).

—Créeme, no te vas a arrepentir.

Camelia y Emilio regresaron juntos al departamento. Camelia le pidió perdón a Rosaura por faltarle el respeto. Las mujeres se unieron en un cariñoso abrazo.

Emilio se ofreció a pasar la noche en la sala, "para protegerlas". Rosaura le dio las gracias y reconoció que Emilio era "un buen muchacho, y valiente también".

En la madrugada Camelia salió de su habitación con su maleta hecha y una nota que dejó en el comedor.

—¿Estás segura de querer hacer esto? —le preguntó Emilio.

—Sí.

Adorada madre:

He descubierto que Emilio es el amor de mi vida y que no puedo vivir ni un solo segundo más de mi vida sin él. Me voy de esta manera, haciendo caso a mi corazón, por lo que le ruego que me comprenda y me perdone. Emilio es un hombre bueno y honrado que va a cuidar de mí, por eso no se preocupe. Viviremos en Tijuana, lo cual es algo que siempre he querido hacer. Regresar a mi país. No deseo seguir siendo una ciudadana de segunda categoría, barriendo pisos y sacando la basura de otros. Como mi papá siempre nos decía: "preferible ser cabeza de ratón que cola de león", que es como me siento en estos momentos, como un cero a la izquierda.

Quiero que sepa que Emilio no me convenció de hacer nada. Todo lo que estoy haciendo lo hago por voluntad propia. Porque es el momento indicado. Gente como nosotros no puede desaprovechar esta clase de oportunidades, que nos llegan una vez en la vida. Va a ver que no la voy a defraudar. Voy a convertirme en alguien grande con la ayuda de Emilio. Voy a estudiar y me voy a superar. Y no me voy a entregar a él hasta casarnos. Eso ya se lo puse bien claro y él por supuesto está de acuerdo.

La invitaremos a nuestra boda. Dígale a Nora que me perdone por no haberme despedido de ella tampoco. Dígale que yo también tengo derecho a ser feliz y a luchar por mis sueños, como ella lo está haciendo ahora al lado de Rico.

Su hija que la ama,
Camelia

Tan pronto leyó la carta, Rosaura volteó a ver el arreglo floral obsequio de Varela. Luego vio los chocolates. De nuevo dirigió la mirada hacia las flores.

La habían timado.

Se sintió avergonzada por ello.

Por haber caído en el más viejo de los trucos.

Las flores, los chocolates, la ridícula historia de la florería y la nana.

La vergüenza cedió paso al coraje por haber sido tan ingenua.

Ese tipo es un profesional, reconoció al fin.

Qué habilidad para mentir.

Qué sinvergüenza.

Su hija no habría podido ser engañada por cualquiera. Camelia era demasiado lista.

La preocupación se apoderó de ella.

¿En manos de qué embaucador ha caído mi hija?, se preguntó con terror.

Tuvo claro lo que debía hacer en esos momentos.

Hurgó en su bolsa buscando el pedazo de papel con el número del teléfono en Sinaloa.

Marcó.

Esperó.

Le contestaron.

—¡¿Qué has hecho con mi hija, desgraciado?! —le gritó al teléfono.

En el hospital de San Francisco, Alison, con cuatro puntadas en la muñeca izquierda, tres en la derecha y el suero fortaleciéndola, volvió a preguntarle a Raquel, su suegra, si era cierto que Varela había conocido a otra mujer.

—Dígame la verdad, suegra, es mejor para mí: ¿Emilio conoció a otra mujer?

—Ya te dije que no, mi vida. Emilio sólo te quiere a ti.

—¿Entonces por qué no viene?

—Porque está muy ocupado haciendo dinero para que puedan vivir bien, sin que les falte nada.

—Pero Emilio ya tiene siete años. Es justo que conozca a su padre.

—Ya lo conoce.

—No se acuerda de él.

—Ya viene.

—Le juro que si no llega me mato.

—Aguanta un poco más. Hazlo por tu hijo, aunque sea.

—¡No! ¡Me voy a matar, suegra!

—Tienes que hablar con el padrecito. Confiésate, m'ija.

—¡No quiero hablar con nadie!

—Tienes que hacerlo. Acabas de cometer un pecado mortal.

—Nunca me había sentido tan humillada. ¡La reina de belleza de la preparatoria! ¡La más bonita de todo Reynosa! ¡La de mejor cuerpo! ¡La muchacha con más pretendientes! ¡Internada en un hospital por intento de suicidio! ¡Despechada! ¡Engañada! ¡Qué vergüenza!

—No pienses así, hija. No digas esas cosas. Sólo necesitas ser fuerte. Ya verás cómo todo se resuelve entre ustedes. Así es esto. La vida es muy dura. Sobre todo para nosotros en este país.

—¡Voy a matar a esa vieja!

A la derecha de la carretera chihuahuense se avizoraba un diminuto palenque con techo de lámina, bajo la bóveda celeste teñida de púrpura por el ocaso invernal. Un camino de tierra bordeado por mezquites llegaba hasta ahí. Camelia cabeceaba y se volvía a acomodar en su asiento de piel mientras se protegía del frío con la chaqueta de Varela.

A lo lejos, instrumentos de viento ejecutaban una versión instrumental y bastante ebria de *Flor de capomo*. Por lo visto la banda llevaba todo el día tocando. Aun así, la música con tambora atraía a Varela como el flautista a los niños de Hamelin. No había ningún letrero que anunciara peleas de gallos; sin embargo, Varela sabía lo que se estaba cocinando dentro: peleas clandestinas.

Varela ignoró el letrero de madera que anunciaba: "Propiedad privada, prohibido el paso", y cogió la desviación, sin avisar antes a Camelia, quien al poco rato despertó por lo atropellado del camino.

—¿Adónde vamos?

—¿No te he dicho que me gustan mucho las peleas de gallos? —le preguntó Varela, apenado.

—¿Te gusta apostar? —preguntó ella.

—No, no me gusta apostar; sólo ver. Soy el clásico metiche que nomás está ahí viendo qué juegan y cuánto. Es todo.

—A mi papá le gustaban las carreras de caballos —recordó Camelia—. Siempre le gustaba apostarle al más desgarbado. Al que caminara más feo.

—¿Por qué?

—No siempre ganaban, pero cuando lo hacían pagaban mejor. Siempre me decía: "El que no arriesga no gana". Ése era su lema...

—¿Quieres entrar al palenque conmigo?

—Ya estamos aquí, ¿no?

No cabe duda, mi tipo de mujer: bonita y atrabancada, pensó Varela con entusiasmo, antes de estacionar su carro a unos cuantos metros del portón abierto, el cual justo en ese instante escupió un gallo oriental de aspecto enfermizo. Detrás de él apareció un niño escuálido y moreno, empujado por un hombre de pelo quebrado, bigote y lentes de aviador, quien lo expulsó a él también del palenque.

—¿Qué le hicieron a tu gallo, mi amor? —le preguntó Camelia al niño.

—No me dejaron jugarlo —dijo el muchacho, con una voz aguardentosa muy extraña para su edad.

—¿Por qué?

—Yo qué sé —dijo, limpiándose una lágrima.

En ese mismo instante salieron del palenque dos borrachines con sombrero de mimbre, ropa sucia y huaraches de cuero. Los compadres iban muy abrazados y reprochándose haber sido "tan pendejos", mientras tropezaban aquí y allá con las raíces de la hierba que destacaba sobre la tierra.

Ambos, en una sola apuesta, habían perdido sus parcelas. Uno de ellos, el soltador Israel Carmona, viudo desde hace más de tres años, dejará todo para irse a vivir con su hija y sus nietos a Refugio, Texas, mientras que el dueño del gallo muerto se lanzará de cabeza desde el pequeño puente que cruza el río Casas Grandes, gracias a lo cual terminará de perder la razón.

Varela y Camelia los miraron pasar y continuaron su camino.

No había nadie que cobrara en la taquilla; sobre la pared blanca sólo se veía un rótulo que con pintura negra advertía: *Prohibido los mirones. O apuesta o se larga. Apuesta mínima: 1 000 pesos. Se aceptan camionetas, terrenos, tractores, armas, alhajas, casas, hijas y viejas, dependiendo de la condición.*

El vapor del cerdo, proveniente de un gigantesco cazo de puro bronce ubicado muy cerca de la entrada, había dejado el pelo grasoso al individuo encargado de las carnitas. Un muchacho alto y de mejillas carnosas y chapeadas esperaba a su lado con un plato en la mano.

—¿Ya tiene tortillas el jefe? —le preguntó el cocinero al muchacho.

—No.

—Pos órale.

El muchacho se puso a tender las tortillas, en lo que el tipo grasoso tomó un pedazo de carne que comenzó a cortar sobre la tabla de madera que tenía al lado de la olla. En pocos segundos el plato del muchacho se encontraba rebosando de carne y de tortillas.

—Gracias —dijo.

—¿Cómo va? —preguntó el cocinero.

—¿Qué cosa?

—El jefe.

—Ya casi es dueño de todo el ejido.

Ambos hombres hicieron una pausa en su conversación tan pronto vieron a la pareja que entró al palenque. Los siguieron con la mirada mientras se internaban en el pequeño coliseo, donde las pocas gradas se encontraban ocupadas por vaqueros, ganaderos y campesinos. Sólo había dos mujeres en el lugar. Ambas ya mayores. Camelia se colocó junto a una de ellas.

—Hola —le dijo.

La mujer se encontraba ocupada llorando a moco tendido.

—¿No vio a un niño al entrar? —le preguntó la señora, una vez que recuperó el aliento.

—¿Uno que iba con un gallo pinto? —preguntó Camelia.

—¿Dónde está?

—Lo acaban de sacar.

—¡Desgraciados! —volvió a chillar—. ¡No respetan ni a las criaturas! —berreó la señora, antes de sonarse los mocos—. Mi muchacho trajo a su único gallito para ayudarle a mi esposo, que lo perdió todo, ¡todo! —continuó berreando.

Un poco asustada, Camelia se reunió con Emilio Varela, quien volteaba hacia todos lados, intentando ubicarse dentro del lugar.

—¡Emilio Varela! —gritó el mafioso Arnulfo Navarro, luego de que reconoció al intruso.

—Navarro —dijo Varela.

Varela le extendió una mano temblorosa. Navarro la tomó y lo atrajo hacia él, dándole un cariñoso abrazo.

—¡Nos caíste del cielo, cabrón! —dijo Navarro, ligeramente ebrio, tras haber consumido dos botellas de whisky a lo largo del día.

—¿Sí? —dijo Varela.

¿Cómo pude ser tan pendejo?, se reprochó Varela.

Tan grande que es este puto estado y me tuve que meter al palenque de Arnulfo Navarro.

¿Qué tenía que andar viendo a un par de pájaros agarrándose a navajazos, rodeados por un montón de rancheros idiotas, gritándoles? ¿Qué tiene ese maldito espectáculo que me idiotiza tanto?

No lo sé, terminó por contestarse.

Sinceramente no lo sé…

—¡Teníamos un chingo de ganas de verte! —gritó Navarro, carcajeándose.

—¿A poco? —preguntó Varela.

—Sí. Hace como dos meses estuvimos pensando mucho en ti. ¿O fue más? No recuerdo. No soy bueno para las fechas. El caso es que hablamos con Antonio y nos dijo que ya no trabajas para él. Que saliste huyendo de Sinaloa y no fue posible darte la liquidación que te corresponde. Nos encargó que si te veíamos por acá te preguntáramos por dos paquetes faltantes aquel día en Ciudad Juárez, ¿recuerdas?

—¿Paquetes?

—Sí, los paquetes. Yo creí que por eso me traías a esta muchacha. A cuenta de ellos —dijo Navarro, mientras pasaba su mano color gris sobre el pelo de Camelia—. Está muy bonita —reconoció enseguida.

—No.

—¿No qué? —preguntó Navarro, perdiendo su afabilidad.

—Allá afuera traigo un Barracuda —tartamudeó Varela.

—No me gustan los carros. ¿Tienes una camioneta del año?

—No.

—No importa; de todos modos, con una camioneta del año no te alcanza para pagarnos.

—¿Cómo?

—Se generaron intereses.

—¿De qué está hablando? —preguntó Camelia, muy asustada.

—De flores —se apresuró a contestarle Varela.

—¿De flores? —dijo Navarro.

—Sí, de unos paquetes de flores que se perdieron… Es mi esposa —le dijo Varela a Navarro.

—Aceptamos esposas, no hay problema —le informó Navarro, quien barrió a Camelia con la mirada. Desnudándola en su mente. De arriba abajo, y de vuelta.

—Déjala a ella fuera de esto —pidió Emilio Varela.

Navarro lo pensó un instante. Se llevó una de sus manos a su difusa barbilla.

Lucía reflexivo.

Enseguida dijo:

—Varela, tienes suerte.

—¿Suerte? —preguntó Varela, como diciendo: *¿A meterse directo a la boca del lobo le llamas suerte?*

—Sí, suerte, porque me has agarrado en un día muy bueno para mí. Demasiado, diría yo. Mis compañeros ejidatarios se prepararon durante todo un año para traer sus mejores gallos y jugarlos contra los míos, esto a raíz de una serie de disputas tontas que se han venido dando entre nosotros, más que nada por unos cuantos cientos de vacas que han fallecido de manera misteriosa por estos terrenos; se me acusa también de andar echando abajo sus cercos, problemas de esa índole, tú sabes, los cuales hemos decidido resolver aquí, en mi palenque. El caso es que ahora resulta que soy dueño de casi todo el ejido donde nací, ¿cómo ves? Hace apenas unos minutos les gané sus potreros con todo y reses a dos de mis antiguos patrones. Cómo da vueltas la vida, ¿no? Sinceramente no esperaba que me fuera a ir tan bien. Mis contrincantes han traído gallos de muy buena calidad, y una cosa que siempre he sabido es perder; sin embargo, la suerte estuvo de mi lado. ¿Qué puedo decir? Por eso estoy de tan buen humor y por eso también seré completamente franco contigo. Ahí te va: Antonio nos repuso los kilos faltantes de… de flores —dijo Navarro, mirando a Camelia—. Incluso nos pidió disculpas por el ligero malentendido y terminamos tan amigos como antes. Por ese lado estamos contentos. Pero —apuntó con su dedo en el aire— lo único que me duele es la espina clavada que me quedó luego de que nos quisiste ver la cara de pendejos, allá en Ciudad Juárez.

—No, Navarro, no fue así. Lo que pasó fue que…

—No me vuelvas a interrumpir —le advirtió Navarro, muy serio, y ahora apuntándole a él con su dedo rechoncho y gris.

—Perdón.

—¿Te gustan los gallos?

—¿Qué?

—¿Que si te gustan los gallos? Por algo estás aquí, ¿no?

—No me gusta apostar.

—¿Sí o no?

—Sí.

—Si dices que te gustan los gallos, entonces me imagino que conoces a este individuo que está a mi lado —dijo Navarro, alargando su brazo derecho—. ¿Dónde está? —le preguntó a su cocinero, luego de que su mano no encontró lo que buscaba.

—Fue a las jaulas —le contestó el cocinero.

—Ve por él —ordenó Navarro.

El cocinero obedeció y a los pocos segundos regresó con un individuo de sobra conocido por Varela.

—¡Dios mío! —dijo Varela.

—¿Lo conoces? —preguntó Navarro, con una sonrisa.

Varela había perdido el habla, por lo que movió afirmativamente la cabeza. Ahí, frente a él, se encontraba ni más menos que el peruano Andrés Hasegawa. El mejor soltador del mundo. Ganador de un sinnúmero de trofeos, entre ellos el de la Primera Copa Gallística Sudamericana, de 1968. Un verdadero científico de los palenques, lo que se podía constatar por todos los instrumentos de medición que llevaba consigo, como anemómetro, flexómetro, nivel, cinta métrica, regla y escuadra, además de un reluciente estuche de madera equipado con cintas, tijeras, botanas, fundas y navajas de todas las formas, tipos y tamaños.

—Es Andrés Hasegawa —dijo Varela por fin—. Campeón mundial de la Primera Copa Gallística Sudamericana. El mejor soltador del mundo.

—¿Tú sabes dónde queda el Perú?

—Por supuesto —contestó Varela.

—Pues yo no, pero sé cuánto me cuesta traerme a este cabrón desde allá, y por lo que me cobra sé que está muy lejos. Pero me lo traje porque es el mejor y porque les quería ganar a todos esos güeyes, lo cual ya hice, y estoy a gusto, pero ahora me quiero divertir un poco contigo y por eso te propongo lo siguiente: tú agarras cualquiera de los gallos que quedaron vivos del partido naranja —dijo Navarro, apuntando hacia una banca ocupada por rancheros con semblante compungido, casi todos con gallos moribundos y ensangrentados en su regazo—; tu soltador va a ser el peruano.

—Jefe, no… —alcanzó a decir el cocinero.

—Cállate, ya te dije que me quiero divertir un rato.

—Lo siento.

—Si ganas, te puedes ir con tu mujer y con tu carro, y además le regreso todo lo que le haya ganado este día al dueño del gallo ganador. Si pierdes, te vas sólo con tu carro.

—¡¿Qué?! —gritó Camelia.

—¿Qué pasa si ella no se quiere ir con usted? —preguntó Varela.

—Te mato aquí mismo —respondió Navarro.

Varela lo pensó un momento. Volteó a ver el bello rostro de Camelia.

¿Qué clase de sinvergüenza he sido toda mi vida que me atreví a traer a esta pobre muchacha a un lugar tan repugnante?, se preguntó.

Sí, supongo que ya me tocaba pagar todas las que debo, pensó, ya más resignado.

Me lo merezco, agregó.

Y entonces ocurrió algo insólito: por primera vez en su vida Varela dejó de pensar en sí mismo como prioridad.

—Déjala que se vaya y mátame —le propuso Varela a Navarro, ya envalentonado.

—Como tú digas —dijo Navarro, yendo por su pistola.

—¡No! —gritó Camelia, con bravía.

—¿Qué? —preguntó Varela.

—Me voy a ir con usted si Emilio pierde —le dijo Camelia a Navarro, siguiendo una corazonada.

—Mantente fuera de esto —pidió Varela.

—Emilio, llegamos juntos y vamos a salir de esto juntos —le dijo Camelia, dejando aflorar poco a poco ese fuego interior que siempre había llevado dentro.

—¡Así me gusta! —aulló Navarro.

—Necesito hablar a solas con ella —dijo Varela.

—Adelante.

—Acompáñame —dijo Varela, tomando a Camelia del brazo.

La pareja se alejó rumbo a la pared más cercana. Los ahí presentes los siguieron con la mirada.

—Camelia, esto es muy peligroso. Lo más seguro es que termines en una de las casas de citas que tiene Navarro —Varela intentaba hacerla entrar en razón.

—Emilio, algo muy fuerte en mi interior me dice que vamos a salir bien librados de ésta.

—¿Estás segura? —preguntó Varela, incrédulo.

—Sí —dijo ella.

En ese momento Varela encaró a Navarro.

—¿Cómo sé que el peruano no te va a favorecer? —preguntó.

—Andrés nunca pierde.

—¿Entonces por qué lo haces?

—Ya te dije, me quiero divertir.

—¿Y yo elijo mi gallo? —preguntó Varela.

—Así es. Pero primero voy a hablar con mis compañeros del partido naranja —dijo Navarro, quien se dirigió al centro del redondel y desde ahí les habló a los recién despelucados—: Caballeros, para que vean que soy considerado, vengo a ofrecerle una oportunidad de recuperar sus tierras a la persona que conserve al mejor animal para una última pelea. Este muchacho que está aquí —dijo, poniendo una mano sobre el hombro de Varela—

elegirá ese gallo. Incluso voy a prestarles a mi soltador. ¿Qué dicen?

—¡Yo! —gritó uno de los perdedores, alzando a un colorado en estado agonizante.

—¡Elige el mío! —propuso otro, intentando revivir a su giro.

—¡Éste está bueno todavía! —terció uno más.

Era momento de que Varela se decidiera por uno de entre todos los perdedores. Eligió al más entero de los *red brown*. Un ejemplar de mucho porte.

—¿Todavía anda? —le preguntó al dueño.

—Sí, claro. En la otra pelea se cansó y por eso ya no quiso pelear, pero no le hicieron nada, salvo unos piquetazos en el cogote.

Varela inspeccionó al animal. El hombre tenía razón: el gallo estaba entero.

—¿Cómo la ves? —le preguntó Varela al peruano.

—Es bonito, pero cobarde. No combativo —opinó el peruano, viéndolo de reojo.

—¿Tenemos otra opción? —preguntó enseguida, volteando a ver al resto de los animales disponibles.

—No.

—¿Posibilidades de ganar?

—Ninguna —dijo, luego de quitarse el cigarro de la boca para sacudirle la ceniza acumulada.

—¿Por qué?

—Los gallos de ese hombre son bestias asesinas. No he tenido que hacer nada. Tan pronto los suelto se devoran al rival. No sé qué les estará dando. En cualquier caso, no es mi problema. Yo mañana me largo a mi país.

—Ahora sí estamos jodidos —le dijo Varela a Camelia, quien de pronto recordó la predilección de su padre por los animales menos vistosos.

—¡Ya sé! ¡Lo tengo! —gritó ella, emocionada.

—¿Qué pasa?

—¡La señora! —dijo Camelia, apuntando hacia la señora de vestido blanco frente a ella.

—¿Yo? —dijo la señora.

—¡Vaya por su hijo! ¡Dígale que traiga su gallo inmediatamente!

—¿Qué estás haciendo? —le preguntó Varela.

—Confía en mí. Es mi corazonada.

La señora obedeció, y luego de una espera de un par de minutos regresó con su hijo y el gallo oriental, el cual parecía sufrir convulsiones por su manera de moverse, con espasmos demasiado marcados incluso para su especie. Era como si el ave se estuviera muriendo de frío ahí dentro. No paraba de temblar.

—¿Con eso vas a retar a mi gallo? —le preguntó Navarro a Varela, aguantándose la risa.

—Sí —dijo Camelia—, y va a ser el niño el que lo suelte. Usted quédese con su peruano.

—¡No! —dijo Varela.

—Yo sé lo que hago —aseguró Camelia.

—¿Ella habla por los dos? —le preguntó Arnulfo a Varela, ignorando de nuevo a la muchacha.

—Sí —respondió Varela, un tanto temeroso, pero respaldando la decisión de su mujer.

—Hijo, ¿qué alimento le das a tu ave para que esté así de fuerte? —le preguntó Navarro al jovencito, con remarcada ironía.

—De todo: lombrices, maíz, verduras —contestó el chico con su voz ronca y sin intimidarse ante la presencia del hombre que recién había despojado a su padre de sus propiedades.

El asesino comenzó a carcajearse frente a todos.

—¡Dice que de todo! —y continuó carcajeándose; luego, volviéndose a su soltador, ordenó—: Peruano, tráete al *hatch* patas amarillas.

—Pero ése está muy grande para el gallo del niño...

—Tú tráetelo. Les dijimos que podían escoger al animal que quisieran; si se fueron por el más tembeleque, ése es su problema.

El peruano acató las órdenes de su patrón.

—Tu nombre es Sebastián, igual que el de tu padre, ¿verdad? —preguntó Navarro.

—Así es —contestó el muchacho.

—¿Y con ese gallo vas a recuperar todo lo que perdió el día de hoy?

—Sí.

—Pues ni modo, vele poniendo su navaja y despídete de él, porque lo estás enviando directo al matadero —le advirtió Navarro, antes de salir del ruedo.

—¿De verdad crees que gane? —le preguntó Camelia a Sebastián.

—Claro —dijo el niño, con toda la confianza del mundo.

—¿Por qué lo dices?

—Este gallo se lo dio de pilón un gringo a mi papá en los Estados Unidos. No lo quiso por feo y me lo regaló a mí.

—No está tan feo —mintió Camelia.

—Sí lo está, y por eso va a ganar.

—¿Has soltado alguna vez?

—No.

—¿Crees que puedas hacerlo?

—He visto cómo se hace.

En eso llegó el peruano con un intimidante colorado de tres kilos de peso.

—Ahora sí estamos jodidos, ¿verdad? —le preguntó Varela a Camelia.

Ésta lo volteó a ver. Muy seria.

—El que no arriesga no gana —respondió.

—Tienes razón —concedió Varela, aún nervioso.

—¡Atrás del cerco! —gritó Navarro.

En eso, el peruano sacó su anemómetro y calculó la dirección del viento, girando a su gallo unos cuantos grados respecto a su contrincante. Enseguida sacó su escuadra y ajustó la postura de la navaja en la pata del animal, considerando en todo momento las características físicas de su rival. Con su flexómetro estableció la distancia desde la cual iba a soltar al gallo, y, por último, procedió a hidratarlo, escupiéndole agua en el cogote y por debajo de las alas.

Un ritual digno de verse, pensó Varela, asombrado. *Vale cada peso que cobra.*

Vamos a perder.

Esto último lo pensó en voz alta. Camelia alcanzó a escucharlo.

—No es cierto, hijo. Vamos a ganar —le dijo a Sebastián.

—Ya lo sé —dijo el muchacho, completamente convencido de ello y mirando con odio al peruano y a su gallo.

—¡Atrás del cerco! —rugió Navarro de nuevo, y todos lo obedecieron, Camelia y Varela incluidos—. ¡Suelten sus gallos! —gritó después.

El peruano colocó al colorado en el suelo, deslizándolo suavemente, mientras el muchacho prácticamente dejó caer el suyo. Fue contrastante la actitud de ambas aves una vez en el suelo: mientras el *red brown* se mantuvo parado y sin advertir el peligro que representaba su desgarbado contrincante, éste fue con el pico directo al ojo izquierdo de aquél.

Un "¡ohhh!" generalizado se escuchó por todo el palenque. El *stetson* de Navarro fue a dar al suelo, arrojado por él. Varela abrazó a Camelia:

—¡Está tuerto! ¡El grandulón está tuerto! —gritó, y enseguida le plantó un beso a la muchacha.

El horripilante gallo pinto había ido por el ojo de su rival como si le perteneciera, y de ahí regresó con su amo, esperando nuevas indicaciones, mientras el colorado comenzaba a aletear de manera frenética, dándose cuenta de que se encontraba en un combate. Navarro lucía preocupado. Los animales fueron soltados de nuevo. En esta ocasión el colorado dio un brinco y cayó encima de su contrincante, al cual comenzó a atacar a picotazos y navajazos. Sin embargo, el pinto logró salir del aprieto con una violenta sacudida; tenía una herida arriba del ala derecha.

—No puede ser —musitó Varela.

—No te preocupes —lo tranquilizó Camelia, mirando a Navarro de frente, sin pestañear. Muy en control de la situación.

Volvieron a soltar a las aves. Esta vez el pinto sacó los mejores dividendos gracias a su cuello con forma de sacacorchos, con el que atacaba desde ángulos insospechados.

—¡Eso! ¡Eso! —festejaba Varela.

En la siguiente embestida la iniciativa fue del colorado; no obstante, su rival por poco le amputa una pata de un solo navajazo, lo que no lo hizo retroceder.

—Estamos fritos —aseguró Varela.

—¡Cállate! —ordenó Camelia, al ver al animal levantarse.

Cojo, sangrante y maltrecho, el gallo oriental arremetió con violentas sacudidas, cuyo resultado fue la negativa del contrario a seguir peleando.

La ovación fue apabullante. Varela y Camelia brincaban de alegría. Navarro había pasado del enojo al asombro. Jamás había visto nada igual. Semejante arrojo y temple frente a la adversidad. Ya no le importaba haber perdido ni tampoco la humillación sufrida. Ahora lo veía de la siguiente manera: *Esa muchacha debe ser mía... por las buenas o por las malas.*

Se levantó de su asiento y se dirigió a la entrada del palenque, donde comenzó a dar órdenes a sus hombres.

—Hay que llevar rápido a este gallo con un veterinario —le dijo Camelia a Sebastián, con el pinto en su regazo.

—¿Cómo te llamas, hija? —le preguntó Navarro, interponiéndose en su camino.

—Camelia, y, afortunadamente, no soy su hija.

—Sí, afortunadamente —repitió Navarro, viéndola otra vez, de arriba abajo y lamiéndose los labios—. ¿De dónde eres, Camelia?

—De San Antonio.

—Camelia la Texana, entonces —dijo Navarro, con una sonrisa.

A Camelia no le molestó el apodo. Más bien le gustó cómo sonaba. Lo repitió en su mente: *Camelia la Texana.* Ésa era ella.

—Usted perdió su apuesta, señor. Ahora déjenos ir.

—Él se puede ir —dijo, apuntando hacia Varela—. Tú te quedas.

—¡¿Qué?! —protestó Varela.

—Hija, tú eres demasiada vieja para este pobre pendejo…

—No hable así de *mi hombre,* o haré que se arrepienta —dijo ella.

—Oye muy bien lo que te digo, Camelia: va a llegar el día en que este muchacho no pueda comportarse a la altura y tendrá que traicionarte; está en su naturaleza. Tú eres una mujer muy fuerte, pero no estás preparada para eso. Casi puedo verlo. Mejor quédate conmigo. Te juro que no te voy a forzar a hacer nada que no quieras, pero quédate con un hombre de verdad, que te ayude a crecer. Tú estás destinada a hacer cosas grandes, ya lo vi. Imagínate lo que podríamos hacer tú y yo juntos. Yo con mi poder y tú con tu buena estrella. Nos haríamos dueños de todo el país, si así lo quisiéramos.

—De ninguna manera —dijo ella, caminando hacia la salida.

—Lo siento, Camelia, no puedo dejarte ir. A él sí. A ti no —sentenció Navarro, enamorado como nunca lo había estado de ninguna otra mujer, a pesar de haberse casado en tres ocasiones.

—Emilio —murmuró Camelia, mirando hacia la hilera de pistoleros que les bloqueaban el paso.

—¿Qué?

—Prepárate para correr —dijo, luego de escupirle al pinto en el cogote, hidratándolo con su saliva, en un intento por reanimarlo, para después apuntarlo en dirección al rostro de Arnulfo Navarro, donde fue a dar el gallo con su pico al frente.

Camelia remató con un empujón a la barriga de su captor, que lo hizo tambalearse primero y enseguida caer dentro del gigantesco cazo de bronce con la manteca de cerdo hirviendo, donde el criminal comenzó a proferir alaridos espeluznantes, implorando la ayuda de sus pistoleros, quienes, ante la confusión, se esparcieron y permitieron el paso de Varela y Camelia.

Varela preparó la llave antes de llegar al automóvil, y, al entrar en él, comenzaron a escuchar disparos.

—Cuando compré un motor de ocho cilindros nunca creí que fuera a necesitarlo tanto —le dijo Varela a Camelia, metiendo la llave del encendido.

—¡Písale! —dijo ella, excitada.

El potente rugido del motor fue música para sus oídos. *Las camionetas y los tractores de sus enemigos no serían competencia*, pensó Varela, aullando y dejando una espesa nube de tierra a su paso.

La excitación experimentada por Camelia en esos momentos era casi sexual.

Orgásmica.

Se había encontrado a sí misma.

Ésta era ella.

Camelia la Texana.

El hermano de Emilio tuvo que quitarle al niño a la fuerza, antes de que lo estrangulara.

La madre de Emilio Varela no podía creerlo.

No comprendía que los celos obsesivos predominaran sobre el amor de madre de una mujer.

—¡Por tu culpa tu padre me dejó! —era lo que le decía antes de que su cuñado llegara al rescate de su sobrino, quien para ese entonces tenía el rostro de color morado.

—¡¿Qué haces?! —preguntó Aarón Varela.

—¡Ya les dije que voy a matar a este mocoso si Emilio no regresa! ¡Y va a ser su culpa, no la mía! ¡Yo fui la reina de mi preparatoria! ¡A mí ningún hombre me deja por otra!

—¿Te has estado tomando tus pastillas? —le preguntó su suegra.

—¡No las necesito!

—Vamos a tener que llamar a la policía si no lo haces —le advirtió la madre de Varela.

—¡Hágalo! ¡No me importa! ¡De todos modos el niño se va a tener que quedar con su madre!

—Les diremos cómo lo tratas.

—Va a ser su palabra contra la mía.

—¿Por qué le haces esto a tu hijo?

—Puedo hacer lo que me venga en gana con él. Es mío. Yo lo parí. Y más les vale que le digan eso a Emilio la próxima vez que hablen con él.

—Pero si ya te hemos dicho que sabemos lo mismo que tú.

—¡Eso es mentira! ¡Ustedes saben quién es la otra! ¡Incluso cómo se llama! Nomás que no me lo quieren decir. ¡Todos ustedes son unos mentirosos!

—Muchacha, dale gracias a Dios que estoy en esta silla de ruedas, de lo contrario yo misma te daría unas bofetadas…

Mientras tanto, el pequeño Emilio lloraba.

El "incidente" en Chihuahua estableció un vínculo muy fuerte entre Emilio y Camelia. Se sentían jóvenes, fuertes y libres, transitando por la carretera de un país salvaje al que pretendían domar y llegar a ser sus dueños.

Sus ambiciones no eran modestas. La inteligencia de Varela y la valentía de Camelia, combinadas con el encanto de ambos, hacían que el cielo fuera el límite para ellos. Siempre y cuando se mantuvieran juntos. La clave de todo. Lo sabían muy bien. Hacían buena mancuerna.

Unidos por designio divino.

Al mismo tiempo existía algo que atormentaba a Varela: el recuerdo de su hijo, del que no le había dicho nada a Camelia, por temor a que se sintiera traicionada.

Todo ha ido muy bien hasta ahora, ¿por qué arruinarlo?, pensó el mentiroso empedernido de Varela.

Sin embargo, sabía que tarde o temprano se enfrentaría a un verdadero dilema: seguir adelante con el negocio que lo esperaba en Tijuana o hacer su vida al lado de Camelia.

Después de darle muchas vueltas al asunto, Varela decidió postergar su resolución hasta llegar a Los Ángeles, donde haría "la entrega".

—¿A qué vamos a Tijuana? —preguntó Camelia, luego de armarse de valor.

—Ya te dije, a atender mi negocio.

—Tú no vendes flores —se atrevió a decirle en voz alta.

No recibió respuesta.

Pocos kilómetros antes de llegar a Sonoyta, Camelia avizoró una tremenda mujer pidiendo aventón a la orilla de la carretera. Varela conducía a ciento cuarenta kilómetros por hora. Le urgía llegar a la ciudad de Tijuana. En cuestión de segundos la figura de la mujer pasó del parabrisas al retrovisor. Varela la ignoró.

—¿Viste a esa pobre chamaca? —preguntó Camelia.

—¿Chamaca?

—¿No le viste la cara? ¡Es apenas una niña! ¡Le puede pasar algo!

—Créemelo, una gordita como ésa no atrae ni desgracias.

—¿Cómo puedes decir eso? —preguntó Camelia, indignada.

—Fácil pesa más de cien kilos, ¿tú crees que alguien se pueda llevar a ese mastodonte a la fuerza?

—Emilio, te voy a pedir que te detengas y vayas por ella. No podemos dejarla ahí, sola. Le puede pasar algo. Ya va a oscurecer.

—Mujer, tenemos nuestros propios problemas, ¿qué no ves?

—¿Y cómo salimos del último problema en el que nos metiste? Gracias a Sebastián y su gallo, que quién sabe cómo se la estarán pasando ahora, los pobres. Todos necesitamos ayuda, en un momento u otro. No podemos llamarnos católicos si no ayudamos a nuestros semejantes cuando se encuentran en aprietos...

—¿Y quién te dijo que yo soy católico?

—Pues más te vale que lo seas. Le dije a mi mamá que nos casaríamos por la Iglesia y que la invitaríamos a la boda cuando nos...

—¡Ya, ya, ya! ¡Está bien! ¡Me voy a regresar! Pero la vamos a llevar hasta Sonoyta y se acabó —la interrumpió Varela, dando vuelta en U sobre la carretera.

—Vamos a ver.

—Sólo espero que no traiga un muerto dentro de esa maleta.

—¿Cómo puedes decir eso?

—No sabes qué clase de personas piden *raite* en las carreteras.

—¿Qué clase de personas son ésas?

—La peor: asesinos, asaltantes, traficantes de droga y todo tipo de maleantes —dijo Varela, con cuidado de no morderse la lengua—. Por eso nadie se detiene.

—Mira que tu idea de meternos al palenque tampoco fue muy buena.

—Por eso te digo: hay que aprender la lección que nos deja.

—¿Y cuál lección es ésa?

—¿Cómo que cuál? Pues seguir nuestro camino.

Por fin, el automóvil llegó hasta donde esperaba la muchacha, con una enorme maleta sobre el asfalto. La chaqueta de encaje azul y blanco y la blusa amarilla le quedaban demasiado ajustadas, dejando su ombligo al descubierto. Pasaba lo mismo con su pantalón de mezclilla, incapaz de llegar más allá de la pantorrilla. Su torso era corto y ancho, con una enorme espalda exenta de hombros, mientras sus largas piernas eran delgadas en comparación, con las rodillas chocando entre sí, de tan juntas. Su pelo castaño claro, casi dorado, era abundante, rebelde y rizado, contrastando con la escasez de pestañas y ceja sobre un rostro perfectamente redondo y carnoso, de ojos pequeños y desconfiados.

—Ésa sí que es llanta doble rodada, la que trae en la cintura —observó Varela.

—Qué gordo me caes cuando hablas así.

—Perdón —dijo Varela.

—Hija, ¿qué haces por aquí tan sola? —le preguntó Camelia a la chica de metro ochenta.

—Me salí de mi casa porque no me quieren —explicó la adolescente, con una vocecita tan femenina como puede serlo una retroexcavadora.

—¿No quieres que te llevemos a Sonoyta?

—Voy a Tijuana —dijo, completamente convencida de ello.

—¿Y qué vas a hacer ahí?

—Trabajar, vivir sola, superarme, formar una familia, no sé...

—¿No tienes familia?

—No me quieren.

—Súbela, en el camino la confiesas —intervino Varela.

Camelia descendió del automóvil. Hizo el respaldo hacia adelante. El espacio seguía siendo demasiado reducido para el paso de la muchacha. Camelia analizó un poco más la situación.

Está difícil, pensó, con ambas manos en la cintura.

La muchacha, a su lado, estaba de acuerdo.

—¿No te quieres ir adelante? —preguntó Camelia.

—Sí —respondió la jovencita, sin ruborizarse.

Varela arqueó un poco más las cejas.

Me lleva la chingada, pensó, mirando al cielo.

Camelia se fue al asiento trasero.

—Sube —dijo.

—Gracias —respondió la joven, e inmediatamente el Barracuda se inclinó cinco grados con respecto a su horizontal.

—Ahora sí —dijo Camelia—. Vámonos.

Por lo ligero de su carrocería Varela había adquirido la mala costumbre de arrancar su Barracuda en la segunda velocidad. Esta vez, con el peso del asiento derecho sumado al de su motor, tuvo que resignarse a meter la primera, la cual mantuvo por casi cien metros, hasta agarrar viada.

—¿Cómo te llamas?

—Mireya —gruñó la niña.

—Yo me llamo Camelia. Él es Emilio.

—¿Están casados? —volvió a gruñir la chica.

—Bueno, este... no —contestó Camelia, confundida.

—¿Y por qué no están casados? ¿Son hermanos?

—No, no somos hermanos.

—¿No son católicos?

—Claro que somos católicos, sólo que...

—¿Entonces por qué no están casados? —insistió la muchacha, girando el cuello lo más que pudo hacia el asiento trasero.

—Precisamente a eso vamos a Tijuana, a casarnos.

—¿Y por qué no me llevan hasta allá si les dije que yo también voy a Tijuana?

—Porque tus papás podrían estar muy preocupados por ti.

—Mis papás no me quieren.

—¿Por qué dices eso?

—Porque no me hicieron fiesta de quince años.

—¿Tienes quince años? —preguntó Varela, extrañado.

—Dieciséis. ¿Cuántos creías? —preguntó Mireya con inocencia.

—Treinta y...

—¡Emilio! —dijo Camelia.

—Era una broma —mintió Varela.

—Está bromeando. Es un tonto.

—Sí —estuvo de acuerdo Mireya, viéndolo de reojo.

—Yo tampoco tuve fiesta de quince años —la consoló Camelia.

—Pues mi hermana sí. Y todas las muchachas de mi pueblo también. Nomás yo no. Porque estoy gorda.

—No digas eso, mi amor. Tú no estás gorda. Tú estás llenita. Ya verás que con un poco de ejercicio tú...

—¿Quieres ver una foto de mi hermana? —la interrumpió Mireya.

—A ver.

Mireya hurgó en un pequeño compartimiento de su maleta, hasta que extrajo la fotografía de una joven con unos veinte kilos de peso menos que Mireya, con el pelo negro azabache, morena y más arreglada. Esto es, con el pelo peinado y ropa adecuada para su tamaño. Aun así, a Camelia le pareció más simpática Mireya, más que nada por la ausencia de altanería en su rostro, lo cual la diferenciaba de su hermana.

—Sacó a mi mamá. Yo saqué a mi papá. ¿A poco no está bonita?

—Bueno, pues... sí, está bonita. Pero tú también estás muy bonita. Ve nomás qué bonito color de pelo tienes. ¿Te lo lavas con manzanilla? Sólo hace falta que te lo pei...

—Eso no es cierto. ¿Verdad que no es cierto? —le preguntó a Varela, a su lado, luego de propinarle un codazo que le dejó entumido el brazo por el resto de la tarde.

—No, no es cierto.

—¡Emilio!

—No te preocupes, Camelia. A mí me gusta que la gente sea honesta conmigo, porque yo también soy así.

—Quizá tus papás no tenían dinero.

—Sí tienen dinero, nomás que les dio vergüenza hacerme fiesta.

—¿Cómo puedes decir eso?

—Porque mi papá siembra marihuana y también le renta una pista de aterrizaje a Arnulfo Navarro para que ahí lleguen sus aviones cargados de cocaína procedentes de Colombia.

—Hija, no le andes diciendo esas cosas a la gente —le aconsejó Camelia.

—¿Por qué no? Ya les dije que yo no tengo pelos en la lengua. A mí me gusta decir siempre la verdad y también me gusta que me hablen con la verdad.

—Pero éstos no son terrenos de Navarro —argumentó Varela, a quien le costaba trabajo asimilar la información recién recibida.

—No lo eran, pero se está expandiendo.

—¿Tu papá trabaja para Navarro?

—Al principio no quería, pero luego lo amenazaron y dijo que siempre sí.

—¿El mismo Arnulfo Navarro, amante de los gallos? —preguntó Camelia.

—Sí… ¿Y dices que no te hicieron fiesta de quince años? —cambió rápido de tema Varela.

—Mi mamá invitó a unas amigas suyas a comer pozole y mi papá invitó a sus compadres para ponerse a tomar, pero eso no es una fiesta de quince años.

—Claro que no —le dio la razón Varela.

—Te vamos a llevar de vuelta a tu casa —le informó Camelia.

—¡¿Qué?! —exclamó Varela.

La chica abrió su maleta. Dentro había ropa, pero también una muy buena cantidad de paquetes envueltos en plástico y amarrados con cinta adhesiva color gris. Varela sabía que cada paquete contenía un kilo y, por el tamaño, también sabía de qué era ese kilo: cannabis, justo lo que le estaba pidiendo su hermano Aarón en San Francisco desde hacía meses, para satisfacer la demanda de Felipe Reyes, en Los Ángeles.

Negocio seguro.

¿Suerte o casualidad?, se preguntó Varela, quien ya comenzaba a creer en Dios ante tanta buena fortuna.

No, definitivamente no existen las casualidades; tan sólo los tipos audaces como yo, que saben reconocer una buena oportunidad cuando la miran, se respondió, con una sonrisa de satisfacción en el rostro.

Ahora sí, el negocio que lo esperaba en Tijuana comenzaba a tomar forma.

De pronto la maleta se cerró y frente a los ojos de Camelia apareció la manita de Mireya sujetando un muy arrugado fajo de billetes que Varela observó de reojo.

—Aquí traigo dinero; les puedo dar mil pesos a cada uno si me llevan hasta Tijuana con ustedes.

—No es así de sencillo, hija. Nos podemos meter en un problema si hacemos eso —advirtió Camelia.

—¿Cómo que no podemos llevar a esta pobre muchacha con nosotros? —preguntó Varela—. ¿No te das cuenta de que sus papás no le hicieron fiesta de quince años? Además, ese dinero lo necesitamos. Ya no nos queda ni para la gasolina. Acuérdate de que esta máquina gasta mucha gota.

—¿Ese dinero es tuyo, Mireya? —preguntó Camelia.

—Claro.

—¿Cómo te lo ganaste?

—Trabajando.

—¿Para quién?

—Para mi papá.

—Y me imagino que dentro de esa maleta traes más...

—No te puedo decir lo que traigo en esta maleta.

—Está bien, ¿pero no te alcanzaría aunque sea para una pequeña fiesta de quince años?

—Pues claro que me alcanzaría, pero así no es como funcionan las fiestas de quince años. Se supone que tus papás te la deben organizar, pero ellos no me quieren. Estuve esperando todo un año a que me la organizaran, y nada.

—¿Estás segura de que tus papás no te quieren?

—Sí.

—¿Y estás segura también de que no te están buscando en estos momentos?

Mireya tardó un poco en contestarle.

—Puede que sí.

—¡Lo ves!

—Para pegarme. Miren, vean cómo me dejaron la última vez que pesé mal unos paquetes —les dijo la jovencita, subiéndose la manga de su chaqueta para mostrarles un feo moretón en el brazo.

—¿De qué paquetes hablas? —le preguntó Camelia, intrigada.

—Yo conozco a mucha gente en Tijuana —interrumpió Varela con rapidez, astutamente—. Propongo lo siguiente: ¿qué tal que con ese dinero que trae Mireya le organizamos nosotros su fiesta de quince años? ¿Qué dices, Mireya?

Mireya lo pensó un instante.

—Estaría bien —dijo, acomodándose un poco mejor en el asiento y con la mirada fija en la carretera.

—¿De verdad? —le preguntó Camelia, extrañada.

—¿Con grupo norteño? —preguntó Mireya.

—Me dicen que hay un grupo nuevo llamado Los Tigres del Norte —informó Varela.

—¿Pero tocan bien?

—¿Que si tocan bien? ¡Son los mejores!

—Entonces sí.

—Tengo un amigo compositor que se llama Alberto Aguilera, pero su nombre artístico es Adán Luna. *No tengo dinero,* esa canción es suya; ¿la has oído?

—No —contestó Mireya, pensando que este Emilio Varela era el clásico fanfarrón que dice conocer a todo el mundo y al que en realidad nadie conoce.

—Él también va a estar y seguramente nos conectará con Los Tigres.

—También quiero un fotógrafo, para mandarles las fotos a mis papás.

—¡Ya ves! —exclamó Varela, emocionadísimo.

—¿Y ustedes a qué se dedican en Tijuana? —preguntó Mireya.

—Él vende flores —informó Camelia, apuntando a Varela con el dedo.

Mireya miró de reojo a Varela.

—Tú no vendes flores —observó.

Varela no respondió nada a esto último.

Los asesinos que los seguían desde Chihuahua los perdieron de vista cuando Varela y Camelia regresaron por Mireya. Y todo por el descuido de Pedro Moreno, alias la Pulga, quien puso la vista en el cielo al escuchar por segunda ocasión, y de manera muy distinta a la anterior, la historia del tesoro perdido de Pancho Villa, a cargo de su compañero Roberto, alias el Mentiritas:

—...En aquel entonces los brujos de todo el estado se reunían en el cerro de Las Ánimas y hasta allá fuimos por Matías, a quien encontramos convertido en una culebra de dos cabezas frente a la hoguera, mientras su esposa estaba a su lado, convertida en gallina negra, te lo juro por mi madre, y nos dijo que el fantasma de Pancho Villa había hablado con él esa misma noche durante la ceremonia y que le había dicho que el tesoro lo habían encontrado dos semanas antes unos gringos que habrían de morir por la maldición, pero que ya tenía anotada su nueva ubicación, y que iríamos por él al día siguiente, que fue cuando encontramos a Matías en su choza, asesinado a machetazos.

—¿Y con cuál de las dos cabezas hablaron?

—¿Cómo que con cuál de las dos?

—Me acabas de decir que el brujo se había convertido en una víbora de dos cabezas.

—Pues con las dos...

—Aunque ayer me contaste que el fantasma de Pancho Villa se le había aparecido a tu tío y que Pancho Villa le había contado a él mismo lo de los gringos que habían encontrado el tesoro.

—¿Eso te dije? —preguntó Roberto, incrédulo, mientras Camelia subía a Mireya al carro de Varela, lo cual no fue registrado por ninguno de los dos asesinos.

Dionisio Osuna ocultaba sus doce hectáreas de cannabis detrás de sus viñedos, los cuales le servían de fachada. Consiguió la autorización para producir y vender la hierba de parte de don Timoteo, quien fijó una tarifa semestral por concepto de permiso y le presentó a Antonio como su hijo e inminente sucesor, pocos meses antes de morir. Lo mismo hizo con Arnulfo Navarro, a quien también le cobraban su cuota semestral.

—De ahora en adelante todo lo verás con Antonio —le dijo don Timoteo a Navarro, en su lecho de muerte.

—Sí, señor —contestó Arnulfo, llorando lágrimas de cocodrilo y dándole un beso en la mano.

—Ya te puedes ir —lo despidió el moribundo.

—Lo vamos a extrañar, señor; nos va a hacer mucha falta a todos nosotros. Que Dios lo bendiga.

Una vez que Navarro se fue de la habitación, don Timoteo pidió a su enfermera que lo dejara a solas con Antonio por unos minutos.

—Mátalo —le ordenó.

—¿A quién?

—¿Cómo que a quién? A Navarro. Y cuanto antes mejor.

—¿Por qué? —preguntó Antonio, sorprendido.

—Está demasiado contento porque me voy a morir. No debería importarle tanto. No lo nombré mi sucesor. Nunca me ha inspirado demasiada confianza, pero ahora menos. Algo trama.

—¿No será mejor esperar a que intente algo?

—Para entonces será demasiado tarde.

—No estoy tan seguro.

—Esa clase de titubeos son los que te pueden llevar a la tumba.

—Está bien, lo pensaré.

—No, no lo pienses: debes pegar primero, y a matar.

—Está bien, así lo haré —mintió Antonio, sin tomar lo suficientemente en serio las sabias palabras de Timoteo.

Mafiosos de todo el país se habían congregado en la hacienda de Timoteo, quien se encontraba en la fase terminal de su enfermedad. Tan sólo meses después comenzaron las rebeliones y las pugnas internas, fraguadas por tipos como Arnulfo Navarro y Dionisio Osuna.

—¿Por qué tenemos que pagarle a ese pendejo? —le preguntó Arnulfo Navarro a Dionisio, en septiembre de 1972.

—Para que el ejército y el gobierno nos dejen trabajar a gusto. Ése es el trato.

—Sí, ¿pero por qué les tenemos que pagar a ellos? Es lo que no entiendo.

—Porque son los que tienen los contactos.

—¿Y por qué tienen esos contactos, Dionisio?

—Porque tienen con qué pagarlos, por eso. ¿Tienes una idea de cuánto cuesta comprar a un general? Tienen docenas de ellos en la bolsa. No salen tan baratos como los municipales que nos compramos nosotros, Arnulfo.

—¿Qué dirías si te dijera que tú y yo podemos hacer mucho más dinero?

—¿Cómo?

—Con tu rancho.

—¿Cómo crees? Si apenas saco para los gastos de la hacienda. No digo que sea pobre, pero tampoco me sobra el dinero.

—Está claro que vendiendo mota no vas a llegar más lejos de donde estás ahora; pero yo no hablaba de eso.

—¿Entonces?

—El perico es el futuro.

—¿Quieres que siembre coca?

—No, idiota. Quiero que la recibas, de Colombia. Tu rancho es ideal para eso. Está cerca de la frontera, alejado de la ciudad. Perfecto. Podríamos construir una pista de aterrizaje aquí mismo y nadie se daría cuenta. Yo tengo los contactos, sólo necesito que me apoyes con esto y nos vamos cincuenta y cincuenta.

—Pues. Estaría bien… Además, de esa manera podría pagarle sus quince años a Mireya.

—Eso tendría que esperar un poco, Dionisio. No querrás llamar la atención organizando una fiesta en grande.

—Pero no sería tan grande. Quizá un conjunto norteño y unas cuantas botellas.

—Me temo que no, Dionisio. En lo que nos debemos concentrar ahora mismo es en traspalear el terreno donde va a quedar la pista que necesitamos. Ya más o menos tengo una idea de cómo va a quedar.

—Está bien.

Dionisio Osuna esperaba recibir buenas noticias de parte de Eduardo al abrir su puerta. Una chica de metro ochenta y ciento veinte kilos de peso no es tan fácil que se pierda. Es más bien imposible. Él y Hortensia, su esposa, llevaban más de medio día buscando a Mireya, quien había desaparecido por la madrugada, llevándose consigo dieciséis kilos de marihuana y siete mil dólares, lo cual era lo que menos les importaba a ellos, preocupados antes que nada por el bienestar de su hija.

—¿Nada?

—El tendero dice que vio a Mireya arrastrando una maleta, pero que no se subió a ningún camión, sino que se fue caminando por la carretera —informó Eduardo, su yerno.

—Pero dices que ustedes anduvieron por toda la carretera y no la encontraron…

—Así es.

—¿Entonces qué pudo haber pasado?

—A menos que se haya ido de *raite.*

—¿Mi hija?

—¡Ay, no, Dionisio! —chilló Hortensia.

—Tranquilízate, mujer.

—Debimos haberle hecho su fiesta de quince años —le reprochó a su marido.

—¿Qué nos dijo Navarro? Que no podíamos andar llamando la atención.

—Ella sólo quería pasarla bien con sus amigos…

—Tiene que entender. Se lo explicamos muchas veces.

—¿Entonces qué hacemos, suegro? —los interrumpió Eduardo.

Dionisio lo pensó un momento.

—Si se llevó todos esos paquetes, entonces tuvo que haberse ido hacia el norte —concluyó.

—¿Qué crees que piense hacer con ellos?

—No lo sé.

—¿Y si se la llevó un trailero? Tú sabes que esos tipos están bien enfermos, no se van a dar cuenta de que es apenas una niña —le advirtió su mujer.

—Diles a los muchachos que se enfoquen en las cabinas de los tráileres.

Fue buena suerte que la comida en la fonda ubicada en San Luis Río Colorado hubiera estado tan mala que le cayó mal a Mireya, quien se precipitó rumbo a la letrina tan pronto terminó con su orden de sopes.

Pedro y Roberto, los asesinos enviados por Navarro, no estaban enterados de que Camelia y Varela viajaban con guardaespaldas, y mucho menos de que este guardaespaldas era una mujer gigantesca que regresaba del baño justo en el momento en que a Pedro se le ocurrió poner manos a la obra.

No debieron haberse precipitado. Eso era básico. Pagaron caro su error. La razón de esto fue el hartazgo de Pedro, alias *la Pulga,* luego de estar oyendo por dos días seguidos historias de platillos voladores, brujas, tesoros de Pancho Villa y serpientes de dos cabezas, a cargo de Roberto, alias *el Mentiritas*, su compañero.

—...Y luego, una vez, venadeando con mi apá, vimos un tecolote más grande que tú, mirándonos desde la rama de un árbol; bueno, cualquiera está más alto que tú, pero te digo que esta lechuza medía fácil como dos metros de alto y...

—Cabrón, decídete: ¿era un tecolote o una lechuza?

—¿Cuál es la diferencia?

—¿Sabes qué? Tengo un chingo de hambre, además de que ya me harté de estar escuchando tus pendejadas. Voy a ir a matar a ese cabrón y a traerme a esa vieja de una vez por todas —dijo Pedro, quien en ese momento bajó de la camioneta Ford que les había prestado Arnulfo Navarro.

Un marro clavando una tachuela en el suelo; eso parecía Mireya golpeando con la mano abierta el sombrero del asesino de estatura bajita que intentaba dispararle a Emilio desde la entrada de la fonda en San Luis Río Colorado.

Enseguida vino su amigo, éste mucho más grandote, pero Mireya también pudo con él, tomándolo de la chamarra y arrojándolo por los escalones de madera, con todo y metralleta.

Emilio Varela se paró de la mesa y fue a ayudar a Mireya.

La imagen de Varela rematando con su escuadra a aquellos dos hombres tirados sobre la tierra fue otro recuerdo más que Camelia se encargó de bloquear en su memoria.

Esto jamás sucedió, esto jamás sucedió, se repetía a sí misma.

Por su parte, Mireya reforzó en su mente lo mismo que ya había pensado unas cuantas horas antes, en la carretera:

—Definitivamente tú no vendes flores —dijo, parada al lado de Varela.

—¿Sabes quiénes eran éstos? —preguntó Emilio.

—No.

—Hombres de Arnulfo Navarro.

—¿Qué?

—Ahora estamos juntos en esto, Mireya... Ya no podrás regresar a tu casa.

Querida madre:

Sólo quiero que sepa, en caso de que le hayan llegado falsos rumores, que no nos ha pasado nada malo. Emilio me trata muy bien. Me recuerda mucho a mi padre, aunque, con eso de que sólo tenemos una foto muy viejita suya, no estoy segura de cómo era, sólo de lo elegante que se ve en la foto. Igual que Emilio, que todo el día se la pasa limpiándose los zapatos y peinándose el pelo, aunque me imagino que mi papá no era tan vanidoso, lo cual es el único defecto que tiene Emilio y que estoy tratando de quitarle.

Poco a poco.

Oiga, madre, ya no me acordaba de lo bonito que está México y sus caminos y sus carreteras, al igual que sus valles y sus montañas, y... bueno, usted ya sabe... Me la he pasado muy bien en este viaje. Le cuento que en un pueblito de Chihuahua apostamos a los gallos y nos fue muy bien. Ahí nos topamos con unos amigos de Emilio que nos pedían que nos quedáramos un poco más, pero les dijimos que traíamos prisa por irnos, lo cual al final entendieron. Ahora andamos por Sonora. Ya mero llegamos a Tijuana. En el camino nos encontramos a una joven que se fugó de su hogar porque sus padres no le organizaron su fiesta de quince años. Su nombre es Mireya y es una muchachita muy tierna e inocente. Intentamos convencerla de que regresara a su casa, pero no hubo modo. Al parecer la trataban muy mal.

Fue muy bueno que se viniera con nosotros. Por ejemplo, en San Luis Río Colorado unos tipos nos confundieron con una pareja de delincuentes, y Mireya, de manera muy educada, los convenció de que no éramos nosotros a quienes ellos buscaban, y nos dejaron en paz. ¡Imagínese! Nos sentimos muy afortunados de que nos acompañara en nuestro viaje, sobre todo Emilio, quien se ve que le está agarrando cada vez más y más cariño cada minuto que pasa a su lado. Como si le estuviera aflorando su instinto paternal.

Yo creo que va a ser un buen padre, aunque todavía no hablamos de eso. No. Primero está el asunto de nuestra boda, que sigue pendiente.

Bueno, madre, me despido. Mándele muchos saludos a Nora de mi parte. Dígale que la extraño. A usted también la extraño mucho.

Atentamente,
su hija que la ama,
Camelia

Dionisio Osuna reaccionó con extrañeza ante la noticia de que su hija y otros dos sujetos más habían ejecutado a balazos a dos hombres de Arnulfo Navarro frente a más de quince personas a las afueras de una fonda en San Luis Río Colorado.

—¿Estás seguro? —le preguntó a su yerno Eduardo.

—Yo mismo los vi, ahí tirados.

—¿Y quién te dijo que trabajaban para Navarro?

—Los reconocí. Uno se llamaba Pedro y el otro Roberto.

—¿La Pulga y el Mentiritas?

—Ésos.

—Trabajaban bien.

—Pues por eso mismo nos extrañó a todos.

—¿Será que estas personas convencieron a mi hija de que me robara para hacerle la competencia a Navarro con su propia droga?

—A lo mejor es gente de don Antonio.

—¡Si Navarro se entera de esto, me mata! No te vio nadie, ¿verdad?

—No.

—Qué bueno.

—¿Entonces qué hago?

—Dicen que jalaron para el norte, ¿no?

—Eso dicen.

—Búscalos en Tijuana tú solo y mantenme informado.

—¿Tijuana? ¿Yo solo? Pero Leonora se va a enojar…

—Yo hablo con ella. Sé controlarla.

—Le dice que usted me mandó, porque luego…

—Sí, sí, sí. No te preocupes, yo la voy a hacer entrar en razón —le aseguró Dionisio.

—¡De seguro te vas a ir con alguna puta que vive en Tijuana! —le dijo Leonora, la hermana de Mireya, a Eduardo, cuando se enteró de que su marido pasaría un tiempo indefinido en aquella ciudad fronteriza.

—No. Te lo juro que no, mi amor. ¿No te dijo tu papá? —le preguntó Eduardo a su mujer, mientras hacía su maleta.

—¡A mí me vale madre lo que me haya dicho ese viejo! No creas que no sé que se la pasa cubriéndote las espaldas.

—Pero es que voy a ir a buscar a tu hermana, que está allá.

—Entonces yo voy contigo.

—¿Qué?

—Como lo oyes. Nos vamos juntos.

A Eduardo le dio por pensar eso que siempre pensaba cuando se encontraba en esa clase de aprietos: que ser el yerno de don Dionisio Osuna le daba muchas ventajas con respecto al resto de los pistoleros a su mando, pero que al mismo tiempo esto implicaba demasiados sacrificios, uno de los cuales era su libertad, la cual ahora veía a través de enormes barrotes que casi podía tocar.

Se hallaba convertido en el monigote de una niñota caprichosa que no lo dejaba vivir en paz, y eso todos sus compañeros lo sabían, por ello no lo envidiaban ni le guardaban el más mínimo rencor.

En suma, había sido un mal trato.

En esos momentos estaría dispuesto a retornar ese trescientos por ciento de aumento salarial con tal de recuperar su independencia.

Por desgracia, eso no era posible, ya que, como su mismo suegro se lo dijo el día de la boda, casi a modo de amenaza: "Salida la mercancía no se admite devolución".

Hay que reconocerle al menos eso a este mentado Emilio Varela, el hombre tiene palabra, pensó Mireya, embutida dentro de su heroico vestido de quince años mientras era fotografiada por un hombre vestido de mujer a quien todos llamaban Casandra.

—Y ahora una última al lado de tu pastel —le propuso Casandra.

Estando ahí, bajo la luz escarlata del salón de fiestas, rodeada de chulos, pachucos, puchadores, teporochos, asaltantes, gorrones, homicidas, marines, ex marines, gringos prófugos de la ley, mujeres de la vida galante y uno que otro travesti, Mireya se sintió más feliz de lo que había sido en toda su vida.

El vals lo bailó con Emilio Varela, quien olía muy bonito, y todos aplaudieron emocionados cuando terminaron. Mireya estaba enormemente agradecida con él, por haberle organizado su festejo. Hubo barra libre de cerveza, tamales para todos, frijoles puercos y sopa fría. Además de que esos Tigres del Norte no tocaban nada mal. En lo absoluto.

Mireya sentía que se merecía todo ello, aunque fuera por un solo día. Su oportunidad de brillar. Toda mujer se merece aunque sea eso. Camelia la saludaba desde la pista de baile, acompañada de Emilio Varela, a quien le dijo, conmovida y casi a punto de llorar:

—Gracias.

—¿Y eso por qué?

—Por todo lo que hiciste por Mireya.

—Es lo menos que podía hacer por nuestra amiga —dijo Varela, fingiendo modestia, mientras el grupo seguía tocando.

—Eres muy detallista.

—Y todavía tengo una sorpresa más para ti, muñeca —le advirtió, tocándole la nariz con un dedo.

—¿De verdad? —preguntó Camelia, emocionada.

—Así es, nomás que todavía no te la puedo decir.

—¡¿Por qué?!

—¿Cómo que por qué? Porque es una sorpresa.

—¡Dímela, dímela, dímela! ¿Sí?

—Está bien. ¿Cómo te caería ir a Hollywood pasado mañana?

—¿Hollywood? —preguntó, no tan emocionada como Varela esperaba.

—Donde se hacen las películas…

—Está bien —dijo, con desgano.

—¿No te emociona?

—Claro que me emociona.

Esto no lo previó Varela, la falta de entusiasmo por parte de Camelia. Debía haber algo más que la convenciera de emprender ese viaje hacia Los Ángeles con él, antes de casarse, que era lo que suponía que harían llegando a Tijuana.

Varela le dio un poco más de vueltas al asunto, hasta que dio con la respuesta a su problema: el Ratón Miguelito.

Varela recordó haberlo visto en forma de muñeco de peluche dentro del departamento que Camelia compartía con Nora y su madre.

—¿O qué tal Disneylandia?

—¡En serio! —rugió Camelia, desde el fondo de su alma—. ¡Espera que lo sepa mi mamá! ¡Lo emocionada que se va a poner! ¿Puede ir Mireya con nosotros?

—¿Mireya? —preguntó Varela, volteando a verla al otro lado de la pista.

Justo en ese momento un individuo moreno de cara grasosa, copete rizado y camisa verde de seda con estampados psicodélicos se colocó al lado de Mireya. El copetudo tenía rato mirándola, como esperando la oportunidad de encontrarla sola.

—Muy bonita tu fiesta, felicidades —le dijo, con una voz chillona y acento del sur.

—Gracias.

—No pude traerte tu regalo…

—No te preocupes.

—No eres de aquí, ¿verdad?

—Soy de Caborca.

—Y Varela te prometió hacerte tu fiesta de quince años si te venías a trabajar con él, ¿cierto?

—No sé de qué me hablas.

—Sacúdetelo de encima, yo sé lo que te digo. Él tiene muy poco tiempo en Tijuana. No sabe cómo corre el agua aquí. Mejor vente a trabajar conmigo. Con tu cuerpo, puedes hacer mucho dinero en esta ciudad, sólo hace falta que no se aprovechen de ti —le dijo, hablándole endemoniadamente rápido.

—¿Qué?

—Aunque lo dudes, los clientes cada día me piden más muchachas jovencitas, sanotas y llenas de vida, como tú. ¿A poco no te dijo eso Varela cuando te trajo a Tijuana? ¡Qué cabrón! Escucha, me hospedo en el hotel Coahuila, habitación 202. No se te olvide. Cuando necesites algo, lo que sea, no dudes en buscarme.

—¿Ya terminaste? —le preguntó Varela, empujándolo con el hombro.

—Muy buena manera de hacerme la competencia, Varela, contratando a esta preciosura. Sólo quiero saber dónde la conseguiste para ir por la mía —le dijo, con su voz repugnante, el individuo apodado el Caimán.

—Te equivocas, Caimán; Mireya no es esa clase de muchacha, y yo no ando de padrote.

—¿Es pariente tuya?

—Eso no es de tu incumbencia. Ahora ponle —lo invitó a irse de ahí, haciendo a un lado su saco color blanco para mostrarle la escuadra que llevaba metida entre la camisa negra y el pantalón.

—Sí, sí —dijo el Caimán, alejándose de la mesa donde se encontraba el pastel de la quinceañera.

—Gracias —volvió a decirle Mireya a Varela, por tercera vez esa noche.

—Mañana Casandra me va a dar las fotos, para que se las envíes por correo a tus padres —le informó el galán a la jovencita, mientras ajustaba su corbata roja.

—No sé cómo agradecerles todo lo que han hecho por mí.

—Voy a ser sincero contigo, Mireya. Hay algo que nos tiene muy preocupados, a Camelia y a mí —le dijo Varela, en tono paternalista.

—¿Qué cosa? —preguntó Mireya, preocupada.

—Bueno, lo que pasa es que nosotros sólo estamos de paso por la ciudad y nos preocupa qué va a ser de ti, aquí, sola, y bueno, yo estaba pensando que…

—Voy a poner una carreta de birria —lo interrumpió Mireya al instante, sin pensarlo. Muy hecha a la idea.

—¿Una carreta de qué? —preguntó Varela, asombrado por el extraño rumbo que había tomado la conversación.

Era como si todo lo que le había pasado ese año a Emilio Varela tuviera esa cualidad, la de no parecer real, sino más bien formar parte de un gran sueño soñado por alguien más, por alguien demente. Sí, así era como Varela se sentía desde hacía tiempo: atrapado en el sueño de un loco. Incluso él comenzaba a comportarse acorde con ese guión surrealista. De otro modo, ¿cómo se explicaba que le hubiera dado por entrar en aquel palenque infernal? ¿O su decisión de festejarle sus quince años a una inocente muchachita de ciento veinte kilos de peso dentro de un salón de fiestas de Tijuana?

Por todo esto, Varela llegaba a preguntarse, siempre en tono moralista: *¿Acaso Dios perdió la razón?*

Desde aquel encuentro cercano con la muerte, cortesía del Alacrán, hasta el día en que se toparon con Mireya parada en la carretera, con su maleta llena de marihuana, pasando por el episodio con el temible Arnulfo Navarro, todo este año había sido una sucesión de acontecimientos extravagantes.

—De birria de chivo —abundó Mireya, muy quitada de la pena—. Me queda muy buena.

—Pero ya no tienes suficiente dinero para echar ese negocio a andar, Mireya. Te lo acabaste casi todo en esta fiesta —le recordó Varela, recuperando la compostura al ver una oportunidad de lanzarle su propuesta a la chica.

—Ya lo sé, pero mientras tanto me puedo poner a trabajar para alguien más, en lo que junto otra vez dinero para…

—Mireya —la interrumpió Varela, colocándole una mano en la espalda, en actitud paternal—, ¿quieres que te dé un consejo?

—A ver…

—En esta vida sólo los tontos se buscan un patrón —dijo Varela, repitiendo la frase que siempre había sido su lema—. Es una pérdida de tiempo trabajar para alguien más. Es como desperdiciar tu propia vida, ¿me entiendes?

—Sí —mintió Mireya.

—Mira, te propongo algo más.

—¿Qué cosa?

—Tú tienes unos paquetes en tu maleta.

—¿Paquetes? —Mireya fingió demencia.

—Sabes bien de lo que te hablo —le recordó Varela, cuidando de no perder el tono paternal.

—¿Qué tienen? —preguntó la chica, comenzando a desconfiar de la calidad moral de Varela.

—¿Qué tal si yo me hago cargo de ellos?

—¿Te haces cargo? —repitió Mireya, cada vez más convencida de que Varela era basura.

—Tengo un cliente interesado en Los Ángeles. Venta segura.

—Sabía que tú no vendías flores —le recordó.

—Vendo otra clase de flores, nomás que no se lo digas a Camelia. Le rompería el corazón. ¡Además de que el dinero que me darías por comisión sería para nuestra boda! Ya ves cómo sueña con ella, la pobrecita.

—No sé… —se mostró indecisa Mireya.

—¿Cómo que no sabes? Si prácticamente es un mandato divino que hagamos esto juntos —Varela le dio rienda suelta a su verbosidad.

—¿Mandato qué?

—¿A poco te parece casualidad que nos hayamos encontrado de la manera en que lo hicimos? Tú con una maleta repleta de marihuana, y yo, el hombre indicado para ayudarte a moverla, y a un muy bien precio, debo aclarártelo.

—¿Estás seguro de que tienes un comprador?

—¡Seguro! Y, además, ¿cuál es tu otra opción? ¿Venderla poco a poco en la calle, arriesgándote a que te maten o te roben, o ambas cosas?

Esto último que dijo fue la estocada. Varela lo sabía muy bien. Cada vez estaba más cerca de echársela a la bolsa.

—¿Cuánto nos van a dar?

—¿Cuánto traes? ¿Diez paquetes?

—Ocho.

—Voy a intentar conseguirnos dos quinientos por cada uno.

—¿Cómo nos vamos a ir?

—Cincuenta y cincuenta.

—¿Estás loco?

—Hija, yo voy a correr todo el riesgo. Además, acuérdate de que es para nuestra boda.

—Está bien —accedió Mireya, luego de voltear a ver a Camelia, quien en ese mismo instante se sacudía de encima al desagradable proxeneta apodado el Caimán.

—Ahora diviértete, que ésta todavía es tu fiesta —le dijo por último Varela a Mireya, abrazándola y plantándole un cariñoso beso en la frente, justo en el momento en que llegó Camelia, todavía un poco asustada por la clase de conocidos que Emilio Varela tenía en la ciudad.

—¿De qué hablan? —preguntó la recién llegada.

—Le estoy diciendo que pasado mañana nos vamos tú y yo a Disneylandia, pero que se puede quedar en nuestra habitación el tiempo que quiera. Le digo que le dejaré todo pagado. Mañana voy a ir a una de mis florerías a recoger un dinero y de regreso voy a dejar todo pagado en el hotel.

—¿Puedo ir contigo? —preguntó Camelia, entusiasmada.

—Me temo que no, cariño. Esa florería está en un barrio muy peligroso…

—¿Más que éste? —quiso saber, asombrada—. Me acaba de abordar un individuo que…

—Mucho más peligroso que éste —aseguró Varela.

—Emilio —le habló Mireya.

—¿Qué?

—Me sé la de *Los laureles,* ¿la puedo cantar? —preguntó Mireya.

—¿En serio? —dijo Varela, aguantándose la risa.

—Sí —contestó la chica, envalentonada, a pesar de no haber bebido otra cosa que Coca-Cola toda la noche.

—Llévala —le pidió Camelia, pasando la mano por el hombro de Emilio y dándole un beso en la mejilla.

—Es tu fiesta —terminó por decir Varela, encogiéndose de hombros, antes de llevar a la festejada de la mano hasta el escenario, donde habló con los músicos, que en ese momento descansaban.

—Primero que nada quiero darles las gracias a todos por haber venido a mi fiesta de quince años, y especialmente a Emilio y a Camelia, mis mejores amigos en todo el mundo, por organizarla. Esta canción se la dedico a ellos, ojalá y les guste —habló al micrófono la muchacha proveniente de Caborca, quien arrancó su repertorio con *Los laureles.*

Su interpretación fue como un rayo que hubiera cimbrado a los ahí presentes, quienes permanecieron con la boca abierta de principio a fin.

El sorpresivo ruiseñor se siguió con *Mucho corazón, La cigarra, Juan Colorado* y *Te solté la rienda.* Al terminar su repertorio había asesinos llorando entre el público; los estafadores y los asaltantes se arrepentían de sus pecados, ante la certeza de que había un Dios; Casandra chillaba a moco tendido, al igual que

Camelia y el Caimán, quien quedó enamorado de Mireya para siempre.

La lluvia matinal había limpiado el asfalto de Tijuana, llevándose momentáneamente los malos olores por la coladera. Los burros pintados de cebras lucían más tristes que de costumbre, con sus líneas negras escurriéndoseles de su cuerpo ensopado. Varela pasó al lado de uno de ellos antes de entrar a la caseta telefónica para hablar con su hermano Aarón. Limpió el teléfono con su pañuelo y enseguida lo cogió con la punta de los dedos, con cuidado de no acercarlo mucho a su cara.

Marcó el número en San Francisco.

—Bueno —le contestó Aarón.

—¡Carnal, ya se hizo! —le informó Varela, entusiasmado.

—¡¿Dónde has estado, cabrón?! —le gritó, a modo de reproche, su hermano.

—Taloneando el Barracuda que me pediste para tú sabes quién...

—Mi mamá te anda buscando. ¡Está preocupada!

—¿Por mí? —preguntó Emilio, extrañado.

—Por tu hijo, ¿qué, ya no te acuerdas de él?

—¡¿Qué le pasó?!

—Tu vieja, que se volvió loca, casi lo mata; si no he llegado a tiempo lo asfixia.

—Pero Alison siempre ha estado loca, no entiendo por qué...

—Pues ahora está más loca que nunca. Se la ha pasado diciendo que te va a matar, a ti y a esa muchacha con la que andas.

—¿Quién le dijo lo de Camelia?

—¿Quién es Camelia? —preguntó Aarón, extrañado.

—¿No sabes nada?

—Ni quiero saberlo.

—¿Entonces cómo lo supo Alison?

—Es mujer —le recordó Aarón.

—Tienes razón —agregó Emilio, pensativo.

—El caso es que luego se cortó las venas. Si no es por mí, se muere.

—La cagaste.

—Sí, ya sé, pero espérate: luego pasó lo peor. La empezó a agarrar contra Emilio. Le pegaba mucho. Hasta que llegó el día en que lo quiso estrangular. Te repito, si no es porque llego yo...

—Escucha, ya tengo todo arreglado. Conseguí uno de ocho cilindros.

—¿No iban a ser diez?

—Fue un verdadero milagro conseguir el de ocho en tan poco tiempo.

—¿Cómo diste con él?

—Digamos que lo encontré tirado en medio del desierto sonorense. Le dices a ya sabes quién que nos quedamos de ver en su almacén que tiene ya sabes dónde. Digamos que a las ocho de la noche de mañana. Todavía tengo que ir a la vulcanizadora.

—Está bien —respondió Aarón, nervioso.

—Y tú, ¿cómo has estado?

—Bien, ya sabes.

—¿Está mi mamá?

—Tiene rato queriéndome arrebatar el teléfono. Alison está en su recámara, ¿quieres que te la pase?

—¡No! Pásame a mi mamá nada más.

Aarón así lo hizo.

—Hijo, quiero que vengas en este mismo instante para San Francisco. Tu esposa no nos habla. Se la pasa todo el día encerrada en su recámara. No sabemos si come o no. No sé qué clase de cosas le dice al niño. Tienes que venir pronto. Sé que en cuanto te vea se va a tranquilizar. ¡Cuando nos vinimos a este país dijiste que nos alcanzarías en unos meses y ya pasaron cuatro años, hijo!

—Madre, necesito decirle algo.

—¿Qué?

—Conocí a una muchacha.

—¡No!

—¿Cómo?

—Te prohíbo terminantemente que te enredes con otra. ¡Todavía no sales de una!

—Pero, madre, necesito su bendición para estar tranquilo.

—¡Pues no te la daré! ¡De ninguna manera! ¡Me niego a pasar por lo mismo otra vez! ¡No! ¡Ni Dios lo mande!

—Mamá, pero Camelia es diferente.

—Va a pasar lo mismo con esta nueva muchacha que traes.

—¿Pero cómo puede saberlo?

—Porque tú estás muy guapo, y tipo, con personalidad. No es que yo sea tu mamá; es algo que luego se ve, cómo se te quedan mirando todas las muchachas cuando andas por la calle. Es normal que se obsesionen por ti. Eso les va a pasar a todas. Lo que tienes con esta nueva chica es la pura novedad, pero ahora tienes que pensar en tu hijo, que es el que está sufriendo.

—Pero Camelia es una buena muchacha...

—Contéstame con la verdad: ¿están haciendo vida juntos?

—Sí.

—Esa muchachita te va a embarazar —dictaminó la madre de Varela.

—¿Cómo cree? Ella no es así.

—Ya lo verás, el tiempo me dará la razón.

—Me tengo que ir —la interrumpió su hijo, molesto.

—Mucho cuidado con lo que haces, Emilio.

—Lo tendré.

—Te quiero.

—Yo también.

—Por favor, vuelve con tu esposa y tu criatura.

—Adiós.

Y Varela colgó, más confundido que nunca.

Por la madrugada, mientras Camelia esperaba en el Barracuda a que las llantas fueran cambiadas, se volvió a decir a sí misma: *Este hombre vende flores*. Respiró hondo. Se tranquilizó por un momento. El último neumático fue reemplazado y el carro regresó a su posición inicial. Los dos tipos se apartaron junto a Varela rumbo a una pequeña oficina con paredes de madera desgastada y decorada con calendarios viejos, en medio de torres de llantas.

Camelia los vio discutir a lo lejos. Uno de ellos le apuntó con el dedo a su prometido, como si estuviera amenazándolo.

Lucía alterado.

Camelia, ¿qué estás haciendo en este lugar, tan lejos de tu casa?, se preguntó, conociendo la respuesta.

Cerró los ojos.

Seguramente estarán negociando el precio de las llantas, se dijo.

Varela la volteó a ver, con una sonrisa serena en el rostro. Le lanzó un tierno beso. Enseguida prosiguió la discusión con los empleados de la vulcanizadora.

—Más te vale que no la vuelvas a cagar —lo amenazó el tipo apodado el Muelas, quien seguía apuntándole con el dedo.

—Ya estamos quemados en todo Sinaloa por tu culpa —agregó el grandulón al que apodaban el Oso.

—Eso fue en Sinaloa; aquí les va a ir mejor —les aseguró Varela, sonriendo aún.

—Eso sí te digo: si nos vuelves a meter en otro pedo, vamos a cantar —le advirtió el Muelas.

—¡Sí, vamos a cantar mejor que Antonio Aguilar! —bramó el Oso, extasiado por su puntada, con una voz que denotaba su escaso coeficiente intelectual.

—Nunca los tomé por ratas, muchachos —dijo Emilio, encendiendo un cigarro.

—Nos hemos arriesgado mucho por ti, dandi.

—Ya me voy —les dijo Varela, dándoles la espalda.

Subió a su carro muy quitado de la pena.

—Me salió un poco caro cambiarlas, pero no hubiéramos llegado hasta Disneylandia con esas llantas viejas —le explicó a Camelia, tan pronto se sentó a su lado.

—Sí —dijo ella, arreglándose el pelo.

Leonora caminaba con asco por las calles de Tijuana, con su nariz respingada y los ojos como platos. Incapaz de imaginarse a su hermana Mireya en ese lugar "colmado de degenerados", según sus propias palabras de chica pueblerina. Llevaba un pañuelo consigo, con el que por momentos se tapaba la nariz y por momentos se limpiaba el codo, cada vez que un transeúnte la rozaba al pasar a su lado.

—¡Qué asco! —exclamó.

—Lo único que vas a hacer con esa actitud es meternos en un problema —le advirtió Eduardo.

—No es mi culpa que toda esta gente no se bañe —le explicó a su joven esposo, en voz alta—. No puedo creer que *esto* sea lo primero que ven los americanos al cruzar a México.

La pareja caminó por toda la avenida Revolución hasta llegar a la calle Coahuila, donde Leonora terminó de pegar el grito en el cielo.

—¡Toda estas personas se van a ir al infierno! —exclamó, persignándose.

La gente sobre la acera se hacía a un lado ante la violenta marcha del acorazado que iba siempre hacia adelante empujando a todo mundo y encima renegando por ello. Desde una cuadra y media de distancia, Mireya fue capaz de reconocer la causa del alboroto. Esa mujer que avanzaba como bola de boliche haciendo chuza no podía ser otra que su hermana Leonora.

—¿De modo que Varela te dejó sola para irse con esa muchacha a Disneylandia sin siquiera invitarte? —le preguntó el Caimán, con su voz chillona.

—Me tengo que ir —anunció Mireya, con terror en el rostro.

—¿Para dónde vas?

—Adiós —dijo por último, metiéndose al hotel Coahuila.

En eso, el Caimán volteó para todos lados en busca de lo que había asustado tanto a su carnosa presa.

—No puedo creer que no hayas traído una foto de mi hermana —se quejó Leonora Osuna.

—Es tu hermana, no la mía —le respondió Eduardo.

—Pero a ti te encargaron encontrarla; yo nomás te estoy acompañando.

—Preguntémosle a esa chica que está ahí —propuso Eduardo, señalando a una muchacha parada en la acera.

—¡¿A ésa?! —gritó Leonora, ofendida.

—¿Qué tiene?

—¿No la ves? ¡Es una prostituta! ¡Mi hermana no tendría tratos con ese tipo de gentuza!

—¿Sabes qué? Tú y tu padre han colmado mi paciencia. ¡Váyanse al demonio juntos! ¡Renuncio! —le espetó Eduardo a su mujer, antes de dar media vuelta.

—¡Regresa aquí en este mismo instante, maldito mantenido muerto de hambre! —rugió Leonora.

Se hizo un silencio sepulcral sobre toda la zona norte de Tijuana. Todos voltearon a ver a la pareja. Eduardo se detuvo, avergonzado. Volvió la cara a su patrona. Caminó hacia ella sintiendo lástima de sí mismo por encontrarse en una situación tan patética.

—Está bien, pero yo voy a hablar con ella. No tú —cedió su dueña.

A quién quiero engañar... no tengo escapatoria, se dijo Eduardo, mirando al cielo y soltando un suspiro.

—¡Ay, tampoco pongas cara de mártir, que no te va! —le dijo su mujer, echando a andar hacia la chica de rasgos bonitos.

—Hija, ¿de casualidad has visto pasar por aquí a una muchacha rubia, alta, bonita, como de unos dieciséis años, que se llama Mireya? Tiene poco que llegó a la ciudad. Menos de una semana... Es mi hermana... Se escapó de casa.

La chica en minifalda lo pensó un momento.

—¿Pelo pintado de rubio o güera natural? —preguntó la paradita, sin dejar de mascar su chicle de menta.

—Dorado natural.

La paradita lo pensó un poco más.

—¿Y alta?

—Como yo.

—¿Pero de dieciséis años?

—Sí.

—¿Segura?

—Segura.

—Y bonita, ¿verdad?

—Muy hermosa.

—No, entonces no.

—¿Cómo?

—La única alta y güera que conozco tiene el pelo pintado, dice que tiene dieciocho pero realmente tiene treinta, no está tan bonita y lleva como seis meses trabajando en la otra calle.

—Muchas gracias, *señorita* —le dijo Leonora a la sexoservidora, con una sonrisa falsa, para después dirigirse al empleado de su padre—. Vente —ordenó, arrastrándolo.

—¿Por qué no le dijiste que está gorda? Así nunca vas a dar con ella —le advirtió Eduardo, mientras era arreado.

—Mi hermana no está gorda: es de hueso ancho. ¿Qué quieres? ¿Que esté hecha un palo como ésa? ¡Así te gustan, ¿verdad?! —lo increpó Leonora.

—Tampoco parece de dieciséis; eso también se lo debiste haber dejado claro —la desafió Eduardo.

—Mireya es una niña. ¡Incluso tiene cara de niña!

—Y siento decírtelo, pero no está tan bonita como dices. Hay que ser realistas…

—¡Se parece a mí! ¿Estás diciendo que yo soy fea? ¿Te gustó más ésa?

—Eso no fue lo que dije —contestó Eduardo, muy resignado a su suerte.

El Caimán, parado en la puerta del hotel Coahuila, esperó paciente a que Leonora y Eduardo se alejaran. Luego caminó hacia donde se encontraba la sexoservidora.

—¿Qué querían ésos?

—Lo mismo que todos: una muchacha joven, güera, alta, bonita y recién llegada, los muy cochinos.

—¿Te dijeron para qué?

—La gigantona dice que es su hermana, pero dudo mucho que una mujer como ésa tenga una hermana tan bonita como dice.

—Quizá la ve con ojos de amor.

—¿Qué tramas?

—Voy a entrar al mundo del espectáculo…

Camelia notó a Varela muy parlanchín antes de cruzar por la garita de San Isidro; sin embargo, no le dio demasiada importancia al asunto. *Es normal*, pensó, *todos nos ponemos tensos al enfrentarnos a cualquier autoridad, así no hayamos hecho nada malo.*

—Buenos días, oficial —saludó Varela entregando sus documentos.

—¿Adónde van?

—A Disneylandia —informó Emilio, con una sonrisa.

El agente los miró a la cara detenidamente. Camelia le sonrió. Por alguna razón sabía que tenía que hacerlo.

—¿De dónde son?

—Ella de San Antonio. Yo de Tijuana. Acabamos de casarnos. Vamos de luna de miel.

El oficial miró de nuevo a Camelia y a sus ojos negros dotados de aquellas gigantescas pestañas que se abrían y se cerraban como abanicos de palma.

—Buen viaje —les deseó, luego de darle un último vistazo a esa sonrisa hipnótica de la chica con piel de caramelo.

—Gracias —dijo Varela, quien en realidad agradecía a Dios por la compañía de Camelia, cuya sonrisa era capaz de abrir cualquier puerta desde Tijuana hasta Alaska—. Fue bueno que nos tocara un güero, ¿no crees? —le dijo enseguida a Camelia, mientras enfilaba hacia el lado americano.

—¿Por qué?

—Los filipinos son un poco más desconfiados.

—De todas maneras no tenemos nada que temer, ¿o sí?

—Claro que no, mujer... Lo que preguntas...

—Eres muy guapo, ¿sabes?...

—¿Sí? —Varela fingió modestia.

—Me gustaría que mi hijo se pareciera a ti.

—¿Estás embarazada? —preguntó Varela, sintiendo un ligero paro en su corazón al recordar las palabras de su madre: *Esa muchachita te va a embarazar.*

—Claro que no... Yo nomás digo...

—Menos mal.

—Pero sí vamos a tener hijos, ¿verdad?

—Por supuesto —aseguró Varela, mientras pensaba: *Qué razón tenía mi madre... Ella siempre lo supo... ¿Por qué no le hice caso?... Todavía estaba a tiempo de salvarme cuando me lo advirtió...*

—Necesito saber si me vas a apoyar —continuó Camelia, sin imaginarse lo que pasaba por la mente de su acompañante en esos momentos.

—Pues claro que sí. ¿No te dije que nos vamos a casar? —*Todas son iguales… excepto mi madre… mi pobre madre…*

—Sí, pero…

—Sólo que preferí llevarte a Disneylandia primero y ahora no me lo agradeces —*Ni creas que me vas a encadenar con tus artimañas de trepadora.*

—Claro que te lo agradezco; es sólo que…

—Nuestra verdadera luna de miel va a ser en Hawái —*Y pensar que con tus calculados encantos me hiciste dudar de las palabras de mi sacrosanta progenitora.*

Entonces Camelia colocó su mano sobre la de Varela, la cual en esos momentos se encontraba sobre la palanca de cambios.

Mireya sabía que quien tocaba a la puerta no podía ser otro que el repugnante proxeneta apodado el Caimán; sin embargo, jamás imaginó que esta vez el motivo de su visita era el de proponerle ingresar al mundo del espectáculo.

—¡Ya te dije que no me interesan tus asquerosas proposiciones! —le espetó a la cara, tan pronto le abrió la puerta.

—Ésta sí te va a interesar —le aseguró el chulo.

Algo en la desagradable sonrisa de ese hombre le decía a Mireya que más le valía escuchar lo que tenía que decirle, así que lo dejó continuar antes de cerrarle la puerta en la cara.

—Habla rápido.

—Vengo a librarte de la parejita de tontos que te anda buscando en la calle.

Esto no sorprendió a Mireya. De algún modo lo presentía. Reconoció haber actuado de manera muy obvia frente al Caimán luego de ver a su hermana caminando por la calle.

—¿A cambio de qué? —preguntó la chica, conociendo de antemano la respuesta.

—De ti —el Caimán no terminó de decir esto cuando cayó de sentón sobre el suelo, a causa de un puñetazo en la mandíbula—. ¡¿Qué te pasa, mujer?! —protestó.

—¡Ya te dije que no me gustan tus cochinas proposiciones! ¡Soy una muchacha decente!

—¿De qué hablas?

—Vienes a pedirme que trabaje en la calle para ti.

—Te equivocas. Vengo a pedirte que trabajes, en eso tienes razón, pero de cantante… Tienes un gran talento… Yo voy a ser tu representante…

—¿Qué?

—Cantas tan bonito como la Tariácuri.

Llegaron a las once de la mañana a San Clemente, donde el agente de migración Rubén Huerta preguntó a la pareja su procedencia y su destino, al igual que lo había hecho su compañero en San Isidro.

—Ella es de San Antonio, Texas. Yo de Tijuana. Acabamos de casarnos. Vamos a Disneylandia para festejar nuestra luna de miel —volvió a mentir Varela, mucho más tranquilo esta vez.

—¿En qué parte de San Antonio vivías? —quiso saber el oficial.

—En el oeste. Por la calle Guadalupe. Cerca de la basílica. ¿Conoce?

—Es muy bonito ese lugar. Yo viví en el sur —dijo, muy serio.

—Ah —dijo Camelia, sin olvidarse de sonreír.

—Pase —dijo el agente, tan encantado como su compañero en San Isidro.

Lucky son of a bitch, pensó, luego de dejarlos ir.

El padre de Facundo García siempre se lo había dicho: en México la profesión de policía estaba peleada con el rol de padre de familia y esposo; el buen policía debía ser antes que nada un hombre solitario, si realmente quería ser eficiente e inmune a la corrupción, el verdadero cáncer de los funcionarios mexicanos de todos los niveles.

—Lo que pasa es que la gente quiere ser todo a la vez: padres de familia, esposos chingones, buenos agentes, honrados, ricos, y la verdad es que no se puede. Eso es imposible en un país como México... O se es una cosa o la otra —era la cantaleta del señor García durante sus últimos años de vida.

Este tipo de comentarios le hacían preguntarse a Facundo si su padre no se había vuelto comunista.

—¿Qué ha estado leyendo últimamente, padre?

—Tú sabes que yo nomás leo el *Contenido* y el *Selecciones,* pero lo que te estoy diciendo no lo saqué de ninguna de esas revistas. Lo sé por experiencia propia. Escucha, yo incluso acepté dinero de asesinos con tal de que a ustedes no les pasara nada...

—No quiero oír nada más —lo interrumpió su hijo.

—Debes hacerlo si quieres seguir adelante con tu idea de convertirte en policía.

—Jamás aceptaré un soborno.

—Eso espero, para que puedas dormir tranquilo, cosa que yo dejé de hacer hace mucho tiempo.

Facundo llegó a cansarse de oírle decir lo mismo una y otra vez a su padre; sin embargo, ahora lo entendía. Lo que sucedía era que estaba preocupado por él. Por la profesión que había elegido. Conocía la manera en que uno terminaba comprometiendo a su propia familia en el ejercicio de sus funciones.

—No sé por qué dices que no puedo casarme con Celeste —dijo Facundo.

—Claro que puedes; sólo digo que, si lo vas a hacer, no ingreses a la academia de policía. Con la carrera que tienes te puedo acomodar en alguna oficina del ministerio público y de ahí puedes llegar hasta procurador.

—Yo quiero hacer algo por mi país antes de convertirme en político. Ya hay suficientes de ésos.

El primer error de Facundo fue no haber hecho caso a las palabras de su padre el día en que pidió la mano de su novia Celeste. El segundo error fue haber orquestado un operativo que derivó en el breve arresto de Arnulfo Navarro, quien respondió a esto instalando una bomba en el carro de Celeste.

El Caimán persiguió a Eduardo y a Leonora hasta el hotel Caesar's, donde se hospedaban. Cuando los alcanzó había perdido el aliento. Tardó un poco en recuperarse.

—¡Esperen! —les gritó.

Leonora volteó de inmediato. Barrió con la mirada al Caimán. Volvió a poner cara de asco.

Pelafustán, pensó.

—¿Lo conozco?

—Ustedes están buscando a una muchachita preciosa y llena de vida llamada Mireya Osuna, ¿cierto?

—¿La has visto?

—Depende… —dijo, con su sonrisa asquerosa.

—¿Depende de qué? —ladró Leonora.

—Depende de cuánto valga su hermanita para usted —explicó el Caimán, rozando las yemas de sus dedos índice y pulgar, una contra la otra.

—¿Cuánto quieres?

—Esta información que les puedo dar no vale menos de cien dólares; recuerden que estamos en la frontera…

—Eduardo, págale a este renacuajo —ordenó Leonora.

Eduardo obedeció.

—Ahora sí, dinos, ¿dónde está Mireya?

—Se fue a Ensenada.

—¡¿Sola?!

—Con un americano.

—¡¿Qué?! —exclamó Leonora, sujetando al Caimán de la camisa.

—No fue mi culpa; la culpa la tuvo Varela...

—¿Quién es ése?

—Bueno, no sé si se lo pueda decir —le explicó el Caimán a Eduardo, quien se mantenía callado.

—¡Contéstame! —gruñó Leonora, dándole una sacudida.

—Uno de esos proxenetas...

—¡¿Qué?! ¿Dónde está ese desgraciado?

—Sólo sé que se fue a Disneylandia con su novia, que se llama Camelia...

—¡¿Y el gringo cómo se llama?! —volvió a preguntar Leonora, dándole otra violenta sacudida al Caimán.

—Se llama... se llama... ¡John Lennon! —chilló el Caimán, luego de haber leído ese nombre en una playera propiedad de un sujeto que caminaba por la avenida Revolución.

—¿Oíste?

—Sí.

—Apúntalo.

—¿Cómo lo escribo?

El Caimán le deletreó el nombre de memoria a la pareja de pueblerinos.

—Vamos a ir a buscar a ese degenerado, pero si resulta que la información que nos acabas de dar es falsa, te juro que yo misma te despellejo vivo. ¿Entendido?

—Claro —contestó el Caimán, pasando saliva.

—¿Cuál es tu nombre?

—Todo mundo me conoce como el Caimán.

—No me interesa cuánta gente te conoce; me interesa saber cómo dice tu acta de nacimiento que te llamas.

—Juan...

—¡¿Juan qué?!

—Juan Pérez.

—¡Chingadamadre! Tienes que tener otro apellido menos corriente que ése; dime que sí...

—López.

—¿Juan Pérez López?

El Caimán movió afirmativamente la cabeza, avergonzado.

—¿Puedes creerlo? ¿La clase de gente que uno se encuentra en este lugar? —le dijo Leonora a su esposo—. ¿No supiste nada de una maleta que mi hermana llevaba consigo? —le preguntó enseguida a Juan Pérez López.

—¿Una maleta? ¿Qué traía?

—Eso no es de tu incumbencia. ¿La viste o no?

Fue entonces cuando el Caimán decidió improvisar:

—¡Sí! ¡Sí! ¡Creo que se la llevó Varela a Disneylandia!

Leonora cerró lo ojos y comenzó a rezar y a persignarse. Enseguida se tapó la cara con ambas manos. Se mantuvo así por casi un minuto.

—¿No te digo que este mundo se va a acabar bien pronto? —le dijo a Eduardo, temblando de rabia—. ¡Esta gente va a ir a venderles dieciséis kilos de marihuana a los pobres niños que están ahí divirtiéndose con el Ratón Miguelito!

La secretaria Jimena Lugo dejó escapar un suspiro antes de avisarle a Facundo García que tenía una llamada esperándolo en la línea. Era lo que hacía cada vez que recordaba la historia de ese joven y apuesto teniente que había sufrido la pérdida de su esposa a manos de Arnulfo Navarro.

—¿Quién es? —preguntó con tosquedad Facundo García, mientras revisaba un expediente sobre su escritorio.

—Un tal Caimán —informó Jimena.

El teniente descolgó el teléfono sin despegar la vista del texto que estaba leyendo.

—¡¿Bueno?! —ladró.

—Buenos días, teniente.

—¿Qué se te ofrece, Caimán?

—¿Recuerda, jefe, que me dijo que necesitaba algo grande para dejar de molestarme?

—Habla de una vez.

—¿Sin un café? ¿Ni una tajadita de pastel?

El teniente refunfuñó con la vista puesta en el techo. Definitivamente no tenía tiempo para esto. Sin embargo reconoció que lo que tenía que decirle el Caimán podría ser algo importante.

—Te veo en el Potrero en media hora.

—Ahí estaré —aseguró el gorrón.

Al llegar al restaurante con forma de sombrero, el Caimán lo esperaba en la entrada. Se saludaron. Buscaron una mesa. Se sentaron junto a la ventana. Los dos ordenaron café. El Caimán agregó una rebanada de pastel.

—No tengo mucho tiempo —advirtió Facundo García, mirando su reloj.

—Teniente, ¿recuerda lo que le dije acerca de que ese Varela anda metido en algo raro?

—Suéltalo ya.

—Lo acompaña una muchacha que viene de San Antonio, llamada Camelia Pineda. Ambos cruzaron dieciséis kilos de marihuana a los Estados Unidos el día de hoy en un Barracuda descapotable color rojo.

—¿Cómo lo sabes?

—Anda corriendo ese rumor por toda la zona norte.

—¿Por qué no me lo dijiste antes?

—Cuando me enteré ya se habían ido.

—¿De dónde viene la droga?

—Esa parte no me la sé. ¿Con eso estamos a mano?

—¿Qué más me tienes?

—Por el momento es todo.

—¿Qué más sabes?

—Ese Varela solía trabajar para el famoso don Antonio, en Sinaloa, pero ahora está con esta otra mujer que le digo.

—¿Cómo dices que se llama?

—Camelia, es muy guapa.

Facundo García apuntó ambos nombres en su agenda.

—¿Con eso me va a dejar de molestar?

—Eso depende.

—¿De qué?

—De que lo que me diste sirva de algo y de que dejes de estar explotando jovencitas.

—No, teniente, todo eso quedó atrás.

—¿Seguro? —preguntó Facundo García, incrédulo.

—Seguro... Ahora estoy en el negocio de la música.

—No quiero saber más —dijo el teniente, levantándose de su silla— ...Provecho —agregó, dejando un billete sobre la mesa.

Llegaron antes del mediodía a Los Ángeles. Varela decidió coger el serpenteante bulevar Sunset desde Hollywood hacia la costa. Pararon en la vieja farmacia Schwab's, donde Varela hizo una llamada a Felipe Reyes para decirle que ya había llegado a la ciudad y que se verían a la hora acordada. Enseguida le compró a Camelia una Coca-Cola, además de una pañoleta para el pelo y lentes oscuros.

—Ahora sí pareces toda una estrella de cine —le dijo.

Camelia se sonrojó.

—Así como lo ves de viejo y maltratado, ¿sabes que este lugar era frecuentado por Charlie Chaplin y Lana Turner?

—¿En serio? —preguntó Camelia, sin saber quiénes eran esas personas.

—Vente, vamos a que nos dé un poco de este sol californiano en la cara.

Varela bajó la capota de su Barracuda y enfiló hacia el oeste.

Le mostró el Château Marmont. La Sunset Tower. El restaurante Villa Nova.

—Ahí fue donde Marilyn Monroe conoció al beisbolista Joe DiMaggio —le explicó—. Aquí solía haber clubes nocturnos muy elegantes. Ahora todo lo que hay son greñudos y lugares donde tocan rock.

—Ah —dijo Camelia, asombrada al ver tanta excentricidad.

Más adelante en el recorrido, las enormes banquetas de concreto dieron paso a grandes extensiones de césped alrededor de mansiones lujosas.

—¿Sabes qué pasa si te ven caminando por aquí? —preguntó Varela al llegar a Beverly Hills.

—No.

—La policía te levanta. Es un delito caminar por estos rumbos.

Varela viró en una esquina hacia la izquierda para dirigirse a la zona comercial. Camelia no pudo mantener la boca cerrada ante la fastuosidad de las tiendas de ropa de ese lugar. Luego de terminar el recorrido, Varela retornó por el bulevar Santa Mónica hacia Hollywood.

—¿Qué estamos haciendo por estos rumbos tan feos? —preguntó Camelia.

—Sólo quiero saludar a un primo que vive aquí cerca —le contestó de mala manera Varela—. Y quítate esos lentes, ¿no ves que ya oscureció?

Era como si su ánimo hubiera cambiado acorde con el paisaje. Lo que antes era soleada y opulenta alegría, de pronto se tornó en amargura sombría y tenebrosa. Varela consultó la hora en su reloj.

—Cuarto para las seis… Estamos a buen tiempo —se dijo, de pronto agitado.

Se metió por un callejón y se detuvo frente a un Eldorado que lo esperaba con las luces apagadas. Tres hombres bajaron de él. Dos sujetos altos, delgados y de traje café viajaban en el asiento trasero, mientras que el copiloto era más bien rollizo, vestía traje color gris y sostenía dos maletines. Otro más se quedó al volante. Gracias a las luces del Barracuda alumbrándolos, Camelia se percató de que los cuatro tipos eran hispanos y tenían pinta de hampones.

Varela fue a su encuentro.

—Espérame aquí —le dijo a la joven.

Habló con el que sostenía los maletines. Hubo un conato de discusión. Varela lo calmaba diciéndole algo. Camelia no podía entender lo que sucedía. Al poco rato regresó Varela. Lucía muy agitado.

—Cuídame esto —le dijo, entregándole su escuadra.

La joven se asustó aún más.

—¿Qué está pasando? —preguntó, luego de recibir el arma.

No obtuvo respuesta. Varela regresó con los tres hombres. El sujeto con los dos maletines accedió a una especie de propuesta. Al parecer era el jefe. Dijo que sí con la cabeza. Dio una orden a alguien. Uno de los dos hombres de saco café abrió una cortina metálica ubicada a la derecha del Barracuda, se internó en la oscuridad que había dentro y encendió un foco que colgaba del techo, con lo cual apareció una especie de garaje a su alrededor. Varela regresó al carro. Lo estacionó justo debajo de donde colgaba el foco. El segundo hombre delgado y alto se hizo presente del lado donde se encontraba Camelia. Arrastraba un gato hidráulico color rojo. Lo metió bajo la orilla del guardafango.

—¿Qué te he dicho, pendejo? —lo amonestó el mismo que abrió la cortina metálica, quien ahora sostenía una cruceta.

—¿Qué? —preguntó el increpado.

—Primero hay que aflojarle los birlos.

—Ah —dijo su colega y detuvo lo que estaba haciendo.

A partir de ahí continuaron su labor en silencio. El jefe tampoco decía nada.

—Bájate del carro —le ordenó de manera tosca Varela a Camelia, quien se mostraba incapaz de comprender lo que estaba sucediendo.

—¿Qué ocurre?

—Haz lo que te ordeno.

Ambos descendieron del automóvil, Camelia aún con la pistola en la mano. El hombre a cargo de la cruceta llevó el primer neumático con todo y rin al desmontador y se dedicó a extraer la droga alojada dentro, la cual llevó a una báscula dispuesta sobre una mesa de trabajo y de ahí a uno de los dos maletines que sostenía el jefe.

—Van ocho kilos —anunció el más acomedido de los hampones, antes de ir por la siguiente llanta.

Camelia no podía creer lo que veían sus ojos. Había cruzado con droga por la frontera de los Estados Unidos, arriesgándose a pasar muchos años de prisión a causa de ello.

Comprendió: *A esto se debía el nerviosismo de Emilio en los puntos de revisión.*

La había metido en esa operación criminal sin siquiera decírselo.

¿Qué clase de hombre es éste?, se preguntó, con coraje.

Después de todo lo que he hecho por él…

Nadie decía nada. Felipe y Emilio se veían fijamente a los ojos. Los dos rufianes no tardaron más de veinte minutos en desmontar cada llanta, pesar la droga en la báscula, meterla al maletín y colocar los cuatro nuevos neumáticos al carro.

Varela subió a su automóvil y dio reversa. Esta vez fue el tipo que se había hecho cargo del gato hidráulico quien cerró la cortina metálica. El otro había apagado la luz. Varela encendió los faros de su automóvil. El maletín con la droga regresó a manos de Felipe Reyes, quien entregó el otro a Varela. Éste lo abrió sobre el cofre del Barracuda. Lucía muy satisfecho. Extrajo dos fajos de billetes. Los llevó a su nariz. Sonrió un poco más. Camelia seguía parada sobre la acera, atando cabos.

—¿Todo bien? —preguntó Felipe Reyes.

—Perfecto —contestó Varela.

—Nos estamos viendo —se despidió el comprador.

—Fue un placer hacer negocios con usted, señor Reyes —dijo Varela; sin embargo, Eldorado ya se había ido de ahí.

—¡Me engañaste, infeliz! —le reprochó Camelia, corriendo hacia él.

Varela dejó escapar una carcajada, llevando ambas manos a su estómago.

—¿Qué? ¿Quiere decir que siempre sí te creíste que yo trabajaba en una florería? —y siguió carcajeándose.

—¿De dónde sacaste esa droga?

No recibió respuesta.

—Estaba en la maleta de Mireya, ¿verdad? Ese dinero le pertenece.

—Toma —le dijo, entregándole los dos fajos de billetes que extrajo del maletín—. Con esto te alcanza para irte a Disneylandia tú sola.

—¡¿Qué?! —gritó Camelia, sabiéndose engañada y humillada por un catrín vanidoso.

—Hoy te das por despedida; con la parte que te toca, ya puedes rehacer tu vida. Yo me voy para San Francisco, con la dueña de mi vida.

Hasta ese momento el plan de Varela había marchado a la perfección, excepto por un pequeño detalle: había olvidado pedirle de vuelta el arma a Camelia, justo antes de anunciarle que la abandonaría a su suerte en un sucio callejón de Hollywood.

Podía ver la ira en los ojos de Camelia. Varela se apresuró a sacar su navaja. Fue demasiado tarde. Recibió siete balazos. Mientras se desplomaba, Varela alcanzó a enterrarle su navaja en la cintura. Camelia gimió de dolor.

El derramamiento de sangre era profuso, pero la chica logró mantener la calma. Tenía claro lo que debía hacer. Tomó el maletín con el dinero y subió al Barracuda. Lo echó a andar. Siguiendo su intuición cogió el Hollywood Freeway hacia el sur, con el sonido de las sirenas de ambulancias a lo lejos. Comenzó a sentir mareos mientras conducía por el Santa Ana Freeway. Sabía que no podría llegar a Tijuana en ese estado. Tomó la salida hacia Boyle Heights sin saber hacia dónde se dirigía, simplemente obedeciendo una corazonada.

Luego de dar varias vueltas por el territorio decidió abandonar el carro en Aliso Village, junto a una imagen de la Virgen de Guadalupe pintada en una barda, lo cual vio como una señal. A partir de ahí continuó su trayecto a pie por varias cuadras, hasta caer desmayada, aún con el maletín en la mano, junto a la puerta de una iglesia.

La familia de Varela cenaba en el comedor. Alison había decidido hacer las paces con su suegra y con su cuñado, ante la noticia de que su marido regresaba a vivir con ella. La llamada la contestó Raquel. Felipe Reyes pidió hablar con Aarón.

—Te hablan —le dijo a su hijo, antes de pasarle el teléfono.

La mujer sabía que algo pasaba. Aquélla no era hora de recibir llamadas telefónicas. La voz del tipo no era demasiado alegre. Alison también se preocupó. Mantuvo la mirada fija en su cuñado, quien hacía un par de horas había sufrido un dolor muy fuerte en el pecho, sin ninguna razón aparente.

—¿Bueno? —contestó Aarón Varela.

—Aarón, qué bueno que te encuentro —Felipe Reyes sonaba agitado—. Pasó algo.

—¿Qué cosa?

—Yo no tuve nada que ver.

—¿De qué está hablando, señor?

—Yo le di su dinero a tu hermano.

—Don Felipe, dígame de qué me está hablando.

—Seguro fue esa muchacha.

—Don Felipe, me está asustando.

—Hay un enjambre de policías justo afuera del taller de mi cuñado. No sé ni qué hacer. ¡En qué lío me metiste, muchacho!

—Don Felipe, por favor.

—Tu hermano está muerto.

—¡¿Qué?!

—Lo mataron luego de que hizo la entrega.

—¿Quién? —exigió saber Aarón.

—No sé; iba con una muchacha. Le dispararon con su propia pistola. La hallaron encima de él, con las huellas del asesino.

—¿Cómo se llama?

—¿Quién?

—La muchacha.

—Yo qué voy a saber. Es la primera vez que la veía.

—¿Dónde está?

—Todavía no la encuentran. Se llevó el carro de tu hermano. Al parecer va herida. Dejó un rastro de sangre.

—Den con ella.

—¿Pero cómo? Si yo…

—Me debe al menos ese favor.

—Veré qué puedo hacer, muchacho.

—Voy en este mismo instante para allá. Espero que me tenga algo más de información cuando llegue —dijo, y colgó.

—¡¿Qué pasó, hijo?! —gritó Raquel, sujetando a Aarón del brazo y arañándolo.

—Alguien mató a Emilio.

La mujer pegó un alarido espeluznante y enseguida se desplomó. Inconsciente.

—¡Seguro fue esa perra! —rugió Alison, mientras su cuñado intentaba evitar que su madre cayera al suelo.

—Tráeme esa silla —le ordenó a su cuñada.

Aarón sentó a su madre junto a la mesa del comedor y entonces hubo un momento de silencio en el hogar de la familia Varela.

—Voy para allá —dijo Aarón.

—Yo voy contigo —le avisó Alison.

Tan pronto vio a Camelia tirada en la calle, el sacristán mandó llamar a Mark O'Brien, el sacerdote de ascendencia irlandesa condecorado con la medalla de honor.

—¡Padre Mark! ¡Padre Mark! —gritaba el muchacho de nombre Pablo Ramírez.

—¿Qué pasa? —preguntó desde el interior el clérigo, con su perfecto español.

—¡Venga rápido!

Al ir a ver lo que estaba pasando afuera de su iglesia, el padre Mark se topó con el cuerpo de Camelia bañado en sangre.

—Ábreme la puerta y mete esa maleta —le ordenó al muchacho, en lo que cargaba a Camelia en sus brazos.

El ayudante obedeció de inmediato.

—¿Está muerta? —preguntó el sacristán, sumamente asustado.

—Todavía respira —informó el sacerdote—. Voy a llevarla a la sacristía. Tú llama a Jorge. Dile que venga de inmediato.

—No quiero doctores —susurró Camelia.

—No te preocupes, muchacha. No te va a pasar nada. Te tendremos aquí hasta que te mejores. Este doctor que viene es de nuestra entera confianza. Es un amigo nuestro.

—No quiero policías ni ambulancias —aclaró Camelia, en lo que la recostaban.

—Está bien, está bien, no va a haber ninguna de esas dos cosas —la tranquilizó el sacerdote, con una voz cálida y sincera a la vez—. Ahora necesitamos que te confieses ante mí, antes de que sea demasiado tarde...

Camelia, como buena católica que era, entendió a la perfección las palabras del cura; sin embargo, no se sentía muy convencida de revelar el crimen que acababa de cometer, por la vergüenza que le ocasionaba admitirse asesina... Y todo por un arranque de ira imposible de controlar.

—Recuerda, hija: la confesión es un secreto sagrado que nunca se revela a nadie más que a nuestro Señor; yo sólo soy su conducto.

—Está bien, padre... —contestó Camelia.

—¡El doctor ya viene en camino! —gritó el muchacho, irrumpiendo en la sacristía.

—Déjanos un minuto a solas, Pablo, y cierra —ordenó el padre.

—Está bien —contestó el joven, quien, incapaz de dominar su curiosidad, en lugar de acatar las palabras de su mentor se colocó justo detrás de la puerta que daba a la sacristía, para oír la confesión de la muchacha.

—¿Cómo te llamas, hija?

—Camelia... —respondió la muchacha.

—Confiésame tus pecados, Camelia.

—Maté a un hombre.

—¿Por qué hiciste eso, hija?

—Porque me engañó... por coraje... no lo sé.

—¿Qué traes en ese maletín?

—Dinero, padre.

—¿Es tuyo?

—No. Es de una muchacha que se llama Mireya; se lo tengo que ir a entregar... Es suyo... Este hombre que asesiné pensaba robárselo... —explicó Camelia, llorando.

—Entiendo, entiendo —dijo el padre.

Cerca del garaje de Felipe Reyes, los detectives del escuadrón de homicidios Peter Carson y Joel Estrada analizaban con minuciosidad la escena del crimen.

—Soto, antes de llevarlo al laboratorio toma nota del número de serie y búscalo en la base de datos —le dijo Estrada a un oficial a su lado, quien rápidamente tomó la bolsa de plástico con el arma homicida dentro—. Pide que tomen huellas de la navaja también.

—¿Qué piensas? —preguntó Carson, levantando el cuello de su chaqueta de piel color negro para protegerse del frío.

—Un asunto de negocios que se salió de control... Por lo que se ve, la víctima alcanzó a herir a su agresor con su propia navaja —opinó Estrada.

—¿No crees que sea pasional?

—¿Por los disparos?

—Así es, siete seguidos y a quemarropa —dijo Carson.

—Puede ser; sin embargo, de lo que sí estoy seguro es de que aquí hubo dos automóviles, uno aquí y otro enfrente, y nuestro hombre no se pudo haber ido en los dos.

—En eso tienes razón.

—Además de que se me hace mucha casualidad que todo haya ocurrido justo frente al garaje de Felipe Reyes.

—De su cuñado.

—Da lo mismo.

—¿Hablaste con él?

—Dijo que nos pusiéramos en contacto con su abogado.

El detective maldijo en inglés.

—No creo que Reyes sea el asesino.

—¿Entonces por qué nos manda con su abogado?

—Por lo mismo.

—Es verdad.

—De lo contrario aquí lo tendríamos intentando darnos su explicación de los hechos... Lo conozco.

—¿Qué haremos?

—Arregla esa cita con el abogado de Reyes; dile que si su cuñado no nos abre esa maldita cortina metálica nosotros mismos la abriremos —ordenó Carson.

—Tengo un amigo en la policía de Tijuana. Le preguntaré por ese Emilio Varela. Aquí dice que es de allá —agregó el detective Joel Estrada, sujetando una licencia de manejo.

—¿Es de fiar?

—Te voy a contar su historia: su esposa fue asesinada por Arnulfo Navarro...

Cuando el doctor Jorge Escalante entró en la sacristía, el color moreno de Camelia había desaparecido. Ahora se encontraba blanca y helada, como la nieve. Además, había perdido el conocimiento. A pesar de todo esto, al joven doctor lo impresionó la belleza de su paciente.

—¿No vino Esmeralda con usted? —le preguntó Pablo Ramírez.

El muchacho no recibió respuesta. Jorge Escalante había puesto manos a la obra, intentando detener el sangrado de Camelia.

—Necesito toallas y una jarra con agua —le pidió al sacristán.

—¿Cree que pueda salvarla? —inquirió el padre Mark.

—Por supuesto. En sí, la herida no es grave; no alcanzó órganos internos ni dañó la pared abdominal. El problema fue que pasó mucho tiempo sin recibir atención médica. Ha perdido bastante sangre. Necesito llevármela cuanto antes para que reciba una transfusión.

—Eso no va a ser posible —le advirtió el cura.

—Pero cómo… —dijo Escalante, confundido.

—Se lo prometí a la muchacha.

—¿Por qué? —quiso saber.

—Al parecer la busca la policía. ¿Qué otra cosa podemos hacer?

En ese mismo instante el doctor hizo un corte en la blusa de Camelia y entregó el pedazo de tela ensangrentada al padre O'Brien.

—Lléveselo a Esmeralda Cisneros, en el hospital. Dígale que va de mi parte.

—Ahora mismo voy —dijo el sacerdote, antes de salir corriendo rumbo a su carro.

—Aquí está —llegó diciendo Pablo Ramírez, con las toallas blancas utilizadas en la eucaristía, un vaso y una jarra con agua.

—Pásame el teléfono —fue la siguiente orden del doctor.

El muchacho así lo hizo.

—Ahora aprieta aquí de esta manera —le explicó.

—Correcto —dijo Pablo.

—Esmeralda, necesito que me hagas un favor. Ahora mismo va para allá el padre Mark. Te va a dar un pedazo de tela ensangrentada. Necesito que determines el tipo y enseguida vengas con él. Tráete dos litros y todo lo necesario para hacer una transfusión —habló Jorge Escalante al teléfono— …Tú haz lo que te ordeno… Sí, luego te explico.

Trabajaba el turno de guardia en la procuraduría. El teléfono de su oficina llevaba minutos sonando. A esa hora Facundo García apenas regresaba de una diligencia que lo había entretenido toda la tarde. El teniente se negaba a irse a su hogar, pues no tenía a nadie que lo esperara ahí. Lo acompañaba el comandante Gustavo Molina, quien se quedó en la puerta, a punto de despedirse.

—¿Sí? —dijo cuando contestó.

—Teniente García, le habla Joel Estrada, de la policía de Los Ángeles.

—¿Cómo le va, detective?

—Sabía que lo encontraría trabajando.

—¿Qué puedo hacer por usted?

—Aquí tenemos el cuerpo de un Emilio Varela, de Tijuana, muerto en un callejón de Hollywood a causa de siete disparos de bala en el cuerpo. El arma se encontraba encima de él, además de una navaja, de las llamadas 007, con la que al parecer se hirió al agresor. Ambas fueron enviadas al laboratorio. Le haré llegar una ampliación de su licencia de manejo.

El teniente Facundo García abrió su agenda.

—¿Qué saben de Camelia? —preguntó, leyendo sus anotaciones.

—¿Camelia qué?

—Por la mañana recibí información acerca de que Varela cruzó hacia su país en un Barracuda convertible color rojo, acompañado por una muchacha proveniente de San Antonio, de nombre Camelia, en posesión de dieciséis kilos de marihuana.

—Lo sabía —dijo el policía angelino, mientras apuntaba los datos recién recibidos.

—¿Qué cosa?

—Mi compañero y yo no estábamos seguros de si esto era un asunto de drogas o uno pasional, pero ahora sabemos que tiene que ver con los dos.

—Podría conseguirles información más completa acerca de la muchacha. Quizá hasta un retrato hablado; conozco a alguien que la conoce.

—Le agradezco su cooperación, teniente. Y perdón por molestarlo tan tarde.

—No se preocupe.

Luego de que ambos policías se despidieron, Gustavo Molina, parado aún bajo el marco de la puerta, preguntó a su superior:

—¿Qué pasa, jefe?

—Por la mañana me tomé un café con el Caimán —contestó Facundo García, aún meditabundo.

—¿Y eso?

—Me habló para decirme que tenía algo importante que platicar conmigo.

—¿Y qué tal?

—Al principio no creí que fuera nada importante...

—¿Qué le dijo? —se mostró preocupado Gustavo Molina.

—Que un tal Emilio Varela había estado en la ciudad.

—¡Varela! —repitió el agente Molina, excitado.

—¿Lo conoces?

—No —se apresuró a contestar Gustavo Molina—. He oído hablar de él, en la calle. Al parecer trabaja para el capo don Antonio Treviño.

—Según tengo entendido, ya no.

—¿Qué más le dijo el Caimán?

—Que había cruzado a los Estados Unidos con dieciséis kilos de marihuana y una mujer de nombre Camelia.

—¿Por eso se puso nervioso?

—Me acaban de hablar de Los Ángeles para decirme que tienen el cuerpo de un Emilio Varela asesinado a tiros.

—¿Y qué le dijeron acerca de su acompañante?

—No sabían nada de ninguna Camelia.

—¿Y ahora qué vamos a hacer?

—Voy a ir localizando al Caimán para pedirle que venga y nos ayude a realizar un retrato hablado de esa mentada Camelia.

—Muy buena idea, jefe.

Por la madrugada, una exuberante enfermera pelirroja fue sorprendida al salir del banco de sangre con los dos litros requeridos por el doctor Jorge Escalante.

—¿Adónde vas con eso? —le preguntó su veterana compañera Guadalupe Rivas, encendiendo la luz.

—Vengo a retirar esta sangre porque no está en condiciones de ser usada. Apúntalo en el registro, pero si quieres lo hago yo. Quítate.

—Yo no me voy a ningún lado.

—Entonces el director tendrá que enterarse de quién se ha estado robando toda esa morfina que de manera mágica sigue desapareciendo de la enfermería. Al principio lo viste como un remedio para tu dolor de espalda, ¿te acuerdas?, aquel del que me platicaste, hace como dos años, que milagrosamente se te quitó; el problema es que ahora estás enganchada.

—No sé de qué me estás hablando —afirmó la enfermera Lupita, visiblemente nerviosa.

—Lo averiguarás si no te apartas de mi camino —la retó Esmeralda, llevando una mano hacia el teléfono.

—Me las vas a pagar —le advirtió Guadalupe Rivas, haciéndose a un lado.

—Te aconsejo que primero ingreses a una clínica de rehabilitación y luego me amenaces, Lupita. Aquí cerca hay muchas, en el Skid Row, y son gratuitas —le dijo, riéndose, mientras pasaba a su lado.

—Parezco una momia —pensó Arnulfo Navarro, al verse cubierto de vendas frente al espejo.

Se quitó los lentes oscuros.

Se los volvió a poner.

La comezón era intolerable. Le prohibieron rascarse.

—Ojalá que esta pinche crema sirva de algo —dijo en voz alta, refiriéndose al ungüento administrado por el doctor para curar sus heridas, producto de haber nadado en manteca de cerdo hirviendo.

El sombrero texano ha sido reemplazado por un *stetson* negro de gamuza y ala corta.

Aun así no consigue verse mejor.

Sigue luciendo como "villano de historieta gringa, de ésas que leen los plebes babosos..." *Y todo por Camelia la Texana*, piensa, con una mezcla de añoranza y odio.

Suena el teléfono en su escritorio.

Su mano vendada va por él.

—¡¿Qué?! —grita, enojado.

—Jefe, le habla Gustavo, de Tijuana. Dice que tiene algo importante que contarle.

—¿Qué Gustavo de Tijuana? —vuelve a gritar.

—En la nómina teníamos a un policía de la PGR apostado en Tijuana: Gustavo Molina, ¿lo recuerda? Estuvo en su fiesta de cumpleaños.

—¡¿Qué tiene ese pendejo?!

—Lo espera en la línea; ¿se lo transfiero?

—A ver...

El secretario acató la orden de su patrón.

—¡¿Qué?! —volvió a decir Arnulfo Navarro.

—¿Navarro?

—¡¿Qué?!

—¿Se acuerda de mí?

—Por supuesto, Molina. Precisamente hoy me estaba preguntando de qué sirvieron todos esos pagos que te hicimos.

—Tengo información acerca de Varela; me dijeron que lo andaba buscando —lo interrumpió el agente federal.

—¡¿Qué?! —exclamó Navarro, sorprendido.

—Como lo oye, jefe. Estuvo aquí en Tijuana.

—¡¿Dónde está ahora?!

—Lo más seguro es que en el infierno. Lo mató una mujer de nombre... Espéreme... Aquí lo tengo... Ah, sí, Camelia...

—¡Lo sabía! —festejó Navarro.

—¿La conoce?

—¿Dónde se encuentra esa mujer?

—Lo más probable es que siga en Los Ángeles —respondió Molina, con nerviosismo.

—Escúchame bien, Molina: necesito que me entregues cualquier información que tengas acerca de esa muchacha.

—Sí, sí, claro, jefe.

Como siempre sucedía cuando volvía a verla, Esmeralda Cisneros hizo dudar a Pablo Ramírez acerca de su vocación al sacerdocio. Ahora ya no estaba tan seguro de seguir los pasos de su mentor, el padre Mark. En esos momentos sentía mucho más fuerte el llamado de esa melena roja, de esos ojos verdes y de esas caderas generosas contoneándose bajo el traje de enfermera.

El muchacho se quedó un momento paralizado luego de abrirle la puerta.

—¿Cómo está Camelia? —tuvo que preguntarle el cura, para espabilarlo.

—Dice el doctor que perdió mucha sangre…

—Hazte a un lado —tuvo que decirle el padre Mark.

Esmeralda Cisneros entró a la iglesia detrás del cura.

—Con permiso —dijo la muchacha.

—Hola, Esmeralda —le respondió el sacristán, llenando sus pulmones con el aroma despedido por la cabellera de la mujer.

Tan pronto entró a la sacristía, Esmeralda ayudó al doctor Escalante a colgar en el tripié la sangre, sin voltear a ver a la paciente. Se sentía contenta de estar ayudando a su jefe, quien se encargó de introducir la aguja dentro del brazo de Camelia.

El padre Mark se hallaba ocupado rezando por la salud de la joven.

—¿Dónde estoy? —preguntó Camelia a los pocos minutos, luego de recuperar el conocimiento.

Todos se pusieron muy contentos dentro de la sacristía. Especialmente el doctor Escalante, quien ya sentía un sincero aprecio por la muchacha, tanto que al verla abrir los ojos le plantó un beso de felicidad a la enfermera.

Esmeralda no pudo evitar sonrojarse. El doctor jamás la había besado. Se lo atribuyó a su diligencia, profesionalismo y esmero en su trabajo.

Sabe lo que valgo, pensó.

Me lo estoy echando a la bolsa, agregó en su mente.

Al mediodía, cuando el artista empleado por la procuraduría terminó el retrato hablado de Camelia, todos desconfiaban de su veracidad.

—¿Estás seguro de que no es la muchacha de tus sueños, Caimán? —le preguntó Gustavo Molina.

—Se lo juro que así es de bonita, y eso que no les he dicho cómo es de cuerpo.

—¿No tendrá las pestañas más chiquitas? ¿O la nariz un poco más ancha? —quiso saber el teniente Facundo García, desconfiando también del testimonio del Caimán.

—No, no y no... Si a mí también me impresionó, y eso que estoy acostumbrado a trabajar con mujeres bonitas.

Todos rieron ante la desfachatez del proxeneta supuestamente regenerado.

—Molina, envía eso al detective Estrada en Los Ángeles y genera la circular —ordenó García.

Por la tarde, el detective Carson pedía apoyo a su homólogo en San Antonio, el detective Frank Baker, luego de enviarle el retrato de Camelia descrito por el Caimán.

—Frank, ¿cómo va todo por allá?

—¿Supiste lo de Gary?

—Sí, es una maldita lástima.

—Entró en el lugar equivocado a la hora equivocada.

—Nos puede pasar a todos, ¿cierto?

—Sí.

—¿Has ido a verlo?

—Por lo mismo no he tenido el valor.

—Deberías.

—Lo sé.

—¿Has visto el retrato que te envié?

—Acaba de llegarme. ¿Quién es?

—Nuestra sospechosa en el asesinato de un vendedor de droga, aquí en Hollywood. Ahí vienen sus datos. Quería ver si me podías ayudar preguntando en el barrio mexicano por ella.

—¿No quieres que lo ponga en los medios?

—¿Podrías hacer eso?

—Considéralo hecho.

—Gracias. De todos modos llámame en cuanto sepas algo.

—Claro.

El cuerpo del Muelas atravesó la ventana de la oficina. Sus brazos sangraban a causa de los cristales rotos que le habían caído encima. Cuando el Alacrán fue por el Oso para convencerlo de que "cantara", éste decidió no hacerse tanto del rogar.

—¡Sí, Varela estuvo aquí! —cantó.

—¿Solo?

—No; lo acompañaba una muchacha.

—¿Cómo se llamaba?

—Te juro que no lo sé.

—¿Cómo era?

—Joven, como de unos veinte años… Muy bonita.

—¿Para quién era la droga?

—Para Felipe Reyes —el Oso continuó cantando.

En la sacristía, Camelia, ya más repuesta, agradecía a los ahí reunidos todo lo que habían hecho por ella.

—Voy a tener que llevarme a Camelia a mi casa, padre —determinó el doctor Escalante, luego de analizar la situación.

—¡¿Y eso por qué?! —le salió del alma a Esmeralda preguntar.

—Allá podremos estar más al tanto de ella. No puede estar aquí.

—¿Yo también voy a estar con usted? —preguntó la enfermera.

—Claro.

—No quisiera causarles más molestias. Les aseguro que ya me puedo ir a mi casa —aseguró Camelia.

—No es momento para eso aún —opinó el doctor.

—Padre, ¿me permitiría hacerle una donación en agradecimiento a todo lo que han hecho por mí?

—Me temo que no, hija.

Camelia se sintió muy triste al escuchar esa respuesta. De ahí se dirigió a Jorge Escalante y a la enfermera.

—¿Nos podrían dejar un momento a solas?

—Por supuesto —respondió el doctor, llevándose a Esmeralda del brazo.

Camelia esperó a que salieran de la sacristía.

—¿Por qué no quiere aceptar mi donación, padre?

—Hasta donde yo sé, ese que traes ahí es dinero manchado, y si bien el Señor me ha conferido el poder de limpiarte de tus pecados, el dinero es otra cosa. Mejor llévatelo contigo, para que lo regreses a quien corresponde.

Camelia entonces se puso muy seria. Pesaba sobre ella la muerte de Emilio Varela. Ahora sabía que con dinero no podría borrar esa pena. Era algo que siempre cargaría a cuestas. Un sentimiento horrible y sórdido, como de vacío espiritual, como si le hubieran arrancado el alma.

—Padre, me voy a ir al infierno, ¿verdad?

—¿Estás arrepentida de tus pecados?

—Por supuesto, pero...

—Entonces no tienes nada que temer.

—Para usted es fácil decirlo.

—¿Por qué?

—Porque no ha asesinado a nadie en su vida, no sabe lo que se siente. ¡Es horrible!

—Te equivocas, hija; yo maté a más de sesenta hombres en un solo día.

—¿Cómo puede ser eso?

—En la guerra.

—¿Usted fue a la guerra?

—Así es, hija, a la Segunda Guerra Mundial.

—¿Todavía no era cura en aquel tiempo?

—Bueno, no oficiaba misas, pero ya era cristiano.

—¿Entonces?

—¿Qué podía hacer? Era joven y fuerte en esos años, de tanto trabajar en el campo. Mi cuerpo era duro, sin un gramo de grasa. La junta de reclutamiento que fue a mi pueblo en Iowa se percató de eso. No tenía escapatoria.

—¿Y por qué no les dijo que su religión le prohibía matar seres humanos?

—Lo hice. Incluso el arzobispo envió una carta al departamento de guerra, pero nada de esto importó. Mucho menos luego de que vieron lo bueno que era manejando la carabina. ¿Qué podía hacer? ¿Fallar a propósito en las prácticas de tiro? Era más difícil.

—¿Y luego? —preguntó Camelia, intrigada por el relato del sacerdote.

—Luego me enviaron a un centro de entrenamiento en Maryland. Se asombraron tanto de mi puntería que me ascendieron de raso a cabo. Me puse a platicar con un capitán de apellido

O'Connor, de Massachusetts, católico al igual que yo, y me dijo que todos nosotros íbamos a Europa a llevar la paz a nuestros hermanos, e incluso me citó el Sermón de la Montaña: "Bienaventurados los pacificadores, porque ellos serán llamados hijos de Dios", me dijo.

—¿Y de ahí?

—Cuando llegamos a Francia nos enviaron a la frontera con Alemania, donde se suponía que debíamos tomar control de una vía de ferrocarril muy importante para los nazis. Detrás de la vía estaban estos cerros repletos de metralletas escondidas entre los matorrales y las piedras. Había un claro de forma triangular frente a ellos y por ahí debíamos pasar para tomar control de la posición. Era de noche, pero aun así las metralletas destazaron al primero y segundo pelotones, y digo los destazaron porque había pedazos de mis amigos regados por la pradera. Algunos de ellos todavía pedían a gritos ser rescatados. Yo pertenecía al tercer pelotón y nuestro teniente decidió que atacáramos por el flanco derecho, lo cual no fue lo que le ordenó nuestro capitán, ya que faltaba poco para que amaneciera y el plan era tomar la colina por la noche para seguir avanzando hacia nuestro siguiente objetivo, que era un almacén de provisiones que quedaba cerca de ahí. Así que desobedecimos órdenes, pero tratamos de hacerlo lo más pronto posible, y corrimos rápido y sin descanso, y rodeamos toda esa colina, y cuando llegamos por detrás sorprendimos a todo un pelotón de alemanes descansando junto a un arroyo, más de cien hombres; ninguno de ellos iba armado, más que uno, el sargento, y a todos los hicimos prisioneros. Dejamos a cuatro soldados a cargo y el resto enfilamos colina arriba. Más adelante nos topamos con cuatro muchachos de la Cruz Roja alemana que empezaron a correr, por más que les pedimos que se detuvieran. Yo mismo les disparé por la espalda a tres de ellos antes de que llegaran a donde estaban las metralletas.

—Espere, ¿usted mató a cuatro enfermeros por la espalda?

—A tres; uno se me escapó y fue el que alertó a los demás.

—No lo puedo creer.

—Déjame continuar mi relato. El primero en caer, con tres balas en el cuerpo, fue el teniente Collins. Logramos dominar a los muchachos de las barricadas con nuestras granadas, pero para cuando lo hicimos los alemanes arriba de la colina habían virado sus metralletas hacia nosotros. No había dónde esconderse. Aquellas balas partían en dos los árboles y todo aquello que pudiera servir de refugio. No había manera de que fallasen. A mi sargento le volaron la cabeza, con lo cual quedé al mando de mi pelotón, por ser el oficial con más rango, y les dije a los muchachos que me esperaran ahí abajo, que yo los iba a sacar del aprieto, y así me fui acercando al nido de la metralleta, moviéndome en zigzag y gritándoles en inglés que dejaran de disparar. Llegué a un punto en el que la metralleta no me podía acertar, de tan cerca que la tenía, y entonces la guarida comenzó a escupir alemanes que venían hacia mí. A cada uno de ellos le pedí que se tirara al suelo, pues no quería hacer daño, pero no me hicieron caso. Yo me encontraba detrás de una pequeña roca, con el pecho pegado al suelo, y desde ahí el único lugar donde les podía pegar era la cabeza; de ahí mi desesperación. Gasté mis cuatro cartuchos en ellos y no desperdicié ni una bala. Frente a mí la colina se hallaba tapizada de alemanes muertos a los cuales les había rogado que se rindieran. Para ese entonces había sacado mi pistola y me dirigí al nido de metralleta, donde arrojé mis dos granadas, matando a los dos hombres que quedaban, y tomé la posición.

—¿Y no le dio miedo hacer todo eso?

—Miedo no.

—¿Por qué?

—Porque sabía que iba a regresar sano y salvo a casa.

—¿Cómo lo supo?

—Mi fe me protegía. Lo que me preocupaba en ese entonces era la manera en que afectaría mi relación con Dios ese acto supuestamente heroico que había llevado a cabo.

—¿Y la afectó?

—Claro que lo hizo; por eso hablé con él y le prometí enmendar todo el daño que había hecho.

—¿Por eso hizo todo esto por mí?

—Exactamente.

—¿Es lo que debo hacer yo?

—Primero arrepiéntete de tus pecados y después haz tus oraciones.

—Estoy arrepentida, padre.

—Te creo, hija.

El patrullero Ellis Mortimer reconoció de inmediato a la chica del retrato hablado mostrado por el detective Frank Baker, quien jamás se imaginó que el favor a su amigo Peter Carson le costaría tan poco.

—Por supuesto que conozco a esa muchacha. Trabaja haciendo la limpieza en el Double Deuce Diner.

—¿Y su nombre es Camelia?

—Eso no lo podría asegurar, pero de que es ella, es ella. Yo nunca olvido un rostro.

—Vamos para allá.

Al día siguiente, Esmeralda Cisneros abordó al doctor Jorge Escalante en uno de los pasillos del hospital.

—¿Y la muchacha? —le preguntó.

—¿Qué muchacha? ¿Camelia? —dijo el doctor, caminando muy rápido rumbo al quirófano.

—Ella.

—En mi casa.

—¿No le parece peligroso alojar a un criminal en su hogar? Además de que va contra la ley…

—¿De qué me habla? ¿Cuál criminal?

—¿Cómo que cuál criminal? La muchacha esa. La herida que tiene en la cintura no se la hicieron en una biblioteca, eso sí se lo aseguro.

—Camelia no es ninguna criminal.

—Doctor, pero si ni siquiera la conoce. No sabe de dónde…

—Camelia es una muchacha muy inocente; seguramente fue asaltada por alguien al salir de su trabajo.

—¿Entonces por qué no llamó a la policía?

—Eso no es de mi incumbencia.

—Lo es desde que la tiene viviendo en su casa.

—¿Adónde quiere llegar, Esmeralda?

—Sólo digo que en este mundo no se debe ser tan confiado con las personas a las que no se conoce —le dijo, acariciándole la mano—. ¿Ya vio lo que trae en ese maletín?

—Esmeralda, ya le dije que se mantenga fuera de esto —insistió el doctor, liberándose.

—Le recuerdo que fue usted quien me involucró al pedirme los dos litros de sangre para la delincuente esa, lo cual me convierte en cómplice de su crimen.

—¡¿Cuál crimen?! —el doctor comenzó a perder la paciencia— …Esmeralda, realmente siento haberla metido en esto… —agregó, un poco más calmado.

—Sólo estoy preocupada por usted, doctor… Y por la muchacha también… —la enfermera cambió de táctica.

—¿En serio? —preguntó Jorge Escalante, deseando creer en las palabras de Esmeralda.

—Claro. ¿Le preparó desayuno? —continuó la enfermera, sabiendo que le había hallado el modo al joven doctor.

—No tuve tiempo. Salí disparado para acá. Voy tarde al quirófano —le explicó.

—¿Qué le parece si voy para su casa ahora mismo? Sirve que le llevo algo de comer…

—¿Harías eso por ella?

—Por supuesto. Al parecer no estamos de acuerdo en lo que llevó a esa pobre muchacha a recibir la puñalada que trae en la cintura, pero lo que sí sabemos los dos es que necesita toda la ayuda que le podamos dar.

—Por cierto, ¿tienes la tarjeta de ese abogado que me recomendaste hace tiempo? El que te ayudó con tu *green card.*

—¿El abogado Aguilar?

—Ése.

—Está en mi bolsa. Ahora se la traigo, doctor —dijo la enfermera, alejándose.

—Gracias.

El doctor Escalante le entregó la llave de su hogar a Esmeralda, cuando ésta regresó con la tarjeta del abogado.

A Camelia se le hizo raro que Esmeralda Cisneros le estuviera extrayendo una muestra de sangre mientras el doctor Escalante se encontraba ausente.

Tanto que le costó conseguirla, y ahora me la está quitando, pensó.

—¿Y esto para qué? —le preguntó a la enfermera.

—Quiero asegurarme de que has asimilado bien la transfusión.

—¿Y la muestra de orina que me pediste? —preguntó enseguida.

—También necesitamos ver el estado de tu riñón —fue todo lo que le explicó Esmeralda, quien seguía sin recuperarse luego de ver el ramo de rosas junto a la cama de Camelia, al llegar temprano por la mañana, aprovechando la ausencia del doctor—. Siempre hace lo mismo… —agregó.

—¿Qué cosa?

—Regalarles rosas a sus pacientes. Especialmente a las que son de tu edad.

—Pues yo no sé cómo pagarles todo lo que han hecho por mí.

—Créeme que el doctor hubiera aceptado tu dinero, de no saber que se encuentra manchado de sangre.

—Ya me voy —dijo Camelia, levantándose de la cama.

—No —la detuvo Esmeralda, con una mano en su pecho.

—¿Cómo que no? —preguntó Camelia, quitándose la mano de encima.

—Si te vas de esa manera el doctor no me lo perdonará. Mejor come.

—No tengo hambre.

El policía Ellis Mortimer y el detective Baker entraron juntos al Double Deuce Diner. Fueron directo hacia Nora, a quien le preguntaron por su amiga Camelia.

—Andamos buscando a esta chica —le informó el detective a la cajera.

Nora sintió un paro en el corazón al ver el retrato hablado de su amiga.

—¡Camelia!

—¿La conoce?

—¡¿Qué le pasó?!

—Al parecer se encuentra involucrada en un asesinato ocurrido en Los Ángeles.

—¡No! —aulló Nora, poniéndose en cuclillas.

Rico salió corriendo de la cocina al escuchar el grito de su novia. Asustado.

—¿Qué está pasando? —le preguntó a Nora, mientras la levantaba.

—¡Camelia! —dijo la muchacha, apuntando hacia el retrato hablado—. ¡La acusan de asesinato!

—No puede ser.

—¿Es su amiga? —adivinó el detective.

Nora movió la cabeza de manera afirmativa.

—¿Dónde vivía?

—Conmigo y con su mamá, en un edificio de departamentos.

—¿En su casa tienen alguna fotografía de esta Camelia?

Nora volvió a decir que sí con la cabeza.

—Necesitamos ir para allá en este momento.

—Rico, yo voy con ellos. Dile a Berta que fui a un mandado urgente.

—¿No le vas a decir tú?

—Me va a preguntar de qué se trata y no quiero que se entere.

—Tienes razón —estuvo de acuerdo Rico.

La escena se tornó aún más dramática cuando los policías arribaron al departamento donde vivía Camelia y le explicaron a la madre lo que suponían que había pasado entre Varela y su hija.

La señora se derrumbó ahí mismo, frente a ellos, pegando un alarido. Cayó desmayada.

—Mi hija no es una asesina —aclaró Rosaura tras recuperar el conocimiento, acostada en el sillón de la sala, con Nora echándole aire y suministrándole agua poco a poco.

—Las huellas que encontraron en el arma son las mismas que había en el auto y en el departamento que compartía con Varela, en Tijuana.

—Usted mismo dice que huyó dejando un rastro de sangre. Lo más seguro es que mató a ese rufián en defensa propia.

—Es lo que queremos averiguar, señora. Por eso necesitamos que nos ayude entregándonos una foto reciente de su hija. Para que podamos encontrarla antes de que lo haga alguien más.

—¡¿A qué se refiere con "alguien más"?! —preguntó Rosaura, alarmada.

—Señora, mis compañeros en Los Ángeles están convencidos de que su hija se encuentra en grave peligro. Seguramente habrá gente en estos momentos queriendo ajustar cuentas por lo ocurrido a Varela.

—¡¿Qué?!

—Así sucede en el mundo de las drogas... Es el pan de cada día... Por eso le pedimos que nos ayude en lo posible a encontrar a su hija... Por su propio bien.

—Está bien —accedió la madre de Camelia, aún llorando—. Nora, ¿puedes traerme el álbum de fotos?

—Enseguida —dijo la muchacha.

Rosaura le entregó al detective una fotografía reciente de Camelia parada frente al Double Deuce Diner, sujetando su bolsa con ambas manos al frente, y luciendo una ligera sonrisa y su melena ondeando al viento.

No es justo, pensaba Rosaura mientras le entregaba al policía la fotografía en blanco y negro.

Esa misma tarde Joel Estrada y su compañero, el detective Peter Carson, se encontraban siguiendo el rastro de sangre que partía del carro abandonado junto a la imagen de la Virgen de Guadalupe y llegaba hasta la iglesia del padre Mark.

—Buenas noches —dijo el sacerdote, luego de abrir el portón de madera.

—¿Padre O'Brien? —preguntó el detective Estrada, mostrando su placa.

—Sí.

—Andamos buscando a esta muchacha —le informó, mostrándole la fotografía de Camelia.

—No la conozco —se apresuró a contestar el clérigo.

—¿Está seguro de que no necesita verla más de cerca? —quiso saber el policía, mientras le pasaba la fotografía.

—A ver —dijo el cura, tomándola—. No, definitivamente no —insistió.

—Qué raro.

—¿Por qué?

—Porque su rastro de sangre nos guía hasta aquí.

—¿Aquí?

—Así es.

—¿Cuántos sacerdotes hay en esta iglesia? —preguntó Carson.

—Nomás yo.

—¿Siempre está solo?

—Me ayuda el sacristán.

—¿Se encuentra él?

—Sí, pero dudo mucho que sepa algo.

—Quisiéramos hablar con él de todos modos.

—Espérenme aquí —dijo el sacerdote, dando media vuelta.

Pablo lo esperaba cerca. Sospechaba que algo grave estaba pasando. Lo podía ver en la cara del padre Mark.

—Es la policía —le avisó al sacristán.

—¡La policía!

—El rastro de sangre los guió hasta aquí. Vienen preguntando por Camelia. Quieren hablar contigo.

—¿Conmigo? ¿Pero yo qué les voy a decir?

—Tú no tienes por qué mentir. No te voy a obligar a ello.

—Pero… usted…

—Yo tuve que hacerlo, y que Dios me perdone, porque le prometí a Camelia que no la delataría, pero tú les tienes que decir la verdad.

Pablo lo pensó por un momento.

—No, padre. Yo también quiero ayudar a Camelia.

—Es tu decisión, hijo; pero recuerda que infringirías dos leyes al hacerlo: la de Dios y la del hombre.

Era de noche cuando Jorge Escalante encontró a Camelia esperándolo en su sala, completamente vestida y con su maleta al lado. Lista para irse.

—Quiero agradecerle todo lo que hizo por mí —le dijo Camelia al joven doctor en cuanto lo vio entrar por la puerta.

—¿Te vas?

—No quiero causar más molestias. Me encuentro bien.

—No puede ser. Tienes que esperar a que la herida sane.

—Me siento bien, no se preocupe —dijo, intentando franquearlo.

—Hay otro problema —le advirtió Jorge Escalante, tomándola del brazo.

—¿Qué pasa? —preguntó ella, asustada.

El doctor abrió su maletín. Extrajo una copia de la fotografía entregada por la madre de Camelia al detective Baker.

—Por la tarde nos llegó esta fotografía al hospital.

—¡No puede ser! —gritó Camelia, llorando.

—Encontraron el carro que conducías, Camelia. Saben que te encuentras en esta zona. La policía ha ido con el padre Mark, preguntando por ti. Tu rastro de sangre los llevó con él. Ha tenido que mentirles.

—Han ido con mi madre; esta foto se la dio ella… ¡Quiere decir que ya sabe! —dijo Camelia, desesperada.

—Sí.

—No sé qué hacer… ¡Dígame qué hago!

—Esmeralda me recomendó a este abogado —el doctor fue por su billetera—. Aquí traigo su tarjeta.

Jorge Escalante le entregó a Camelia la tarjeta del abogado Carlos Aguilar.

—¿Para qué quiero un abogado?

—Para que te aconseje.

—¿Quiere que le cuente a alguien más mis problemas?

—Un abogado tiene el deber de mantener la confidencialidad con su cliente.

—¿Como lo hace el padre cuando te confiesas?

—Así es.

—¿Qué tal es?

—Esmeralda requirió sus servicios hace tiempo. Me dijo que es bueno. La ventaja es que habla español.

—¿Cuándo podemos ir con él?

—Mañana. Hoy ya es muy noche.

—¿Pero dónde voy a dormir?

—No te preocupes. Dormiré otra vez en la sala. Tú relájate.

Los detectives Estrada y Carson llevaron a Alison y a Aarón directo a la iglesia del padre Mark. Aarón detuvo su carro a una cuadra de distancia, junto a un pequeño parque. Él, Alison y el pequeño Emilio aguardaron con las luces apagadas a que los policías se alejaran, luego de hablar con el joven sacristán, quien negó repetidamente con la cabeza; pero era claro que escondía algo.

—¿Qué estamos haciendo aquí? —preguntó por tercera ocasión el pequeño Emilio.

—¡Cállate! —le contestó su mamá.

—Esos policías están siguiendo el rastro de sangre —le explicó Aarón a Alison.

—Tengo hambre —dijo Emilio.

—De seguro está ahí, esa asesina.

—Hay que volver mañana —dijo Aarón, echando a andar el carro rumbo al motel.

—¡Espérate! ¿Qué es eso? —preguntó Alison, señalando un pequeño carro azul que se estacionó frente a ellos.

Del carro salió una impactante pelirroja con uniforme de enfermera, la cual caminó hasta el portón de la iglesia.

—Una enfermera —contestó Aarón.

—¿Pero qué hace ahí?

—No lo sé.

El portón fue abierto por el sacristán. El muchacho y la enfermera comenzaron a platicar. La pelirroja lo rodeó con sus brazos. El muchacho hizo lo mismo. Al poco tiempo se dieron un beso. Platicaron un poco más.

—Ésos traman algo —adivinó Alison.

Esa misma noche el teniente Facundo García se encontraba en el lado mexicano de San Isidro. Mostraba la fotografía de Camelia a los agentes apostados ahí.

—Mírenla bien. Su nombre es Camelia Pineda. Se le busca por asesinato en los Estados Unidos, pero a nosotros lo que nos interesa son sus nexos con Antonio Treviño. Creemos que trabaja para él traficando droga. En cuanto la vean la paran y me llaman. ¿Entendido?

—¿Y por qué tiene que ser usted el ganón? Mejor que se la quede el que la vio primero, ¿no? —dijo uno de los oficiales, haciéndose el gracioso.

—Me gustaría que enfrentara con mayor seriedad mi encomienda; es la única manera de que las cosas salgan bien, agente —le contestó Facundo.

—Sólo era una broma.

—Guárdese sus bromas para cuando termine con su trabajo bien hecho.

El sacristán jamás había visto un departamento tan descuidado en toda su vida, con ropa, platos y vasos sucios regados por toda la sala, polvo sobre los muebles y la mesa llena de cochambre. Estaba impactado. Era imposible asociar la siempre impecable imagen de Esmeralda Cisneros con el deplorable estado de su departamento; sin embargo, se lo atribuyó a lo ocupada que siempre estaba "la pobre", con los deberes del hospital y las actividades altruistas que realizaba al lado del doctor Escalante.

Esto se lo confirmó Esmeralda cuando le dijo, luego de cerrar la puerta:

—Ay, perdón por el cochinero, pero es que entre mis idas con el doctor, mis clases de francés y mi trabajo en el hospital, no me queda tiempo para nada.

—No te preocupes —le dijo Pablo, a la vez que pensaba, conmovido: *Esmeralda es una buena muchacha.*

En eso recibió tremendo beso de la enfermera, quien lo llevó a su cama, la cual no se encontraba en mejor estado que todo lo demás. Esmeralda Cisneros comenzó a remover prendas, ganchos, zapatos, platos, vasos y hasta ceniceros del edredón.

—¿Qué haces? —preguntó Pablo, asustado.

—Ay, no te hagas, que bien que lo deseas tanto como yo.

La enfermera lo hizo caer sobre la cama. Se fue encima de él. Le besó el cuello. Le desabotonó la camisa. Colocó sus labios sobre su pecho. El joven se retorcía de placer, mientras que para Esmeralda todo esto era un día más en la oficina.

—Quítate la ropa, mi amor —gimió Pablo.

—Sí, cariño, pero primero debes contarme la confesión que le escuchaste decir a la muchacha esa.

—Ya te dije que no te lo puedo contar; es un secreto sagrado. En mala hora te confesé que había escuchado algo de ello.

—¡Entonces no vamos a hacer nada! —gritó Esmeralda, separándose de él.

—¿Adónde vas? —preguntó Pablo, mortificado.

—Cómo quieres que sea tu mujer si no me vas a tener confianza —le reprochó.

—Pero es que no entiendo para qué quieres saber.

—Porque estoy preocupada por el doctor. Él es un muy buen hombre, profesionista y de buena familia, que no se merece que una criminal se aproveche de él. ¿Qué no entiendes?

—En eso tienes razón.

—¿Entonces no me vas a contar?

—Está bien.

—Cuéntamelo todo —le pidió Esmeralda, volviendo hacia él.

—La muchacha trae consigo un maletín lleno de dinero que le robó a un vendedor de droga al que mató a balazos, el mismo que la hirió con su navaja. La policía la anda buscando... Pero no le vayas a decir a nadie.

—Por supuesto que no, mi cielo —le aseguró la enfermera.

El despacho del abogado Carlos Aguilar se encontraba en el tercer piso de un edificio ubicado en el bulevar Sunset. Entre una oficina de *castings* y un templo hindú. Esa mañana audicionaban chicas de tez morena para el papel de una mesera mexicana en el episodio de *Bonanza* titulado "Decisión en Los Robles".

—Tú estás perfecta para el rol —le aseguró a Camelia la mujer que dirigía las entrevistas, luego de verla pasar por su oficina.

—Lo siento, señora; nosotros nos dirigimos con el abogado Aguilar —intervino el doctor.

—¿Hablas inglés?

Camelia negó con la cabeza.

—No importa, nosotros te podemos enseñar cómo decir tus líneas.

—Tenemos prisa...

—Le aconsejo que se den una vuelta por acá ya que termine su cita. Compartirás escena con Michael Landon, ¿lo conoces?

Camelia volvió a negar con la cabeza.

—Lo pensaremos —dijo el doctor, llevándose a la muchacha de ahí.

La pareja siguió caminando por el pasillo hasta llegar a la puerta con el nombre del abogado rotulado sobre el cristal esmerilado. Escalante golpeó con los nudillos el marco de madera.

—¡Pase! —rugió una voz desde el interior.

Una nube grisácea los recibió al abrir la puerta. Ambos movieron las manos para apartar el humo de su vista. Gracias a ello pudieron advertir la figura rechoncha de Aguilar reclinada en su silla y con los botines puestos sobre su escritorio. El mantra *Hare Krishna* era cantado por una multitud de personas ubicadas del otro lado de la pared, acompañadas por tambores y panderos.

—De un lado tengo a toda esta gente llorando y gritando en las audiciones porque quieren ser estrellas de Hollywood; del otro tengo a estos amigos con la cabeza rapada y vestidos de anaranjado, rezando. Antes aquí había un dentista, ¿saben? Se tuvo que ir luego de que llegaron mis cuates. El dueño no los puede correr y por eso bajó mucho la renta. Yo no tengo problemas. A mí me gusta. Tienen su ritmo. Pasan días cantando eso que cantan. No paran. ¿No les parece agradable? —les preguntó el abogado Carlos Aguilar, mientras se servía un trago de brandy en su vaso empañado.

—Sí —dijo Camelia, a quien le preocupaban otras cosas en esos momentos.

—Siéntense —les pidió—. Ahora sí, ¿en qué les puedo servir?

—¿Ya desayunó? —preguntó Camelia, sorprendida de ver al abogado tomando licor a esas horas de la mañana.

—Éste es mi desayuno. Un puro y una copa. Nada más una, ¿para qué dos? Bueno, hoy fueron dos. Ayudan a mi digestión. Pero no se deje guiar por mis costumbres, señorita; le aseguro que soy la solución a su problema. Nomás que necesito que me lo cuente primero.

—Bueno, lo que pasa es que es un asunto muy delicado —comenzó Camelia.

En ese momento el abogado bajó los pies de su escritorio e inclinó el cuerpo hacia el frente.

—Apuesto a que se trata del difunto que encontraron aquí cerca, con los siete agujeros en el cuerpo.

—¿Cómo lo sabe?

—Échele un ojo a esto —dijo el abogado, pasándole el diario con la fotografía de Camelia en primera plana.

—¡Dios mío!

—Debo admitir que es más bonita en persona.

—¿Qué dice ahí?

—Que la buscan por el asesinato de un traficante de droga.

—¡Pero fue en defensa propia!

—Con siete balazos difícilmente le van a creer eso.

—Mi rostro está por toda la ciudad... No tengo escapatoria.

—Claro que la tiene.

—¿Por qué dice eso?

—Porque ha tenido la suerte de venir con la única persona que la puede ayudar.

—¿Cómo va a hacer eso?

—La voy a sacar del país —le prometió.

—Gracias.

—Aprecio su agradecimiento, pero lo que necesito saber es si tiene con qué pagarme.

Camelia hurgó en su bolsa, de donde extrajo un fajo de billetes que tomó prestados de Mireya.

—¿Con esto será suficiente?

—Eso es mucho dinero, Camelia —opinó Escalante, quien hasta ese momento se había mantenido al margen de la situación.

—Pues a mí no se me hace tanto —expresó el abogado, con los ojos saltones y la boca hecha agua.

—Le daré otro igual a éste ya que haya hecho el trabajo —le prometió Camelia.

Camelia se encontraba harta de representar el papel de la víctima.

Yo misma elegí meterme en este lío, pensó.

Nadie me obligó.

—Trato hecho —manifestó Aguilar, levantándose de su silla—. Ahora, no es que los quiera correr, pero necesito ponerme a trabajar. ¿Tienen un teléfono al cual los pueda llamar?

—Sí —dijo el doctor, y le dio su número telefónico.

De regreso en el hogar del doctor, éste se disculpó con Camelia por haberla llevado con un tipo como Carlos Aguilar.

—Estoy muy apenado por haberte recomendado a ese remedo de abogado.

—No se preocupe, doctor. Me ha llevado con la persona más calificada para resolver mi tipo de problema —le dijo Camelia, recuperando cada vez más la seguridad en sí misma y en sus actos.

Poco a poco, mientras se aliviaba de su herida, volvía a ser ella. La Camelia que se enfrentó a Arnulfo Navarro en su propio palenque. La misma que asesinó a Varela de siete plomazos en un oscuro callejón de Hollywood.

—¿Por qué dices eso?

—Hay que ser realistas. Sólo un tramposo como ése me puede sacar del aprieto en el que me encuentro —explicó, con un tono casi cínico.

—Se me hace tarde para llegar al hospital... Te dejo las llaves de la casa —se despidió Jorge Escalante, intimidado por la repentina fortaleza de Camelia.

—En un momento saldré a hacer una llamada.

—¿Por qué no llamas desde aquí?

—Es larga distancia. Además, lo más seguro es que el teléfono de mi casa se encuentre intervenido por la policía.

—¿Qué? ¿Cómo lo sabes? —preguntó Jorge Escalante, aún sorprendido por la seguridad con la que Camelia seguía manejándose.

—Lo sé —dijo la chica.

—¿Puedo hacerte una pregunta?

—Claro.

—¿A qué te dedicas? —fue al grano.

Por un momento, Camelia se angustió buscando una respuesta; sin embargo, pronto entendió lo que tenía que decirle al doctor.

—Soy una criminal.

—No, no digas eso.

—Es la verdad, doctor. Maté a un hombre.

—Pero fue en defensa propia, tú misma lo dijiste.

—Doctor, le aseguro que una muchacha distinta a mí no se hubiera metido en esta situación.

—Me tengo que ir. Por la noche seguimos platicando.

—Que le vaya bien, doctor.

—Me encantaría que me dejaras de hablar de usted, Camelia.

—Que te vaya bien, Jorge.

—Así está mejor... Te traeré algo de comer... Ahí está la tele, para que la veas.

—Claro —dijo ella.

—Suena lógico, ¿no? —dijo él, rascándose la cabeza y sabiendo que se estaba haciendo el tonto frente a esa misteriosa mujer.

Aguilar seguía el ritmo de los tambores y los panderos con los dedos sobre el maltratado escritorio. Se encontraba tomando una decisión muy importante. Sudaba demasiado. Tomó el puro del cenicero. Le dio una chupada. Volvió a colocarlo en su lugar.

Por fin se decidió.

De su cajón extrajo un pedazo de papel arrugado.

Su mano temblorosa fue por el teléfono.

—Aquí Aguilar. ¿Cómo que qué Aguilar? Hablaste conmigo ayer. El mismo. ¿Tienes el dinero?... Encontré a la muchacha... Estuvo aquí. No, ya se fueron. La acompaña un pendejo. Fue el que la trajo. Una putona con la que trabajé hace tiempo me recomendó con él, creo que es doctor. Quiere que la saque del país. Le dije que se puede hacer. ¿Adónde quieres que te la lleve?... Perfecto. Ya lo tengo apuntado. Sí, yo también. Así es. Correcto. Así quedamos entonces. Mi amigo, fue un placer hacer negocios contigo —y colgó.

Aguilar liquidó el brandy en su vaso. De nuevo se armó de valor. Su mano fue otra vez por el periódico.

—Cruz, ¿cómo estás, compadre?... Bien, hermano. Hablo para saludarte y para decirte que tengo tu dinero. Todo. No te preocupes por eso. Cuando gustes. Te espero. Oye, de una vez apúntame con trescientos para Daryl's Joy en la carrera de milla... En Santa Anita.

Al entrar en su consultorio Jorge Escalante se encontró con Esmeralda Cisneros sosteniendo un sobre color mostaza.

—Aquí tiene —le dijo la enfermera.

—¿Y eso qué es? —preguntó el doctor, sin tomar el sobre.

—El resultado de los análisis que le realicé a la muchacha.

—¿Qué análisis?

—¿No le dijo? Ayer que le llevé de comer le tomé muestras de sangre y de orina.

—¿Pero quién te dijo que hicieras eso?

—Es rutina, doctor. Además, gracias a ello descubrimos que está embarazada.

—¿Qué?

—¿Por qué se espanta? A mí me parece normal, dada su profesión.

—¡Profesión! ¿Cuál profesión?

—Pues es una criminal. ¿Acaso no lo sabe? Mató a un tipo por un asunto de drogas... Tiene un maletín lleno de dinero... La buscan por toda la ciudad.

—Esmeralda, más te vale que no repitas frente a alguien más esto que me acabas de decir —la amenazó.

La enfermera dejó el sobre con los análisis encima del escritorio y fue hasta donde se encontraba el doctor. Deslizó ambas manos sobre sus hombros. Lo tenía delicadamente atenazado. Esmeralda sabía que no era una chica fácil de resistir. Esta táctica le había funcionado en múltiples ocasiones.

—¿Quién lo puso de tan mal humor, doctor?

—Aléjate, Esmeralda. Por favor.

—Lo que usted necesita es relajarse… Últimamente ha estado bajo mucha presión, con todo ese asunto de la asesina esa… Deberíamos pensar en cosas más interesantes —y concluyó con un beso en la boca de Jorge Escalante, quien de inmediato la alejó de sí.

—Es a Camelia a quien quiero —reveló.

—¡¿Qué?! ¿Un profesionista como usted, con un gran futuro por delante, va a caer en las garras de una criminal como ésa, que además está embarazada?

—Lo siento —dijo el doctor, abandonando su consultorio y a Esmeralda.

Nora contestó la llamada de Camelia. Rosaura se encontraba a su lado. Ambas sentadas en la mesa del comedor. Mortificadas. Bebiendo café. Acompañadas por Rico, el novio de Nora.

—¿Bueno?

—¿Nora?

—¡Camelia! ¿Dónde te encuentras? Nos tienes preocupadas.

—Estoy bien.

—¿Es Camelia? —preguntó Rosaura—. ¡Pásamela! —exigió.

—Te voy a pasar a tu mamá —le avisó Nora.

—Sí.

—¡Hija! ¡¿Dónde estás?!

—En Los Ángeles, madre.

—La policía te anda buscando. Dicen que mataste a tu novio. ¿Es cierto eso?

—Lo siento, madre. Le fallé.

—¿Por qué dices eso, amor?

—Creo que llevo el demonio dentro.

—No, hija; la culpa la tengo yo, por no haber sido sincera contigo.

—¿De qué habla?

—¿Exactamente dónde estás? Allá te lo contaré todo.

—No le puedo decir.

—¡¿Por qué?!

—Asómese por la ventana.

—¿Qué?

—Hágalo; afuera debe haber un camión estacionado. Son policías. Están escuchando nuestra conversación e intentando localizar el lugar de donde la llamo.

—¡¿Cómo lo supiste?! —preguntó la señora, luego de corroborar la información de su hija.

—No lo sé; lo único que sé es que no me va a pasar nada. Voy a salir bien de esto y vamos a volver a estar juntas.

—¿De veras?

—Sí. Necesito colgar, mamá.

—Cuídate, hija.

—La quiero mucho —dijo Camelia, y colgó.

—¡Maldita sea! —gritó el detective Baker desde el interior de la estación móvil ubicada frente al edificio donde vivían Rosaura y Nora.

—¿Cómo lo supo, jefe? —preguntó el técnico.

—Yo qué sé... ¡Lo más seguro es que ve demasiados programas de televisión!

—Al menos sabemos que está en Los Ángeles.

—¿En qué parte?

—En el este.

—¿Es todo lo que tienes?

—Me temo que sí.

Baker fue por el teléfono. Se comunicó con Carson.

—Aquí Baker. La chica habló con su mamá. No, no tuvimos tiempo de localizarla; sólo sabemos que sigue en Los Ángeles. Así es, en el este. Es todo lo que tengo.

Luego de que Rosaura les contó a Nora y a Rico lo que había hablado con su hija, los tres se mantuvieron un tiempo callados, sorbiendo su café.

—Necesito ir con mi hija —se decidió Rosaura.

—¿Pero no me acaba de decir que Camelia le pidió que la esperara un poco más?

—Sí, pero no me siento bien estando aquí, sin hacer nada.

—Además, no le dijo dónde se encuentra, y la ciudad de Los Ángeles es muy grande —opinó Nora.

—¿Siguen ahí esos hombres? —le preguntó Rosaura a Rico.

—No, ya no —respondió Rico, asomándose.

—Yo me voy —insistió Rosaura, levantándose de su lugar.

—Voy con usted —dijo Nora.

—¿Crees que tu carro nos pueda llevar?

—Lo dudo mucho.

—Podemos ir en el mío —propuso Rico.

El ánimo de Esmeralda Cisneros empeoró al ver a Pablo Ramírez entrar al hospital. La exuberante enfermera puso la vista en el techo, con cara de enfado.

—¿Y ahora tú qué quieres? —le preguntó con desprecio al muchacho, quien era todo entusiasmo.

—Mi amor, ya he hablado con el padre Mark. Le he dicho que vamos a casarnos. ¡Me ha dado su bendición! Además, he decidido tomar un curso para convertirme en enfermero y así estar más cerca de ti, ya que pida trabajo en este mismo hospital. ¿Qué te parece? Aquí traigo los folletos; mira, las clases comienzan la próxima semana —al decir esto, el muchacho fue interrumpido por una estruendosa carcajada de Esmeralda—. Mi amor, ¿de qué te ríes?

—Idiota, ¿en verdad pensaste que íbamos a casarnos? —le preguntó Esmeralda, con un gesto macabro.

—¿Qué? Pero tú y yo... hicimos el amor en tu casa.

—Y por eso te aconsejo que mejor ingreses al seminario.

—No, Esmeralda, tú tienes que estar bromeando...

—No; tú eres el que debe estar bromeando si piensas que voy a enredarme con un tipo que se dedica a andar escuchando confesiones ajenas detrás de las puertas.

—Pero yo te lo conté nomás porque tú me lo pediste.

—Sí, y no me sirvió de nada porque esa delincuente ya se le metió en los ojos al doctor. ¡Y todo por tu culpa!

—¿Qué?

—Sí, por tu culpa, grandísimo imbécil, porque de no ser por ti nada de esto hubiera pasado. ¡Pero tuviste que meter tu narizota donde no debías! ¡Como siempre! ¡Recogiendo a esa criminal de la calle, donde debió haber muerto por asesina!

—¡Cállate! —le ordenó el jovencito, completamente rojo de vergüenza.

—¡Y pensar que me revolqué con un renacuajo como tú por nada!

—¡Te he dicho que te calles! —repitió Pablo, justo antes de propinarle una cachetada a la iracunda enfermera, la cual comenzó a carcajearse, con fuerza, como una loca.

Para entonces el zafarrancho había atraído la atención de todos los doctores, pacientes y enfermeros ahí presentes; sin embargo, a Esmeralda no le importaba nada, salvo su obsesión de separar a Jorge Escalante de Camelia.

La enfermera siguió carcajeándose.

Al jovencito no le quedó más remedio que salir de ahí corriendo, terriblemente humillado.

En una gasolinera ubicada cerca de Deming, Nuevo México, Rosaura habló por teléfono de manera muy misteriosa, tal como ya lo había hecho en Las Cruces y en El Paso, donde les tocó atravesar una lluvia densa y fría.

—Espérenme aquí unos minutos. Voy por comida y a hablar por teléfono. Ahora vuelvo.

—Rosaura, déjeme pagar esta vez a mí la gasolina —propuso Nora.

—De ninguna manera, señorita. Ya han hecho suficiente por Camelia y por mí.

A la mañana siguiente Rosaura repetiría la misma operación cerca de Tucson, donde además adquirió una cabeza de buey y un collar de chiles en una tienda de suvenires, como regalo para la joven pareja.

—Se van a ver muy bonitos en su sala. Cuando se casen —les dijo Rosaura, de muy buen humor.

Más adelante, en Phoenix, compró tamales americanos, una lata de jalapeños y sodas, luego de dejar pagado el combustible en la caja. La primera llamada que hizo en El Paso fue la que la puso más nerviosa y callada; sin embargo, las subsecuentes la fueron relajando.

Al llegar a California la madre de Camelia le solicitó a Rico que tomara la desviación a San Bernardino.

—¿No vamos a Los Ángeles?

—Vamos a esperar a Camelia en San Bernardino. De ahí nos iremos ella y yo a México.

—¡¿Qué?! —exclamó Nora.

—¿Qué pasa? —preguntó Rosaura, como si nada.

—¿Por qué no nos había dicho?

—¿No quieren acompañarnos?

—¿Adónde?

—¿Cómo que adónde? A México.

—¿Qué haríamos allá? —preguntó Nora.

—Eso es lo de menos —respondió Rosaura, con mucha tranquilidad—. Rico, ¿puedes parar tan pronto veas un restaurante en forma? Estoy harta de comida chatarra. Quiero un bistec.

—Pero usted dijo que no podíamos parar… Que traíamos prisa.

—Ah, eso fue en Texas. Ahora estoy más tranquila.

—Eso se ve —dijo Rico.

La lluvia nocturna hacía imperceptibles las lágrimas que corrían por el rostro de Pablo Ramírez, quien caminaba por la ciudad de Los Ángeles buscando un teléfono público desde el cual llamar al doctor Escalante, para enmendar el mal que le había hecho a Camelia.

—Hola —contestó el doctor.

—Doctor, habla Pablo.

—Hola, Pablo. ¿Qué pasa?

—¿Está Camelia con usted?

—Sí, aquí está.

—Tienen que salir de ahí lo más pronto posible.

—¿Por qué?

—Lo digo por Esmeralda. Trae la consigna de perjudicar a Camelia.

—Tienes razón, Pablo. Yo también lo noté.

—Vayan a un motel.

—Es lo que haremos.

—Gracias.

—No, gracias a ti.

El doctor colgó. Maldijo en cuanto lo hizo. Reconoció haber cometido un error al involucrar a Esmeralda en el cuidado de Camelia. *Era previsible que esto ocurriera*, se dijo. Todo este tiempo se había engañado a sí mismo, diciéndose que lo que la enfermera sentía por él era simple admiración.

Se notaba preocupado.

Camelia, a un lado de él, quiso saber quién había hablado.

—¿Quién era?

—Pablo.

—¿Qué quería?

—Tiene miedo de que Esmeralda te denuncie con la policía.

—¿Tú qué piensas?

—Lo mismo.

—Esa muchacha te quiere mucho.

—Es obsesión, nada más.

—¿Cómo lo sabes?

—Porque desde el primer momento en que vi tus ojos supe lo que era el verdadero amor, Camelia —le confesó el doctor, buscando sus manos.

—Eso no es posible —argumentó la joven, liberándose.

—Es lo mismo que yo decía, hasta que te conocí.

—Será mejor que me vaya —dijo ella levantándose del sillón.

—Tienes razón. Debo sacarte de aquí.

El teléfono del doctor Escalante volvió a sonar.

—Diga —dijo el doctor, quien anotó la dirección dictada por el abogado Aguilar—. Correcto. Ahí estaremos. No se preocupe.

Colgó.

—¿Quién era? —preguntó Camelia.

—Aguilar. Me ha dado la dirección donde nos veremos mañana. Debemos apresurarnos.

—Ya estoy lista.

—Toma esto —dijo el doctor, entregándole una pistola a Camelia— …Ten mucho cuidado. Está cargada… Éste es el seguro.

—¿Y esto para qué?

—Quiero que la tengas contigo mañana. Por si la necesitas.

—Gracias.

—Ahora vámonos.

Esmeralda hizo lo que se esperaba de ella. Alertó a la policía acerca del paradero de Camelia.

—Tengo información sobre la asesina del vendedor de droga que encontraron muerto en el callejón de Hollywood hace dos días —le dijo a la operadora, quien apuntó la dirección y enseguida preguntó el nombre de la enfermera.

No recibió respuesta. Esmeralda colgó. Prendió otro cigarro. Comenzó a dar vueltas en su habitación. Marcó el número del doctor. Nadie le contestó. Marcó de nuevo. De nuevo nada.

—Ya no están ahí —adivinó—. Deben estar en un sucio motel, toqueteándose, desnudos, los muy sucios —supuso, llorando de rabia.

No lo pensó más. Esmeralda fue al clóset por una caja de madera. Extrajo de ella una Derringer cromada. Se preparó para salir de su casa.

—Los voy a encontrar —se dijo— aunque tenga que poner la ciudad patas arriba. Y los voy a matar, como ratas… De ahí voy a matar a ese monaguillo y al cura, por entrometidos, por haberme arruinado la vida.

Minutos más tarde, cuando Carson y Estrada llegaron al pequeño búngalo del doctor Escalante, éste se había ido con Camelia. Estrada maldijo en inglés. Volvió a tocar. Nadie le abrió. Enseguida le preguntó al patrullero que los acompañaba si ya tenía la descripción del auto que debía estar en ese garaje.

—Chevy Nova color azul. Las placas aquí las tengo apuntadas —dijo el patrullero de apellido Young, mirando su libreta.

—Comparte esa información con tus compañeros. Este doctor no pudo haber ido muy lejos. Si lo ven, arréstenlo.

—¿Crees que sirva de algo ir por una orden para entrar en la casa? —preguntó Carson.

—Camelia no regresará a este lugar.

—Tienes razón.

Mientras tanto, Escalante y Camelia llegaban al Tiki Hut Motel.

—¿Puedes pedir dos habitaciones? —preguntó Camelia, abriendo su maletín—. Aquí tengo el dinero.

—Iba a hacer precisamente eso —mintió el doctor Escalante—. No te preocupes —agregó, negándose a tomar el dinero ofrecido por Camelia.

—Es sólo que necesito tiempo para pensar…

—No tienes que explicarme nada. Lo entiendo perfectamente. Espérame aquí —dijo el doctor, y enseguida bajó del carro para ir a la recepción.

Consiguió habitaciones adyacentes. Se estacionó frente a ellas. Le entregó su llave a Camelia.

—Ésta es la tuya. En un rato más vuelvo.

—¿Adónde vas?

—Necesito rentar un carro.

—No entiendo.

—Éste lo voy a dejar aquí.

—¿Por qué?

—Deben estar buscándolo. No podemos arriesgarnos a viajar en él mañana.

—Jorge, has hecho demasiado por mí.

—Te he dicho que no te preocupes, Camelia.

—No es que sea indiferente a tus atenciones; es sólo que en estos momentos no quiero.

—Sé cómo te sientes —la interrumpió.

—Gracias.

—Sólo te pido que cuando hayas llegado a México te acuerdes mucho de mí.

—Por supuesto que lo haré.

—Ahora hay algo que yo debo decirte —dijo el doctor, poniéndose muy serio.

—A ver.

—Es acerca de los análisis que te realizó Esmeralda.

—Sí.

—Camelia, estás esperando un bebé —fue al grano.

La muchacha se llevó ambas manos al vientre. Una lágrima solitaria surcó su mejilla.

—Todo va a salir bien —le aseguró el doctor.

—Lo sé.

—¿Entonces por qué lloras?

—Porque yo misma asesiné al padre de mi bebé.

El abogado Aguilar dejó de hurgarse la nariz al ver la exuberante figura de la enfermera dibujada a través del cristal esmerilado de su puerta. El abogado se limpió la mano pegajosa en el saco. Bajó los pies del escritorio. Peinó su escasa cabellera hacia un lado. Evaluó el aspecto de su oficina; la encontró deplorable, pero determinó que era muy tarde para limpiarla. Optó mejor por adoptar una postura relajada. Con ambos pies sobre el escritorio, su asiento de piel completamente reclinado hacia atrás y las manos sobre la nuca.

—Esta noche cena Pancho —se dijo a sí mismo.

El abogado reconocía esa figura. La había tenido en sus brazos hacía poco más de un año, cuando él y Esmeralda Cisneros chantajearon a su amante de aquel entonces: un doctor que realizaba abortos clandestinos en una clínica secreta ubicada en Inglewood. La enfermera le pagó con placer en aquella ocasión. Esmeralda no descartaba la posibilidad de volver a hacerlo, por eso llevaba la prenda más provocativa de su guardarropa: un vestido azul oscuro, muy ceñido al cuerpo.

La mano enguantada de la mujer tocó a la puerta.

—¡Pase! —gritó Aguilar.

La mujer así lo hizo.

El abogado no estaba preparado para la impresión que iba a llevarse al ver de nuevo a Esmeralda Cisneros, quien miraba con asco todo lo que había en aquella miserable oficina, en especial a Aguilar.

—Estás más guapa que nunca —dijo el abogado.

—Gracias.

—¿Y ese milagro? ¿Qué te trae por acá, preciosa?

—Te mandé un cliente, ¿qué hiciste con él? —le preguntó la enfermera, cortante.

—¿Qué?, ¿a poco ya somos socios de nuevo? —le preguntó el abogado, relamiéndose los labios, confiado en que su paga sería la misma que la de la vez anterior.

—Velo como que te estoy haciendo un favor al darte trabajo; mira cómo tienes este lugar, se ve que lo necesitas.

—Sigues molesta conmigo porque no nos funcionó lo del doctorcito amigo tuyo —le recordó el abogado.

—Nosotros qué íbamos a saber que se iba a suicidar. Además, tú obtuviste tu paga. Jodida yo, que me revolqué contigo en vano.

—Creí que te había gustado.

—Por supuesto que me gustó; es sólo que necesitaba el dinero —mintió Esmeralda.

—De haber sabido que su esposa era una fanática religiosa, yo mismo te habría advertido lo que iba a pasar.

—No has contestado a mi pregunta —dijo Esmeralda, cambiando de tema.

—¿Cuál?

—¿Qué hiciste con la pareja de tontos que te mandé?

—No te lo puedo decir.

—¿Por qué?

—Información confidencial.

—Déjate de idioteces.

—Acepto el mismo pago que me hiciste la vez anterior.

—¿Estás loco?

—Lo siento; la información cuesta, amiga.

—No te hagas tonto, esa muchacha ya te pagó. ¿Qué más quieres?

—Te quiero a ti, mi amor.

La enfermera miraba al abogado con desprecio.

Ni modo, pensó.

Esmeralda iba preparada para esto.

Caminó hacia Aguilar. Franqueó el escritorio. Se plantó frente al abogado. Éste la admiraba desde su silla. Babeante.

—Siempre has sido un cerdo y lo seguirás siendo el resto de tu vida —le informó la mujer.

—Lo sé —contestó el abogado, colocando ambas manos sobre las anchísimas caderas que tenía enfrente, mientras aspiraba el aroma que de ahí emanaba.

—Hay que terminar esto de una vez —propuso la enfermera, justo antes de darse media vuelta—. Bájame el zíper —agregó, saltándose el protocolo—. Con cuidado.

—Sí —continuó babeando Aguilar.

Luego de que tuvieron relaciones, Aguilar le habló a Esmeralda acerca del hangar con la avioneta que sacaría a Camelia del país.

Esmeralda sacó la Derringer de su bolso y le apuntó a Aguilar.

—¿Qué haces? —le preguntó el abogado, todavía con una sonrisa de satisfacción y rascándose la panza.

—Adiós, y gracias —dijo ella, antes de accionar el gatillo.

Era de madrugada cuando Esmeralda salió de la oficina de Carlos Aguilar. Había parado de llover; sin embargo, el asfalto seguía húmedo todavía. Condujo su carro rumbo a su departamento, donde se bañó, tallándose con fuerza todo el cuerpo. Si bien le causaba repugnancia haberse acostado de nuevo con el abogado, al mismo tiempo consideraba el acto como un mal necesario. Nada que un buen baño con agua caliente no pudiera reparar.

Esmeralda no durmió nada esa noche. No hubiera podido. Además, no disponía de tiempo para hacerlo. Rápidamente se colocó el uniforme de enfermera. Tenía pensado ir al hospital tan pronto como acabara lo que le quedaba por hacer. Salió a las seis de la mañana de su edificio. Subió a su automóvil. Metió la llave en el encendido. Se quedó pensativa un rato.

Todos estos años de trabajo por nada.

Haciéndome la mosca muerta.

Acompañando a ese tonto en sus obras de caridad…

Y todo por una delincuente que me quitó lo que era mío.

Pero me las van a pagar.

Todos lo harán…

Jorge Escalante seguía sin salir de su asombro. El joven doctor no estaba acostumbrado a tratar con mujeres como Camelia, quien era un misterio indescifrable, y quizá era eso lo que más lo atraía de ella. El peligro que representaba.

¿Qué clase de chica es *ésta?*, se preguntaba.

¿Qué factores pudieron haberla llevado a meterse en semejante enredo?

—No soy lo que piensas, Jorge —se adelantó a decirle Camelia, como si le estuviera leyendo el pensamiento.

—¿A qué te refieres?

—Te juro que antes de conocer al padre de mi futuro hijo yo nunca había infringido ninguna ley. Yo era buena.

—Y lo sigues siendo, Camelia. Eres una buena chica.

—¿Cómo lo sabes?

—Se te ve —mintió Escalante.

Esa misma noche el detective Estrada se puso en contacto con Facundo García para recordarle que seguiría necesitando su apoyo, en caso de que Camelia hiciese el intento de cruzar la frontera hacia México.

—La acompaña un doctor llamado Jorge Escalante. Está por llegarte su fotografía. Necesitamos que estén alertas.

—No te preocupes, Estrada. Tenemos vigiladas todas las garitas en el estado —lo tranquilizó el teniente de la PGR.

—Gracias.

Facundo colgó. A pesar de la hora aún se encontraba en su oficina, al lado del comandante Gustavo Molina.

—¿Ya dieron con la muchacha? —preguntó Molina.

—Aún no.

—Jefe, ¿cuál es el nombre de los detectives a cargo del caso en Los Ángeles?

—¿Por qué quieres saber?

—Simple curiosidad.

—Carson y Estrada... Joel Estrada. ¿Adónde vas?

—Voy a la tienda por un café; ¿se le ofrece algo?

—Ahí está ése —dijo García, señalando hacia la cafetera que tenía en su oficina.

—No, gracias —repuso el agente, poniendo cara de asco.

Gustavo Molina llegó corriendo al teléfono público ubicado afuera de la procuraduría. Desde ahí marcó el número de Navarro.

—Navarro, tengo lo que me pidió... Joel Estrada y un tipo apellidado Carson.

A la mañana siguiente el doctor despertó a Camelia para ir juntos al hangar ubicado en San Bernardino. Dormía como un bebé cuando el doctor tocó a la puerta. Camelia le abrió con el rostro amodorrado, pero, aun así, luciendo muy bella.

¿Qué clase de mujer es ésta, capaz de dormir con tantos problemas encima?, se preguntó el doctor.

—¿Qué hora es? —quiso saber la joven, bostezando.

—Las ocho de la mañana. Debemos irnos ya, si queremos llegar a tiempo.

—¿Vas a dejar tu carro aquí?

—Nos vamos a ir en el carro rentado. Luego vendré por el mío. Dejé pagado un día más.

—Primero vamos a ir a la iglesia del padre Mark —le avisó Camelia.

—¡¿Qué?! ¡No podemos! —protestó el doctor.

—¿Quieres que me vaya sin siquiera darle las gracias a ese hombre por haberme salvado la vida?... A mí y a mi bebé.

—Pero es muy peligroso. Si quieres yo le doy las gracias por ti.

—De ninguna manera. Además, tú mismo lo dijiste: en estos momentos la policía me está buscando en tu casa. Ni se imaginan que voy a ir a la iglesia.

—¿Cómo puedes estar tan segura de ello?

—Jorge, es algo que tengo que hacer. Si quieres déjame a unas cuadras de distancia.

—Está bien, te voy a llevar. Pero que sea rápido.

—Sí, no te preocupes. Ya mero salgo.

Luego de terminada la misa de ocho, el padre Mark ingresó al confesionario.

—Cuéntame tus pecados —le dijo al hombre que lo esperaba dentro.

—Busco a Camelia —habló Aarón Varela.

—¿A quién?

—No le haga al payaso, cura, que lo estoy apuntando con una Glock.

—Haz lo que tengas que hacer, hijo —le aconsejó el sacerdote, poco intimidado.

—Primero me va a decir dónde se encuentra esa asesina.

—Me temo que no puedo ayudarte —dijo el padre Mark, saliendo del confesionario con toda tranquilidad.

Aarón Varela ocultó su pistola y fue por el sacerdote. Los feligreses que aguardaban detrás del confesionario se miraban unos a otros, confundidos ante la escena protagonizada por el padre Mark y el hombre que lo perseguía. Alison y Emilio hijo, sentados ahí cerca, siguieron a ambos.

—¡Padre, venga acá ahora mismo! —gritó Aarón.

—Muchacho, te aconsejo que te marches de mi iglesia antes de que llegue la policía —le advirtió el cura sin voltear a verlo, al tiempo que salía en busca de una patrulla.

Afuera, en la calle, Camelia y Escalante vieron salir al sacerdote mientras se estacionaban frente a su iglesia. La muchacha bajó del carro para despedirse de él. Los ojos del padre O'Brien se expandieron al verla, como parte de un gesto de profundo pavor. Intentaba decirle algo. La ahuyentaba con las manos.

—¡Vete de aquí! —le gritó.

La joven no entendía lo que pasaba. Su confusión aumentó al ver salir de la iglesia a la réplica exacta del hombre al que había asesinado hacía apenas dos días en un oscuro callejón de Hollywood.

No puede ser, se dijo.

Emilio y Aarón Varela eran idénticos.

Esmeralda conducía a cien kilómetros por hora a través de la carretera interestatal, rumbo al hangar ubicado en San Bernardino. Confiaba en que los siete tiros en el vientre de Carlos Aguilar, la llamada anónima para inculpar a Camelia, así como las huellas de ésta en la oficina, serían suficientes pruebas para colgarle el crimen; sin embargo, quería asegurarse de que la mujer que le había arrebatado el amor de Jorge Escalante pagara por ello. Por eso llevaba consigo la nueve milímetros del abogado. La Derringer la arrojó a un basurero.

No debió haberse pasado de listo, pensó Esmeralda refiriéndose a Aguilar.

Si tan sólo me hubiera dado la información que le pedía.

Pero quiso joder conmigo.

Conduciendo por la autopista recordó el gesto de dolor del abogado Aguilar luego de recibir el primer disparo en el vientre.

Un patán menos en el mundo, pensó la enfermera al tomar la desviación hacia San Bernardino.

Cualquier persona habría desfallecido ante la impresión de ver caminando al mismo hombre que había asesinado tres días antes; sin embargo, Camelia no era cualquier persona. Se mantuvo en pie. El asombro en su rostro fue lo que hizo que Aarón adivinará de quién se trataba. Viró su arma hacia ella. Le sonrió. Camelia fue más rápida.

Derribó a Aarón con un disparo en la frente, borrándole la sonrisa de paso.

—¿Qué has hecho, hija? —le preguntó el cura, parado junto al cuerpo ya sin vida.

—Creo que ahora sí lo maté —determinó Camelia, con la mirada puesta en el fiambre y con una frialdad impactante.

—¡Asesina! —gritó Alison, saliendo de la iglesia.

—¡Vete de aquí, muchacha, por favor! —le rogó el cura.

Camelia obedeció. Corrió hacia el carro rentado. Disparos erráticos sonaron detrás de ella. Dos dieron en el pavimento. Otro más en el guardafangos. Fue buena suerte que Alison no tuviera tan buena puntería. Aun así, Jorge Escalante arrancó en cuanto Camelia ingresó en el vehículo. Ambos partieron quemando llanta rumbo a San Bernardino. El entronque con la carretera quedaba a tan sólo tres cuadras. Se saltaron dos altos. Mientras tanto, Alison echaba a andar el carro de Aarón.

Hubo una persecución a lo largo de la interestatal. Alison conducía con su hijo Emilio a su lado, quien viajaba aterrado, con los ojos cerrados, sin cinturón de seguridad y sujetándose con sus pequeñas uñas al asiento.

—¿Qué le pasó a mi tío? —preguntó el niño.

—Está muerto —le informó Alison, con la mirada puesta en el carro que seguía.

—¿Lo vamos a dejar ahí?

—Es lo que se merece.

—¿Qué? —dijo el muchacho, confundido.

—Él sabía que tu papá andaba con otra mujer y aun así no me dijo nada. Eso le pasa por traidor —continuó Alison con sus incoherencias.

—No vayas tan rápido. Tengo miedo.

—¡Cállate! ¿No ves que tenemos que atrapar a la asesina de tu padre?

Estrada y Carson examinaban la oficina del abogado Aguilar, junto al ayudante del forense y dos peritos, cuando un policía de uniforme les informó acerca del tiroteo ocurrido en la iglesia del padre Mark, en Boyle Heights.

—Ahí está Camelia —supuso Carson.

—Acabo de hablar a la central. Me informaron que ya no hay nadie ahí excepto el cadáver de un hombre y un montón de gente que no vio nada —explicó el patrullero de nombre Emanuel Soto.

—Buen trabajo, muchacho.

—Vamos —dijo Estrada, corriendo hacia las escaleras.

Carson colocó la sirena sobre el techo del Crown Victoria, el cual salió a toda velocidad rumbo al este de la ciudad.

—Sus enemigos dieron primero con ella que nosotros —se lamentó Estrada.

—Esperemos que no le haya pasado nada.

—¿Tú crees que esa chica haya matado al abogado?

—Siete disparos en el estómago.

—Los mismos que propinó a Varela.

Estrada desdobló la fotografía que llevaba en el saco.

—Sólo espero que el perito no encuentre las huellas de Camelia en esa oficina.

—¿Por qué lo dices?

—Sería una lástima que una muchacha tan bonita terminara en la cámara de gas.

—Te estás encariñando con ella.

—Just look at her —se justificó Estrada, mostrándole la fotografía a su compañero.

—Not now.

Mientras tanto, Emanuel Soto, el patrullero de origen mexicano que había alertado a los detectives acerca del tiroteo en Boyle Heights, permaneció en la oficina luego de que éstos se fueron. Se acercó al escritorio de Aguilar. Rápidamente registró lo que había en él con la vista. Movió el periódico con la información acerca de las carreras en Santa Anita. Debajo de él encontró un papel con la dirección en San Bernardino, la fecha y la hora.

Lo llevó a su bolsa.

—¿Qué haces aquí? —le preguntó un perito en dactiloscopia.

—El detective Estrada me pidió que me quedara.

—No toques nada.

—Sólo estaba viendo la información de las carreras.

—Es evidencia, no material de lectura.

—Mejor me voy —repuso el patrullero, alejándose.

—Haz eso.

El patrullero bajó las escaleras con rapidez y fue directo a un teléfono público, desde donde marcó el número del hotel donde se hospedaba Arnulfo Navarro.

—Señor, ahora sí sé dónde está la muchacha... No, no vaya a la iglesia. No hay nadie ahí. Ya investigué... Estoy seguro. Es más, aquí tengo la dirección donde se encuentra... Va a abordar una avioneta... Yo sé lo que le digo... Tome nota.

Camelia volteó a ver a Jorge Escalante. Su piel se había vuelto blanca como la nieve. Sudaba.

Respiraba con dificultad.

—¿Te pasó algo? —le preguntó, con una tranquilidad sorprendente.

—A mí no; ¿a ti? —respondió el doctor con voz entrecortada.

—Te noto muy pálido —observó Camelia, evadiendo la pregunta—. ¿Te sientes bien?

—La verdad, no. Me siento mareado —le confesó Jorge Escalante.

—¿Quieres que paremos en algún lado para que yo maneje?

—No podemos; nos sigue esa mujer que nos quiere matar.

Camelia miró el retrovisor. Enseguida volteó la vista hacia atrás. No vio a Alison por ningún lado.

—Creo que la perdimos.

—¿Quién era ese hombre? —preguntó el joven doctor, sin despegar la vista de la carretera.

—¿Cuál?

—¡¿Cómo que cuál?! ¡El que mataste de un tiro en la cabeza!

—Ah, ése... —dijo Camelia, como si se tratara de un tipo al que acabara de saludar—. El padre de mi hijo.

—¿No estaba muerto?

—Supongo que lo volví a matar.

—¿Puedo hacerte otra pregunta? —quiso saber Jorge Escalante, aún sin salir de su asombro.

—Adelante.

—¿Quién eres? —le preguntó.

—¿Cómo que quién soy?

—Sí, dime, ¿qué clase de mujer eres? —insistió, casi en tono de reproche.

—¿Por qué?

—Dices que hasta el momento en que conociste al padre de tu hijo eras una muchacha que jamás había infringido ninguna ley; sin embargo, yo estoy aquí, hecho un manojo de nervios, y tú estás tan tranquila, a pesar de que te acabo de ver matar a un hombre sin pensarlo dos veces.

—Fue en defensa propia —aclaró Camelia.

—Aun así, no conozco a ninguna otra mujer capaz de hacer eso que tú hiciste.

—¿No? —Camelia fingió sorpresa.

—No, por eso te pregunto: ¿quién eres?

Camelia se mantuvo un rato pensativa.

—Sinceramente no lo sé —contestó al fin, siendo completamente franca con el doctor.

—Me lo imaginé.

—¿Por qué estás así? —quiso saber Camelia.

—¿Que por qué estoy así? ¿Todavía lo preguntas? ¡Porque no estoy acostumbrado a que me disparen, por eso estoy así!

—Y yo por eso te pedí que me dejaras hacer esto sola.

—Sé lo que me pediste, pero tampoco podía dejar que lo hicieras.

—¿Por qué?

—Porque te quiero. Bueno, te quería.

—¿Ya no me quieres? —preguntó Camelia, intrigada.

—Ya no lo sé…

—¿Y eso? —continuó Camelia, curiosa.

—Creo que estoy un poco asustado.

—¿Por mí?

—Sí.

—¿Te doy miedo? —inquirió, asombrada.

—Un poco —confesó el doctor—, pero supongo que eso fue lo que me gustó de ti desde un inicio.

—¿Qué cosa?

—Desde la primera vez que te vi supe que eras una mujer con una enorme fortaleza.

—¿Por qué?

—Nunca había tenido un paciente como tú.

—¿Cómo?

—Que desplegara semejante calma frente a la adversidad. Eso fue lo primero que me impactó de ti.

—¿Y ahora?

—Ahora sé que no soy el hombre que tú buscas. No estoy hecho para esto.

—Te equivocas, Jorge.

—¿Por qué?

—Eres justo el hombre que necesito a mi lado. Eres bueno, fuerte, inteligente y valiente.

—¿Lo dices en serio? —preguntó Jorge, ruborizado.

—Sí.

—¿Puedo subir a ese avión contigo?

—¿Lo dejarías todo por acompañarme a México?

—Por supuesto —repuso el doctor, reduciendo la velocidad.

—¿Por qué vamos tan lento?

—Tal parece que aquí es —respondió, justo antes de sentir el impacto del automóvil conducido por Alison.

El carro rentado fue a estrellarse contra un letrero de cemento ubicado a la entrada del hangar.

—¿Estás bien? —preguntó Camelia.

—¿De dónde salió esa vieja?

—No lo sé; según yo, la habíamos perdido.

Una puerta se abrió detrás de ellos. Camelia fue por su pistola. No la encontró. Alguien se acercaba. Lentamente. Pasos de mujer. Un niño comenzó a llorar, llamando a su madre, quien se negaba a responderle. La pistola de Camelia seguía sin aparecer. Intentó escapar. Imposible. La puerta se hallaba atrancada. Alison se plantó a su lado. Le apuntaba con su arma. Desde esa distancia le sería imposible fallar.

—Mataste a mi esposo —dijo Alison.

—Yo no sabía que estaba casado, él me engañó —le explicó Camelia, sentada aún en el asiento del copiloto.

—Guárdate tus excusas para Satanás, mujerzuela...

Alison amartilló su revólver. "Clock", se escuchó. Algo sólido la había impactado en la nuca. Algo que le puso los ojos en blanco y la hizo caer al suelo. Inconsciente. Detrás de ella apareció un hombre de uno noventa de estatura, pelo castaño claro y anchos hombros. Sostenía una AR-15.

—¿La mataste? —dijo Camelia, al ver el charco de sangre que se formaba alrededor de la cabeza de Alison.

—No me lo agradezcas —habló el Alacrán.

—¿Quién eres? —le preguntó Camelia.

—Soy el que te va a sacar de aquí. Ven conmigo.

Frente amplia, nariz recta y ojos azules. Su rostro cuadraba con el de un tipo que se tomaba muy en serio su trabajo.

—No podemos salir —le explicó el doctor.

El hombre colocó ambas manos en la puerta y la destrabó de un tirón. Se quedó con ella en la mano. El doctor no podía creer lo que veía.

—Ahora sí, ya pueden salir —le dijo el Alacrán a Camelia.

—¡Mamá! —llegó gritando Emilio, quien se colocó al lado de su madre.

Apareció un LeSabre color crema conducido a toda velocidad. Aquello no le gustó al Alacrán.

—Debe ser la policía —opinó Camelia, yendo por el maletín con el dinero de Mireya.

—Ésa no es la policía —le aclaró el Alacrán, lo cual fue confirmado por el hombre que salió de la ventanilla portando una AK-47.

Los disparos dieron en el pavimento, muy cerca de Emilio. El Alacrán respondió disparándole al hombre a cargo de la metralleta y poniéndolo fuera de combate.

—¡Vámonos! —le dijo a Camelia, jalándola del brazo.

—¡¿Y el niño?!

—¿Qué tiene? —preguntó el Alacrán.

—¡No podemos dejarlo aquí!

—Yo voy por él; tú vete a la avioneta —propuso de manera heroica el doctor, yendo por el niño, a quien cargó por la fuerza, a pesar de sus pataleos.

—Yo me quiero quedar con mi mamá —lloraba Emilio.

Dos pistoleros más descendieron del LeSabre. El Alacrán conocía a ambos; había hecho tratos con ellos en Ciudad Juárez. En estos momentos le disparaban a matar con sus metralletas AK-47. Apresuró el paso llevando a Camelia de la mano. El doctor los seguía con el niño, justo en el momento en que del hangar emergió la figura de Antonio, corriendo hacia Camelia y portando una Uzi, la cual disparó hacia los tripulantes del LeSabre.

—Suban a la avioneta, yo los cubro —le ordenó al Alacrán.

—No, jefe. Usted llévese a la muchacha. Yo me quedo aquí.

—Está bien —dijo Antonio, tomando de la mano a Camelia.

—¿Quién es usted?

—Soy el que te llevará con tu madre.

—¿Y Aguilar?

—¿Para qué quieres a ese borracho?

—Para pagarle lo que me faltaba. Aquí traigo su dinero.

—No te preocupes; alguien más se encargó de eso.

—¿Qué?

Camelia seguía bastante confundida. Un grupo de personas los esperaba en el hangar. Rico, Nora y su madre entre ellos.

—¡Mamá! —gritó Camelia, abrazando a Rosaura y a Nora.

—No tenemos mucho tiempo. Debemos abordar ese avión —les recordó Antonio.

Los disparos del Alacrán seguían sonando afuera del hangar. Mantenía a los pistoleros de Navarro a raya.

—¡Hija, tu amiga tenía razón! ¡Estás viva! —festejó Rosaura.

—¿Qué amiga? —preguntó Camelia.

—Esmeralda —explicó Rosaura, señalando a la enfermera que en ese momento salía de las sombras apuntándole con una pistola.

—Ustedes no van a ningún lado —les informó Esmeralda.

—¿Qué estás haciendo? —preguntó Jorge Escalante.

—Asegurándome de que se vayan al infierno juntos. ¡Nadie se mueva! —agregó al ver a don Antonio mover el brazo.

—¿Te has vuelto loca? —exclamó Escalante.

El Alacrán entró al hangar caminando en reversa. Seguía repeliendo el ataque de los hombres de Navarro. Escalante previó lo que iba a suceder enseguida. Esmeralda se asustó. El doctor hizo a un lado al niño y se abalanzó sobre su antigua colaboradora. La enfermera accionó el gatillo. La bala atravesó el corazón de Jorge. El siguiente disparo iba dirigido a Camelia; sin embargo, Rosaura se interpuso.

—¡No! —gritó Camelia, al tiempo que le arrebataba la metralleta a Antonio y liquidaba ella misma a la enfermera.

—¡Tenemos que irnos! —habló el Alacrán.

Camelia se encontraba paralizada. Antonio tuvo que llevarla arrastrando a la avioneta. De pronto Camelia reaccionó. Volteó a su alrededor. Nora y Rico no estaban por ningún lado. Sólo quedaba el niño, parado justo detrás del Alacrán, quien seguía cubriéndoles la retirada.

—¡Voy a ir por ese niño! —dijo Camelia, tratando de liberarse.

—No te preocupes; yo voy. Tú sube al avión —dijo Antonio.

El capitán había encendido motores. La avioneta se dirigía lentamente a la pista de despegue. El Alacrán caminaba con su metralleta apuntando hacia la entrada del hangar. Antonio cargó a Emilio y lo llevó consigo. Camelia lo esperaba arriba de la avioneta, con la mano extendida. Antonio le pasó al niño, quien ya no se movía, de lo asustado que estaba. Tocaba a don Antonio su turno de abordar la aeronave cuando dos balas le perforaron una pierna. Un hombre de Navarro había ingresado al hangar. El Alacrán cobró caro la herida causada a su jefe. Liquidó al sicario rociándolo de plomo. Enseguida se echó a don Antonio al hombro y lo subió al avión. Camelia le ayudó. El Alacrán fue el último en abordar.

—¿Ya están todos? —preguntó el piloto.

—Ya puedes despegar —le avisó el Alacrán, jadeante.

La avioneta aceleró por la pista antes de levantar el vuelo. Los esfuerzos de los pistoleros por derribarla resultaron inútiles.

Determinaron desaparecer antes de que llegara la policía.

—¿Y ahora qué? —le preguntó uno al otro.

—Pues hay que decirle al jefe que los perdimos.

—Eso se lo dirás tú. Yo mejor me voy.

—Dirás bien.

Los dos pistoleros corrieron hacia el LeSabre. Al salir del hangar pasaron al lado de Nora y Rico, quienes seguían agazapados debajo de una lona. Los muchachos salieron de su escondite luego de oír el motor del automóvil arrancar. Mientras tanto Alison volvía en sí tras el golpe que el Alacrán le había propinado en la nuca con su metralleta.

—Mi hijo —balbuceó, al ver la avioneta en el aire, intentando detenerla con la mano.

Con la avioneta en pleno vuelo, Camelia lloraba la muerte de su madre y del doctor Escalante mientras el pequeño Emilio gritaba que quería estar con su mamá. Les estaba costando demasiado trabajo controlarlo.

—¡Yo no quiero estar en este avión! —repetía el niño, una y otra vez.

—No te podíamos dejar ahí, cariño, con esos hombres.

—¡Quiero estar con mi mamá!

—Tu mamá está muerta.

—Ustedes la mataron.

Camelia no tuvo nada que responder a esto último.

—Jefe, yo creo que tiene que venir a ver esto —habló el piloto, quien le mostró a Antonio la aguja que indicaba la cantidad de turbosina moviéndose demasiado rápido hacia la izquierda—. Al parecer le dispararon al tanque.

Al oír esto Antonio se asomó por la ventana. Pudo ver el chorro de turbosina saliendo de un orificio hecho a la nave.

—¿Crees que podamos llegar a México?

—Lo intentaré.

—De modo que usted no conocía a Camelia —le reprochó el detective Carson al padre O'Brien, junto al cadáver de Aarón Varela.

—¿Eso les dije? —el sacerdote fingió demencia.

—¿Y éste quién es? —quiso saber Estrada, señalando a Aarón Varela, quien se encontraba aún en el suelo, cubierto por una manta.

—Es la primera vez que lo veo.

—Padre, tendrá que acompañarnos.

Una patrulla frenó a pocos metros de distancia. De ella bajó un patrullero afroamericano y otro de origen italiano.

—Detective, me enviaron a avisarle que la central recibió una llamada para informar acerca de un tiroteo ocurrido en un hangar ubicado en las afueras de San Bernardino. Dicen que en el lugar hay una mujer herida que no deja de repetir el nombre de Camelia.

—¡Andando! —vociferó Estrada, corriendo hacia su carro.

Carson lo siguió.

—Más tarde vendremos a hablar con usted, padre —le avisó Estrada.

Atardecía. Caminando por la carretera, Nora y Rico vieron pasar tres patrullas del condado de Los Ángeles, las cuales iban en pos de los conductores del LeSabre. No había casas cerca. Sólo una pequeña fonda para troqueros a poco menos de un kilómetro, donde la pareja esperaba encontrar a alguien que los sacara de ahí. Al entrar al lugar la música *country* los relajó un poco. La rocola reproducía una agradable canción a cargo de Porter Waggoner.

La pareja tomó asiento y ordenó café.

—Lo he decidido —dijo Rico, a punto de llorar.

—¿Qué cosa? —le preguntó Nora.

—Nunca triunfaré como cantante.

—Claro que sí lo harás, mi amor. Tienes mucho talento.

—Me voy a dejar de pendejadas y mejor me meteré de policía. No puedo creer que estas cosas pasen. Camelia era una buena muchacha… y Rosaura…

—Ya, tenemos que olvidarlo.

—No, yo no lo olvidaré nunca.

Mientras pasaba esto los pistoleros a bordo del LeSabre fueron arrestados por un patrullero.

—Hemos arrestado a los dos hombres del LeSabre —le informó el policía al detective Estrada.

—Muy bien, oficial. Llévelos a la comandancia.

—Copiado.

La aeronave volaba a escasos mil pies de altura sobre el terreno, para evitar ser detectada por el radar. Camelia sujetaba a Emilio con fuerza. Ella y el niño no paraban de gritar, mientras el Alacrán continuaba muy serio, como si encontrarse en una avioneta que volaba así de bajo fuera el pan de cada día para él.

Al llegar a México el piloto de nombre Efrén Rodríguez comenzó a elevar la nave. El indicador de combustible había alcanzado la franja roja.

—¿Qué hace ahora? —le preguntó Camelia al piloto.

—Estoy tratando de llegar lo más lejos posible con la poca turbosina que nos queda.

—¿De qué está hablando? —le preguntó ahora a Antonio.

—El tanque tiene una perforación, Camelia. Hemos estado perdiendo turbosina desde que salimos de San Bernardino.

—¿Y ahora qué vamos a hacer?

—No nos queda de otra más que rezar y abrocharnos los cinturones, porque será un aterrizaje complicado.

El piloto quiso descender el tren de aterrizaje, pero éste no bajó: se encontraba atascado.

—Tenemos otro problema —le informó Efrén Rodríguez a su jefe.

—¿Ahora qué?

—El tren de aterrizaje.

—¿Qué tiene?

—No funciona.

—No importa que no haya tren porque tampoco hay aeropuerto, ¿cierto? —opinó Antonio, sin perder el sentido del humor, a pesar de los problemas que tenía encima.

—Supongo que tiene razón, jefe —dijo el piloto, no tan optimista.

—Ve si nos puedes dejar en esas dunas que están ahí.

—Lo intentaré.

—¡Sujétense bien! —gritó don Antonio.

En tierra, el traficante de pieles exóticas Mateo Valenzuela no puede creer lo que ve. Un lagarto de gila en plena tarde. A escasos tres metros de él y agazapado detrás de un ocotillo. Prueba de que es bueno cazando serpientes y lagartos. De que se mueve con sigilo por el desierto gracias a sus años de experiencia. Otro jamás hubiera tenido la oportunidad.

Mateo Valenzuela pensaba todo esto cuando la avioneta de Antonio descendía en caída libre. El traficante de pieles se encontraba a menos de trescientos metros de las dunas donde se estrellaría la avioneta. Cuando esto ocurrió, Mateo Valenzuela se olvidó del lagarto, echó su morral de ixtle al suelo y corrió al lugar del accidente.

Dentro del avión el Alacrán hacía un esfuerzo por abrir la portezuela. Luego de llegar corriendo, Mateo le ayudó jalando con todas sus fuerzas hasta desatrancarla. Al adentrarse en el fuselaje resultaba evidente que el mayor daño lo habían recibido las personas sentadas al frente de la nave. El fiel y eficiente piloto falleció en el impacto. Su jefe don Antonio se hallaba en estado crítico. Emilio y Camelia se encontraban relativamente bien, excepto por un intenso dolor de costillas y espalda. El Alacrán, igual. Éste comenzó a sacar a los heridos de la aeronave con la ayuda de Mateo Valenzuela. Camelia seguía sin separarse de su maletín. Sabía que le sería de mucha ayuda.

—¿Adónde vas?

—Debo ir por Efrén —contestó el Alacrán.

—No te preocupes por él —repuso Antonio, sujetando al Alacrán de la camisa.

—Pero esa madre puede estallar —argumentó el Alacrán, apuntando hacia la nave.

—Necesita combustible para hacerlo… Además, Efrén ya "caminó".

—¿Pueden sacarnos de aquí? —pidió Camelia a Mateo Valenzuela, con el maletín ligeramente abierto, de manera que el improvisado socorrista pudiera ver su contenido.

—Aquí cerca tengo mi camión. ¡Voy por él! —agregó Mateo.

Tan pronto llegó a la jefatura de policía, el detective Estrada se comunicó con el teniente Facundo García, de la PGR.

—Sí, aquí García.

—Perdimos a Camelia.

—¡No puede ser!

—Pensamos que la chica está ahora en México.

—¿Cómo? —reaccionó extrañado el teniente.

—Salió del país a bordo de una avioneta tripulada ni más ni menos que por Antonio Treviño.

—¡¿Y eso cómo lo supo usted?!

—Hemos detenido a dos pistoleros de… ¿Está listo?

—Sí, sí, continúe.

—De Arnulfo Navarro.

—¡¿Arnulfo Navarro?!

—Como lo oye. Ellos nos lo contaron todo.

—Pero… ¿qué hacían ahí? En Los Ángeles.

—Intentaban matar a Camelia, a quien ellos llaman la Texana.

En medio de campos de trigo se encontraba el sendero que llegaba hasta la humilde casa de Josefina Ríos, quien se hallaba en la mecedora zurciendo un pantalón de su esposo cuando llegó una nieto en una destartalada camioneta de redilas, con un letrero en las salpicaderas que advertía: "Aganse piojos que ay les va el peine".

—¡Nana, hay que curar a este señor! —aulló Mateo Valenzuela, en lo que se echaba a Antonio al hombro y lo metía a la construcción hecha de adobes.

A Camelia la impresionó la pobreza en la que vivían aquellas personas. La vivienda carecía de habitaciones, el área donde se encontraba la única cama se hallaba separada de la sala únicamente por una cortina color verde, ubicada a la derecha. A la izquierda estaba la cocina, con una estufa vieja y oxidada pero muy limpia. Definitivamente necesitaban con urgencia el dinero que Camelia planeaba darles.

El teniente Facundo García se entrevistó con los controladores aéreos en el aeropuerto de Tijuana. Éstos confirmaron sus sospechas.

—Como a las tres de la tarde pasó la aeronave de la que usted habla, sólo que pronto desapareció de nuestros monitores —se le informó.

—¿Qué crees que pudo haber pasado?

—No lo sé; al principio creímos que era una especie de ruido, por lo rápido que iba y por la manera en que desapareció, pero ahora que lo pregunta lo más seguro es que perdió altitud.

—¿Qué vas a hacer? —le preguntó el comandante Gustavo Molina, parado a su lado.

—No me queda otra más que llamar al procurador.

—¿Para qué?

—Le pediré todo el apoyo que pueda darme.

—¿No crees que se enoje?

—Escúchame bien: el ingreso de Camelia en el país es un asunto de seguridad nacional —le dijo, tomándolo de la camisa y apuntándole con el dedo.

—¿Cómo está, jefe? —le preguntó el Alacrán a don Antonio Treviño.

—Ya no siento la pierna.

Dentro de la casa acostaron al jefe sobre la única cama disponible, mientras la fuerte anciana iba por un par de catres para Camelia y el niño.

—Voy por el doctor —habló Mateo Valenzuela.

—Yo te acompaño —dijo el Alacrán.

—¿Adónde vas? —le preguntó Antonio, tomándolo del brazo.

—Iré por ayuda. No se preocupe, jefe; nadie me busca a mí —lo tranquilizó el Alacrán.

—Dile a Benigno dónde nos encontramos.

—Eso haré.

En el hospital, Alison preguntaba a gritos por su hijo, sin recibir respuesta alguna.

—¿Qué hacía en ese hangar? —le preguntó el detective Joel Estrada.

—Había ido a vengar la muerte de mi esposo —confesó Alison.

—No la entiendo —dijo Estrada.

—Había ido a matar a esa mujer.

—¿Camelia?

—Ésa.

—¿Y lo logró?

—¡Claro que no! ¡No ve que se llevó a mi hijo! Tienen que encontrarla.

El detective Joel Estrada y Peter Carson salieron hacia el pasillo del hospital. Ambos se quedaron un rato mirándose.

—¿Qué piensas?

—Creo que esto nos ha sobrepasado, Carson.

—Tienes razón. Ha llegado el momento de dar aviso a los federales.

—Tú hazlo. Yo hablaré con el teniente García.

—Tráfico de drogas, asesinato, y ahora secuestro.

—Camelia, en qué te has metido... —suspiró Estrada.

García llevaba más de una hora sentado afuera de la oficina del general Marchena. Por eso no le gustaba ir a pedir favores a los militares. Sabía lo que pensaban de los policías.

Velador o judicial, a estos cabrones les da lo mismo; para ellos siempre serás un huevón, pensó García con rencor.

El sonido del teléfono lo distrajo de sus pensamientos.

—El general Marchena lo recibirá ahora —le dijo el secretario moreno, de rostro horripilante y pelo a lo *flat top*.

—Con su permiso —dijo García, y fue a tocar a la puerta del general.

—¡Pase! —le gritaron desde adentro.

Luego de mostrarle la carta firmada por el procurador general de la República, el teniente García compartió su corazonada con el general de la base militar en Baja California.

—Tome asiento.

Facundo García hubiera preferido no hacerlo, de lo inquieto que se encontraba; sin embargo, se sentó frente al general.

—General Marchena, estoy seguro de que esa nave que detectaron los controladores aéreos iba averiada.

—¿Por qué lo cree así, teniente?

—Me llegaron informes de que el avión levantó el vuelo en medio de un tiroteo ocurrido en la ciudad de Los Ángeles. Además, por la manera en que desapareció de sus pantallas, iba descendiendo muy rápido. Seguramente realizó un aterrizaje forzoso.

—Hable claro, teniente. ¿Qué es lo que me está pidiendo?

—Necesito uno de sus helicópteros.

El general lo pensó un momento. Leyó una vez más la carta firmada por el procurador general de la República.

—Es usted un muchacho muy ambicioso —dijo, antes de volver a examinar a García.

Le gustó lo que vio: un hombre sentado derecho, apasionado por su trabajo, atlético, bien rasurado y con el pelo recién cortado, lo cual era lo más importante para él.

—Es bueno que sea así, teniente. Por eso ha llegado tan lejos. De cualquier modo, debemos darnos prisa —dijo finalmente, levantándose de su silla de piel.

—Muchas gracias, general.

En el despacho de una hacienda ubicada en Sinaloa, Benigno Treviño recibió la llamada del Alacrán.

—¡Alacrán! ¡Qué bueno es saber de ti! ¿Qué me tienes? —el semblante de Benigno cambió al instante.

El Alacrán lo puso al tanto de todo.

—¡Ésa es una excelente idea, muchacho! No te preocupes, yo me encargó de eso.

Benigno Treviño colgó. Se dirigió a uno de sus hombres:

—El jet se estrelló en el desierto de Sonora, sobre las dunas de Caborca.

—¿Cómo están?

—Efrén murió. Antonio está muy mal.

—Voy para allá.

—Aún no; primero tengo un encargo muy importante para ti.

En ese momento entró al despacho una niña caminando lentamente, por causa de su ceguera. La seguía Lu, una hermosa mujer oriental y segunda esposa de Antonio Treviño.

—¿Y mi papito? —le preguntó la niña al hombre.

—Tu padre está bien —dijo Benigno.

—No, mi padre no está bien. Acaba de sufrir un accidente.

—¿Cómo lo sabes?

—Lo sé.

—Iremos por él y lo traeremos sano y salvo; tú no te preocupes —le prometió.

El piloto a cargo del helicóptero militar detectó los escombros del accidente sobre las dunas de Caborca.

—Felicidades, teniente. Ha hecho un gran trabajo. Ahora necesito que nos baje ahí mismo —le pidió Facundo García al piloto, a quien el general Marchena le había ordenado obedecer en todo.

Facundo García fue el primero en descender del helicóptero. Desenfundó su pistola y entró a la aeronave estrellada, donde sólo encontró el cadáver del piloto Efrén Rodríguez, a quien reconoció por su uniforme. La sangre en los asientos le indicó que miembros de la desaparecida tripulación se encontraban heridos.

Fue al salir de la avioneta cuando se percató del claro rastro dejado por la camioneta de Mateo Valenzuela.

—En este lugar estuvo una camioneta, probablemente de tres toneladas. No tiene mucho que se fue —observó García—. Teniente, lléveme a la ciudad. Debo dar aviso de nuestra presencia en la zona. Sargento Ramos, usted y su pelotón sigan la huella de ese vehículo.

—Sabemos lo que tenemos que hacer, señor —le contestó el sargento, visiblemente molesto por estar recibiendo órdenes de un policía.

—¿Algún problema, sargento?

—Ninguno.

—Vámonos —le dijo Facundo al piloto, dándole un par de palmadas.

Por la noche, Emilio esperó a que todos durmieran para ir por un cuchillo a la cocina. Se levantó de su catre y caminó sin hacer ruido. Tomó un cebollero que se encontraba sobre la rústica mesa de mezquite crudo. Regresó a la sala caminando de puntitas. Se le acercó a Camelia. Colocó el cuchillo junto a su cuello. Se acercó aún más. Alzó el cebollero. En el último instante, justo antes de bajar el brazo con todas sus fuerzas, lo detuvo la sorpresiva mano de Antonio, quien encontró la manera de moverse a pesar de tener una pierna inservible.

Camelia y la abuela de Mateo Valenzuela despertaron a causa del tumulto.

—¡Quiero ver a mi mamá! —berreó de nuevo el niño, quien fue tranquilizado por doña Josefina.

Antonio cayó al suelo. Había perdido sangre, producto del reciente esfuerzo.

—¿Cuándo irá a llegar su nieto? —preguntó Camelia.

—No debe tardar. El doctor vive lejos de aquí y el camino es de pura terracería —contestó Josefina, quien aún abrazaba a Emilio.

—No he tenido tiempo de preguntarte cómo te llamas, hijo —le dijo Camelia al niño.

—Me llamo Emilio —contestó el niño de mala manera.

—¿Qué le pasó a su mamá? —preguntó Josefina.

—Falleció.

—¿Y por qué el niño está con ustedes?

—Se encontraba en medio de un tiroteo. Tuvimos que traerlo con nosotros.

—¡Yo quería quedarme con mi mamá! —protestó el chamaco.

—Cariño, entiende que no podíamos dejarte en ese lugar —se dirigió Camelia al niño.

—Hubiera preferido eso a estar con la mujer que mató a mi padre.

Esta acusación lastimó a Camelia, quien ya se había resignado a vivir con esa culpa encima.

Alma, la niña invidente, se encontraba sola junto a la ventana de su habitación, con la luz apagada. La luna llena iluminaba su rostro.

—¿Dónde estás, papá? —preguntaba en voz baja.

Cherife, el pastor alemán que la acompañaba a todas partes, ladró.

—Yo sé que tú también lo extrañas, Cherife, pero pronto va a llegar —lo consoló, acariciándolo.

En ese momento la joven esposa de Antonio tocó a la puerta.

—Pase —dijo Alma.

—Hija, ¿no tienes hambre?

—Gracias, pero ahora no.

Lu entró a la habitación, encendió la luz y acarició la mejilla de Alma.

—No te preocupes, mi amor. Tu padre ya viene en camino.

—Lo sé, pero aun así estoy preocupada por él.

—¿Por qué?

—Por lo que le pasó.

—¿Qué le pasó?

—Algo horrible; pero se repondrá, lo sé. Él es muy fuerte.

—Claro que lo es —dijo Lu, alejándose—. Estaré en mi recámara. Me llamas si necesitas algo.

—Gracias —contestó Alma.

Cherife ladró un par de veces más y luego calló.

Camelia colocó la mano sobre la frente de Antonio, quien seguía sin salir de su letargo. A la Texana le preocupaba el estado de salud del hombre que había salvado su vida en dos ocasiones.

—¿Cómo está? —preguntó Josefina.

—Tiene mucha fiebre —le respondió Camelia.

—No te preocupes; ya mero viene Mateo con el doctor Higuera.

Emilio se encontraba afuera, parado en el pórtico de la casa.

—Hable con el niño, yo me quedo aquí con el señor —propuso Josefina.

—Tiene razón —dijo Camelia, levantándose.

Afuera el niño pensaba escapar, pero no sabía hacia dónde. Había oscurecido completamente y los campos de trigo frente a él le resultaban atemorizantes. Estimó que ya le llegaría su oportunidad de fugarse. Enseguida advirtió la presencia de Camelia, a su lado.

—No quiero hablar con usted —le dijo.

—Lamento haber matado a tu padre, pero fue en defensa propia —Camelia fue al grano.

—Usted lo mató para robarlo, me lo contó todo mi mamá.

—No, no fue así. Le disparé en un callejón pero sobrevivió. Luego, cuando me lo encontré otra vez en la iglesia, me apuntó con su pistola y estaba dispuesto a matarme.

—El que mató en la iglesia no era mi padre, sino mi tío Aarón.

La noticia tomó por sorpresa a Camelia, quien se hincó junto al niño, apenada.

—Lo siento —le dijo, llorando.

En ese momento unas potentes luces los alumbraron. La camioneta conducida por Mateo Valenzuela frenó frente a ellos, levantando una gran polvareda. Un hombre corpulento con bata de médico bajó del asiento del pasajero, dio las buenas noches, entró a la casa y examinó detenidamente la pierna de Antonio.

Suspiró.

Maldijo entre dientes.

—Voy a perder la pierna, doctor. No necesita decírmelo. Mejor haga lo que tenga que hacer de una vez.

—El torniquete paró la hemorragia, pero al mismo tiempo detuvo la irrigación de sangre por demasiado tiempo. No queda otra más que amputar —dijo el doctor Raúl Higuera, quitándose la bata y arremangándose la camisa.

Emilio hijo sintió miedo al ver la clase de utensilios que el doctor se proponía usar sobre Antonio; sin embargo, también sentía curiosidad, y por eso se acercó un poco más. Al comenzar la operación se abrazó a Camelia, colocando su cara contra la cadera de la muchacha.

—Tengo miedo —le dijo.

Camelia le acarició el pelo, con ternura. A pesar de sus problemas, se encontraba tranquila en casa de los abuelos de Mateo Valenzuela, sin saber que a escasos kilómetros de ahí un pelotón militar se acercaba cada vez más a ella.

—¿Necesita más morfina? —le preguntó el doctor a Antonio.

—¿No tienen una botella de tequila?

—Me queda una botella de bacanora en la alacena, ¿le sirve? —contestó el recién llegado abuelo de Mateo Valenzuela.

—Échela.

Antonio le pegó un trago hondo.

—Ahora sí, ¡córtele! —gritó.

—Detenle las piernas —le pidió el doctor Higuera a Mateo.

Doña Josefina le colocó una vara de guamúchil en la boca a Antonio para que mordiera.

Facundo García marcó el número de Joel Estrada desde las oficinas de la PGR, en el estado de Sonora. Se encontraba un poco cansado, pero el compromiso de cumplir con su deber lo animaba a dar el máximo.

—Detective, qué bueno es encontrarlo.

—¿Alguna noticia?

—Dimos con la avioneta estrellada.

—¿Y Emilio?

—Comuníquenle a su madre que está vivo. En poco tiempo daremos con él. Esta vez Camelia no se nos escapará.

—Tienen que hacerlo. La madre del niño cada día se pone peor.

—Debo irme, Estrada —dijo Facundo, luego de ver al piloto del helicóptero caminar hacia él.

Colgó.

—¿Qué pasa, teniente?

—Se comunicó por radio el sargento Ramos. Me pidió que le dijera que siguieron el rastro de la camioneta hasta un jacal ubicado muy cerca de donde ocurrió el accidente —le informó el piloto.

—Vamos para allá en este mismo instante.

Camelia le limpiaba el sudor a Antonio con una toalla. Estaba preocupada por él. Lloró cuando le amputaron la pierna. Se preguntó por qué. ¿En qué momento se había encariñado tanto con ese criminal?

—Todavía tiene mucha fiebre, doctor —dijo Camelia.

—Pronto se le va a quitar —contestó el doctor, al tiempo que se lavaba las manos.

Camelia le pagó al doctor con un fajo de billetes extraídos de su maletín.

—¿Nos pueden sacar de aquí? En estos momentos deben estar buscándonos —habló el herido, tan pronto recuperó la conciencia.

—Suban a mi camioneta —dijo Mateo, echándose a Antonio al hombro.

—Te ayudo —ofreció Camelia.

—Iré con ustedes —dijo el doctor Higuera.

—Los cubriré con rastrojo —propuso Mateo, yendo por la paja.

—Buena idea.

Apenas habían comenzado la operación de cubrir a los fugitivos con el rastrojo cuando por el camino vieron un pelotón de militares aproximándose al jacal.

—¡Soldados! —gritó Camelia.

—Hay que apurarnos —dijo el doctor Higuera.

—¡Abuelo, ayúdenos a traer más rastrojo para cubrirlos! —pidió Mateo.

Camelia abrazaba a Emilio mientras el rastrojo caía encima de ellos.

—Yo quiero que nos encuentren —murmuró el niño.

—No sabes lo que dices —le informó Antonio.

—No hagas ruido —le pidió Camelia.

Habían terminado de cubrir los tres cuerpos cuando Antonio se dirigió al doctor Raúl Higuera.

—Usted también métase debajo del rastrojo —ordenó.

—¿Yo?

—No viene vestido como campesino y no trae un vehículo para decir que está de visita.

—Tiene razón —reconoció el doctor mientras subía a la caja y se cubría él mismo con el rastrojo.

—¡Yo me quiero ir! —gritó el niño, sacudiéndose, por lo cual Antonio tuvo que ponerle una mano en la boca, al tiempo que Mateo y sus abuelos entraban a la casa.

Luego de que el sargento Ramos gritó el quién vive y no recibió respuesta, los soldados a su cargo tumbaron la puerta y encañonaron a Mateo y a sus abuelos. Mateo se encontraba sin camisa y con las manos arriba.

—¿En qué les podemos servir? —preguntó.

—Andamos buscando al mafioso Antonio Treviño y a una peligrosa mujer llamada Camelia Pineda —le informó el sargento Ramos, parado al centro de la estancia.

—¿Ah, sí? ¿Y eso?

—Su avioneta se estrelló aquí cerca, ¿no supo nada?

—Nada —aseguró.

—Y no han visto a ningún forastero rondando por estos rumbos.

—No, sargento, nosotros no hemos visto a nadie.

—Vamos a ver si es cierto. ¡Salgan de aquí!

Mateo y sus abuelos acataron la orden.

—¡Volteen la casa si es necesario, pero encuéntrenme a esos cabrones! —gritó el militar, luego de que salieron los habitantes de aquel jaçal.

Sus hombres lo obedecieron, volteando camas, abriendo cajones y removiendo todo a su paso, gracias a lo cual un cabo encontró sangre fresca sobre la cama del vetusto matrimonio.

—¡Aquí hay sangre! —gritó el cabo.

De inmediato el sargento acudió a confirmar la información recién recibida, colocando su dedo sobre el colchón húmedo.

—Y está fresca —observó Ramos, quien salió a examinar los cuerpos de los granjeros en busca de heridas recientes.

—¿Qué pasa, sargento? —preguntó Mateo, evidentemente nervioso.

—No veo que ninguno de ustedes se encuentre herido y ahí adentro parece que mataron cochi. Hay un reguero de sangre. Cualquiera diría que recibieron a alguien que llegó herido.

—¡Lo que pasa es que un hijo mío se cortó muy feo con la segadora y aquí le tuvimos que aplicar los primeros auxilios!

—¡A callar! —ordenó Ramos, haciéndose escuchar a la perfección por Antonio, Camelia y Emilio, quien respiraba de manera cada vez más agitada bajo la mano de Antonio.

—Formen parejas y dispérsense. Esos enemigos del Estado no deben estar lejos de aquí. ¡No paren hasta encontrarlos! —gritó el sargento, parado al lado de la camioneta de redilas.

En eso, otro soldado gritó desde el interior de la casa:

—¡Sargento, sargento! ¡Aquí hay un maletín cargado de dólares!

—¿Y ahora con qué me va a salir, señora? —preguntó Ramos.

Emilio no pudo soportar la ansiedad por más tiempo y mordió a Antonio, quien pegó un grito y alejó su mano de la boca del niño.

—¡Aquí estoy! ¡Aquí estoy! —gritó Emilio, saliendo del rastrojo con la mano al aire.

De inmediato el vehículo se vio rodeado de militares. Dos de ellos subieron a la caja de la camioneta a remover el rastrojo.

—¡No disparen! ¡No disparen! —pidió Antonio, al percatarse de la cantidad de soldados que le apuntaban con sus fusiles.

—Qué bárbaro, sargento. Seguro lo van a ascender a teniente luego de este operativo que usted tan valiente e inteligentemente dirigió —observó un raso.

—¡Por supuesto que no! ¡Todo el crédito se lo va a llevar ese policía!

—Es injusto.

—Claro que lo es, pero así es la vida del militar. ¡Nada se nos reconoce! Todo lo que hacemos lo hacemos por nuestra lealtad a México y porque somos cabrones.

—Así es —estuvo de acuerdo el zalamero.

A todos los distrajo el ruido de un helicóptero descendiendo. El viento lanzado por las hélices doblaba el trigo a su alrededor hasta aplastarlo contra el suelo. El helicóptero se colocó junto al trigal. De él bajó una comitiva militar. Gracias a sus insignias, Ramos detectó a dos oficiales, a un coronel y a un general.

Ya de por sí se sentía satisfecho consigo mismo, y ahora, esto que veía venir, el seguro reconocimiento a su labor, sería como la cereza del pastel.

Qué importa que los demás no lo sepan; la felicitación de un general vale más que las de todos ellos, pensó Ramos, muy orgulloso, mientras llevaba a cabo el saludo militar con una sonrisa irreprimible.

—¿Con quién tengo el gusto? —preguntó el general, un tipo demasiado joven para su rango, pero con el suficiente porte que su investidura le exigía: alto, hercúleo, de mentón partido y frente amplia y despejada, que denotaba inteligencia.

—Sargento Eliseo Ramos, del veintiocho batallón de infantería.

—Sargento Ramos, le habla el general Augusto Pacheco, de la cuarta zona militar.

—A sus órdenes.

—Veo que ha capturado a estos peligrosos criminales.

—Enemigos del Estado.

—Enemigos del Estado, así es —dijo el general, en lo que se acercaba a Camelia—. Tú debes ser la famosa Camelia la Texana. Hasta que dimos contigo… Veré que reciba el ascenso correspondiente, sargento —dijo, dirigiéndose de nuevo a Ramos y tomando del brazo a Camelia— …Ustedes, tráiganse a los otros —ordenó por último.

—¿Adónde los lleva? —preguntó Ramos.

—¿Cómo que adónde? Al cuartel. ¿Adónde más?

—Pero anda con nosotros un teniente de la PGR que según trae una carta firmada por el procurador y…

—¡¿Espera que todo el crédito se lo lleven esos huevones?! —gritó el general.

—Pues no, pero…

—¡Por supuesto que no! Escúcheme bien, sargento: vengo de hablar ni más ni menos que con el secretario de la Defensa Nacional, quien me acaba de decir… ¿Sabes lo que me acaba de decir?

—No, ¿qué le acaba de decir? —preguntó Ramos, intrigado.

—Me dijo así: “Chingo a mi madre si dejo que esos huevones se lleven todo el crédito por algo que hicieron *mis* muchachos,

¡con *mi* equipo y *mi* armamento!" Ahora yo te pregunto: ¿Tú crees que el secretario de la Defensa Nacional desea chingar a su propia madre?

—¿Qué?

—¿Que si tú crees que el secretario de la Defensa Nacional desea chingar a su propia madre?

—Pues no.

—¡Por supuesto que no!... Yo mismo me aseguraré de que usted obtenga esa promoción, soldado —dijo el general, al tiempo que llevaba a Camelia del brazo rumbo al helicóptero.

—Gracias, general.

—¡Qué gracias ni qué nada! ¡Aquí no se trata de andarnos tocando la corneta unos a otros! ¡Somos militares! Ese ascenso que le va a llegar usted se lo merece y nadie más, ¿me entendió?

—Sí.

—Coronel, tome los datos de este hombre. Su nombre es Eliseo Ramos, es sargento del veintiocho batallón de infantería. Recuérdeme que va para teniente cuando me entreviste con el secretario de la Defensa.

—Anotado está —respondió el coronel, obsequiándole una sonrisa al futuro teniente.

—No dudo que todos sus hombres también serán condecorados.

—Qué bueno, porque se lo merecen.

—¿Y éstos quiénes son? —preguntó el general, señalando al doctor, a Mateo y a sus abuelos.

—¡Son los que estaban encubriendo a los enemigos del Estado, mi general!

—Pues también me los voy a llevar conmigo.

—Sí, hace bien. Esa gente es escoria —determinó Ramos.

—Muy bien, hasta luego entonces —se despidió el general, una vez que todos los detenidos se encontraban a bordo del helicóptero.

El sargento Eliseo Ramos saludaba mientras el helicóptero levantaba el vuelo.

El himno de la infantería mexicana sonaba en su mente.

Los buenos tiempos están por llegar, pensó. *Por fin.*

Al Alacrán se le hacía tarde para quitarse su uniforme de general, y cuando lo hizo se sintió bastante aliviado.

—¡Ah, cómo pica esa madre! —exclamó, deshaciéndose del uniforme apócrifo como si ardiera en llamas.

—¡Cabrón, ahora sí que te la sacaste! —lo felicitó Antonio.

De igual modo, los demás "oficiales" dentro del helicóptero comenzaron a quitarse sus uniformes, quedando en camiseta todos ellos.

—¿Qué está pasando? —quiso saber Camelia.

—¿Qué? ¿No me reconociste? —le preguntó el Alacrán.

—Pues es que estás tan cambiado que…

—¿Pasé por general?

—¿Lo ves, cabrón? ¿No te lo he dicho siempre? ¡Te puedes dedicar a lo que quieras! —festejó, carcajeándose, Antonio.

—Carajo, jefe. Lo siento por su pierna.

—Lo bueno es que todavía me quedan dos —se permitió bromear el jefe, en un intento por minimizar su pena.

Afortunadamente para el par de criminales, ni Camelia ni Emilio entendieron la broma.

—Misión cumplida —dijo el Alacrán al radio.

—¿Está Antonio contigo? —preguntó Benigno.

—¿Quiere que se lo pase?

—Dile que su hija quiere hablar con él.

El Alacrán le pasó el radio a su jefe.

—¿Papito? —se escuchó la voz de una niña.

—Ya voy para allá, hija —habló Antonio.

—¿Cómo te sientes de tu pierna, papi?

—Pe... pero... ¿cómo lo supiste?

—Estamos conectados, ¿lo recuerdas?

—Sí, es verdad. Dale un beso a Lu por mí, y un abrazo a Cherife.

—Te voy a pasar a mi tío —dijo la niña.

—Sí.

—Antonio, ¿Camelia está contigo? —habló Benigno.

—Sí, aquí está.

—Muy bien, porque les estoy organizando una fiesta de bienvenida a todos ustedes. Habrá grupo norteño y banda.

—Se lo diré, Benigno.

—Hasta luego.

Habló el doctor:

—No quisiera arruinarle su buen humor, señor, pero yo tengo una familia que me espera en Caborca, además de que Mateo y sus abuelos también deben regresar, para atender sus tierras y...

—Me salvaron la vida. De ahora en adelante no tendrán que preocuparse por nada.

Camelia se dedicaba a observar al jefe con detenimiento. La intrigaba su actitud. Su tranquilidad. Como si, a pesar de haber perdido una pierna, el hombre estuviese en paz consigo mismo, por fin, luego de muchos años.

—¿Su nombre es Antonio? —le preguntó Camelia.

—Antonio Treviño —le reveló el hombre.

—Igual que mi papá.

—No me llamo igual que tu papá, Camelia... Soy tu papá.

Dentro del jacal, el sargento Ramos seguía fantaseando con las condecoraciones, los ascensos y las marchas en su honor cuando un cabo lo llamó para advertirle que otro helicóptero se aproximaba.

—¡Sargento, ahí viene otro!

El sargento Ramos salió del jacal sin sospechar lo que se le iba a revelar.

—Sargento, se me informa que encontró a los criminales —le dijo Facundo García, tan pronto puso un pie en el suelo.

Con la mirada, Facundo García buscaba a Camelia, a Antonio y al pequeño Emilio Varela.

—Así es, y se los entregué al general Augusto Pacheco, de la cuarta zona militar —informó, hinchado de orgullo, el sargento Ramos.

—¿Que hiciste qué? —preguntó García, viendo al piloto, quien ahora estaba a su lado.

—Sargento, no hay ningún general Augusto Pacheco de la cuarta zona militar —habló el piloto.

Súbitamente, el sargento Ramos dejó de soñar con ascensos y condecoraciones. En ese momento lo único que deseaba era que aquello que le estaba ocurriendo fuera una broma. El militar no pudo evitar poner una mueca estúpida en su rostro.

Lo que esperaba oír era "¡feliz día de los inocentes!", o algo por el estilo.

En su lugar escuchó al teniente Facundo García maldecir.

Lo seguía con la mirada mientras pateaba el suelo y brincoteaba de coraje.

Una jeep Wagoneer dio paso a una Ford Bronco, ambos vehículos provistos de llantas todoterreno y suspensión levantada. La Wagoneer era conducida por el Alacrán y transportaba a Emilio hijo, a Antonio Treviño y su hija. El doctor Higuera, Mateo y su familia viajaban en la Bronco. Llegaban a la enorme hacienda de Benigno Treviño, ubicada en Sinaloa, donde una banda de viento y tambora tocaba *El sinaloense* a todo pulmón.

Los guaruras permitieron el paso de las camionetas. A ambos lados del camino empedrado se encontraban árboles de tamarindo, mango y ciruela, además de un querubín de piedra al pie de una fuente. Un David y una Venus cumplían la misma función un poco más adelante. También había un viejo chivo y una vaca suiza caminando libremente, así como chimpancés y aves encerrados en jaulas. Más al fondo y a la izquierda estaba la tarima sobre la que tocaban los músicos. Frente a éstos, algunos invitados bailaban en parejas sobre la explanada de arenisca. La residencia, ubicada al fondo, era de estilo colonial, con piso de mármol tipo ajedrez, lo que pudo apreciarse cuando Benigno Treviño abrió la imponente puerta de caoba. Tras él apareció Alma, de la mano de Lu.

—¡Papi! —gritó la niña, justo después de que la banda paró de tocar.

Rápidamente, el Alacrán bajó del carro para dirigirse a la cajuela, de donde extrajo una silla de ruedas que colocó frente a su jefe inmediato, a quien ayudó a subir en ella. Lu, la mujer de Antonio, se entristeció de ver a su esposo en ese estado, pero al mismo tiempo la alegró la llegada de Camelia, de quien había oído hablar tanto. La pequeña abrazó a don Antonio. Benigno Treviño los miraba a todos con satisfacción.

—¡Qué bueno que ya estés aquí! —le dijo la niña.

—Hija, quiero que conozcas a tu hermana. Acércate, Camelia.

Camelia obedeció, acuclillándose frente a la niña, quien le tocó suavemente el rostro con apenas las yemas de sus dedos.

—Es muy bonita, papi —apreció Alma.

—Igual que tú y Lu.

Don Antonio aprovechó la oportunidad para presentar a Camelia con su nueva mujer.

—Camelia, ya tenemos lista tu recámara —dijo Lu—. Te puse ropa limpia sobre la cama, por si quieres cambiarte.

—Gracias.

Cuando Camelia se levantó, la niña palpó su vientre.

—Va a estar muy guapo tu niño.

Todos se asombraron ante el comentario de la pequeña Alma, cuya sabiduría sobrepasaba lo que cualquiera podría esperar en alguien de su edad.

—¿Cómo lo supo? —preguntó Camelia, aún confundida, al tiempo que Emilio hijo salía del automóvil y se abalanzaba sobre Cherife.

—¡Qué bonito pastor alemán! —exclamó el niño, revelando su amor por los animales.

—¿Te gusta? —le preguntó Alma, muy en control de la situación.

Emilio hijo dijo que sí con la cabeza a pesar de que la niña no podía verlo.

—Su nombre es Cherife, y yo me llamo Alma.

—Yo me llamo Emilio.

—¿Quieres jugar?

—¡Sí! —dijo el niño, quien salió corriendo detrás del pastor alemán.

—Amor, quiero presentarte a cuatro buenos amigos —le dijo don Antonio a Lu, señalando al doctor Higuera, a Mateo Valenzuela y a sus abuelos—; les debo la vida.

—Mucho gusto —dijo cada uno, luego de presentarse.

—Gracias por cuidar de él —dijo Lu.

—Van a estar con nosotros. Por favor, llévalos a la cabaña del Ojo de Agua.

—Mandaré cambiar la ropa de cama de una vez.

—Acompáñenla, por favor. Y luego se regresan a la fiesta —pidió don Antonio.

Subió al estrado un trío norteño, cuyo vocalista habló al micrófono para festejar el arribo de los recién llegados.

—¡Todos, un aplauso de bienvenida para el Alacrán, don Antonio y Camelia!

Alison se encontraba a punto de ser dada de alta del hospital cuando recibió la visita de los detectives Peter Carson y Joel Estrada.

—¿Qué saben de mi hijo?

—Su hijo está vivo —informó Estrada.

—¿Ya viene en camino?

—Me temo que no será tan fácil traerlo de vuelta.

—¿Entonces de qué me sirve pagar mis impuestos, si cualquier día puede venir una criminal a matar a mi marido y a robarse a mi hijo, sin que nadie le diga nada?

Ese comentario caló hondo en los detectives.

—Le aseguro que moveremos cielo, mar y tierra para rescatar a su hijo. Por lo pronto tenemos un auto esperándola afuera para llevarla de vuelta a San Francisco.

En ese momento una enfermera entró con una silla de ruedas. Carson ayudó a Alison a subirse en ella. A la salida del hospital la esperaba un agente, de pie junto a un Ford Galaxie color café.

—Éste es el agente Grant. La escoltará de vuelta a San Francisco, donde permanecerá en libertad bajo caución, puesto que no hay cargos contra usted, por el momento.

—¿Pe... pero mi hijo?

—Nosotros le avisaremos en cuanto sepamos algo de él.

La mujer subió al vehículo sin dar las gracias.

En cuanto Facundo García llegó a las oficinas de la PGR, la secretaria Jimena Lugo le informó que el procurador deseaba verlo.

—¿Está aquí? —preguntó García, un tanto extrañado ante la sorpresiva visita del procurador a Tijuana.

—Tiene poco que llegó, teniente. Lo espera en su oficina. Yo misma le abrí. ¿Estuve mal?

—No te preocupes, Jimena.

La muchacha estaba al tanto de los chismes que corrían por la procuraduría en relación con el operativo encabezado por Facundo García. Sentía pena por él. Se imaginaba siendo su esposa, mimándolo y apoyándolo moralmente luego de tropiezos como éste, para que pudiera continuar con su carrera y triunfara, como se lo tenía bien merecido. Fue por ello que ese día eligió la minifalda extremadamente corta y los tacones altos como zancos, que la ayudaban a exhibir aún mejor esas esculturales piernas suyas. Para darle ánimos. En el pelo no se hizo nada. No lo necesitaba. Su caída era perfecta y su color castaño claro también. Simplemente se lo secó muy bien luego de ducharse, para que no se le esponjara. Se maquilló discretamente. El teniente Facundo García pareció no percatarse de nada de esto. Simplemente escuchó el mensaje de la secretaria y siguió su camino.

—¿Puedo pasar? —preguntó García, tocando a la puerta de su propia oficina.

—Levante ese ánimo, García —le pidió el procurador al verlo.

—Es que los tuvimos en nuestras manos —comenzó a disculparse, como nunca lo hacía.

—No es el fin del mundo, teniente. Además, sé lo mucho que significa ese caso para usted, por eso confío en que muy pronto se sacará la espinita que trae clavada.

—Téngalo por seguro.

—Siéntese.

García así lo hizo.

—García, usted me cae bien, por eso le voy ayudar a que consiga mi puesto.

—No, señor, pero eso no es lo que…

—Eh, eh, no me interrumpa. Entiendo que usted es un muchacho muy ambicioso, y eso es bueno, sólo así podrá llevar a cabo la misión que le quiero encargar.

—¿De qué se trata?

—Necesito que vea más allá de Antonio y de esa muchacha, Camelia la Texana —dijo el procurador, haciendo un ademán con la mano.

—¿Cómo?

—Se avecina una guerra, teniente, y es nuestro deber evitarla.

—No lo entiendo, señor.

—Se trata de una guerra entre familias: por un lado están los hermanos Benigno y Antonio, y por el otro los Navarro, encabezados por Arnulfo, a quien considero el más cruel y sanguinario de los jefes criminales en México. Es él quien me preocupa más en estos momentos.

—Pero mi investigación en contra de Antonio va muy avanzada.

—Todo lo que sabes acerca de los Treviño te va a servir para atrapar a Navarro. Mi instinto me dice que esos dos se van a estar encontrando seguido.

—Tiene razón.

Desde una cabina telefónica el policía corrupto Gustavo Molina ponía al tanto a Arnulfo Navarro de lo ocurrido en las últimas horas. Navarro no paraba de reír, sentado en su escritorio y acariciando a su escuálido gato siamés.

Seguía carcajeándose aun después de colgar.

—¿Qué pasa, jefe? —tuvo que preguntarle su hermano Francisco.

—La hizo buena ese cabrón, engañando al ejército de esa manera… Ahora sé de dónde sacó su hija lo escurridiza.

—¿Qué hija?

—¿Cómo que qué hija? La vieja que me hizo esto es hija de Antonio —dijo Arnulfo, señalando las horrorosas cicatrices que tenía en la cara y en el cuerpo.

—¿Por eso mandaste a Vicente y a sus hombres a Los Ángeles?

—No; en ese entonces a Camelia quería matarla por haberme dejado desfigurado. Ahora me urge acabar con ella por razones mucho más importantes.

—Entiendo.

—Por eso debemos ser más audaces.

—Sí.

—Jugarnos el todo por el todo —concluyó Arnulfo, soltando un puñetazo a su escritorio.

Era medianoche. La carretera 101 se encontraba colmada de brisa en ese tramo. Imposible ver a más de diez metros en cualquier dirección. A pesar de esto Grant silbaba y cantaba *Wichita lineman*. Muy tranquilo. Arrulló a Alison con ello. La mujer dormitaba cuando sintió el movimiento brusco del Galaxie. Un carro los había impactado por un costado. Otro más se les acercaba del lado opuesto.

El carro salió de la carretera y fue a estrellarse contra un árbol. Grant perdió el conocimiento luego del impacto. Alison gritaba aterrorizada mientras sus asaltantes iban en pos de ella.

No pudo escapar.

Camelia se apreciaba de cuerpo entero frente al espejo de su habitación. La gustaba el calzado que habían colocado junto a su cama: unas botas de piel de pitón. Le iban bien a su pantalón de mezclilla. Aún no se colocaba la blusa vaquera color azul. Pasaba los dedos sobre la enorme cicatriz en su pecho. La distrajo el sonido de la puerta. Rápidamente se abotonó la camisa de manga larga.

—¿Quién?

—Tu padre —dijo don Antonio.

—Pasa, está abierto —le contestó, hablándole de tú.

Don Antonio no se molestó. Paradójicamente, Camelia aún no se sentía con la confianza de hablarle de usted, como solía hacerlo cuando era apenas una niña. El hombre entró en su silla de ruedas, sin la ayuda de nadie. Ahora Camelia entendía por qué no había reconocido a su padre desde un inicio: en sus difusos recuerdos, Antonio Treviño aparecía siempre con sombrero texano y sin bigote, muy parecido al modelo de Marlboro. En ese momento, Antonio Treviño usaba un bigote que lo hacía parecer mayor; sin embargo, verlo portando aquel sombrero color crema y de ala doblada transportó a Camelia directo a su infancia, cuando lo veía —muy guapo él— domando caballos salvajes en los ranchos de Texas, en su época de caporal. Excepto el ligero cansancio en sus ojos, sus mejillas curtidas y unos cuantos kilos de más, el hombre no había cambiado demasiado.

—Los invitados te esperan, Camelia.

—Está muy bonita esta ropa que me pusieron en la cama, pero no quiero salir.

—¿Por qué? —preguntó su padre, extrañado.

—¿No lo ves? No hay nada que celebrar: yo perdí al ser más querido y tú…

—Mi pierna no me importa; lo más importante es que te encontré a ti, Camelia. Por otro lado, tu mamá era una gran mujer, y tienes toda la razón en estar triste —la consoló don Antonio.

—¿Entonces por qué nos abandonaste? Creí que estabas muerto y ahora resulta que…

—Siempre las adoré con todo mi corazón, pero las circunstancias me obligaron a abandonarlas.

—¿Qué circunstancias? ¿Alma y su mamá? ¿O esta otra muchacha, que parece de mi edad y…?

—Camelia, reconozco que no soy un santo, pero las cosas no son lo que parecen.

—¿Qué quieres decir?

—Debía encontrar la manera de ganar mucho dinero cuando tuvieron que operarte del corazón.

El *shock* de Camelia al escuchar esto fue acompañado del movimiento instintivo de sus dedos deslizándose por debajo de su blusa para palpar la cicatriz que se encontraba ahí.

—No podía ganar el dinero suficiente trabajando en los ranchos de Texas, por eso recurrí a mi hermano Benigno, a quien tu madre jamás vio con buenos ojos, por la clase de negocios en los que andaba metido; sin embargo, fue gracias a él que gané el dinero para tu operación. Me consiguió trabajo con don Timoteo. Luego de la muerte de Timoteo, Benigno se convirtió en el rostro visible del cártel, mientras yo me encargaba de dirigirlo y de tomar las decisiones importantes. Cuando le expliqué a tu madre todo esto, ella se indignó a tal grado que ya no quisó saber más de mí. Me acusó de traficar con la muerte y me llenó de insultos… Supongo que se desilusionó de mí. Además de que no estaba en sus planes terminar de esposa de un mafioso.

—¿Y Alma? —lo interrumpió Camelia.

—A Alma me la traje de Sudamérica.

—¿Qué?

—Don Timoteo me llevó allá para presentarme con sus contactos en Colombia, pero las cosas salieron mal y se generó una discusión que terminó en balacera. La madre de Alma fue alcanzada por una bala perdida, con la niña a un lado de ella. Recuerdo que Alma lloraba muy fuerte y yo no podía dejarla ahí.

—¿Quién es Lu?

—A Lu la rescaté cuando Navarro mató a su padre, Patricio Wong, para apropiarse de sus campos de amapola. Cuando tu madre se fue, Lu ya era una señorita. Nos enamoramos.

—¿Por qué te preocupaste por mí hasta ahora?

—Tenía que rescatarte del problema en el que yo mismo te había metido.

—No te entiendo.

—Hace unos meses envié al Alacrán y a Varela a Ciudad Juárez a concretar unos negocios con mi antiguo aliado, Arnulfo

Navarro. Discretamente le pedí al Alacrán que, luego de entregar la mercancía, te buscara en El Paso, donde yo sabía que te encontrabas. El problema fue cuando Emilio dio contigo. Hasta la fecha no sé cómo lo hizo. El resto de la historia tú ya la conoces.

—¿Emilio trabajaba para ti?

—Así es.

Camelia se le quedó mirando por un momento a su padre, quien la veía también. Los dos sin pestañar.

—Qué bonito se te ve ese sombrero —le dijo Camelia, al fin.

—¿Te gusta?

—Mucho.

—Te lo regalo —dijo, quitándoselo.

—No puedo aceptarlo.

—Póntelo, se te va a ver más bonito a ti.

Camelia se lo caló. Se plantó de nuevo frente al espejo. Le gustó lo que vio. A don Antonio también.

—Ahora sí que le haces honor a tu apodo.

—¿Apodo? ¿Cuál apodo?

—¿No lo sabes? Eres famosa; todo mundo te conoce como Camelia la Texana.

Camelia seguía viéndose en el espejo, con una ligera sonrisa. Se echó el sombrero un poco para atrás, para descubrir su frente.

—Vente, vamos afuera.

Camelia apareció en la fiesta celebrada en su honor empujando la silla de su padre. Los invitados los recibieron con aplausos.

—¡Qué bonita! —expresó Emilio hijo, colocándose a su lado.

Don Antonio colocó su fuerte mano sobre el hombro de Emilio, como preparándose para decirle algo de hombre a hombre.

—Me acabo de enterar de que tu mamá se encuentra bien.

—¡Gracias a Dios! —exclamó Camelia, con un aplauso.

—¡Sí! —gritó el niño, pegando un brinco.

—Pronto volverás con ella; yo mismo me voy a encargar de que así sea. Te lo prometo.

Todos los que oyeron la promesa de don Antonio se pusieron muy contentos, incluso Cherife, que no paraba de dar vueltas. Todos excepto Alma, quien recibió la noticia con melancolía. La niña deseaba que Emilio se quedara con ella, en Sinaloa.

Se quitaron los pasamontañas al tomar el retorno. La brisa se despejaba poco a poco, al tiempo que se alejaban de la bahía de San Francisco. Había caído la madrugada cuando transbordaron en el estacionamiento de Sears, en San Mateo.

—Por favor, no me maten, yo no he hecho nada malo —pidió Alison cuando pudo hablar.

—Escúcheme bien porque no se lo voy a repetir: si no coopera con nosotros, usted y su hijo morirán —habló el jefe de la cuadrilla.

—¿Adónde me llevan?

—Primero a San José. Ahí abordará una avioneta que la llevará directo a Reynosa.

—¿A Reynosa? Ahí vive mi mamá.

—Exacto, y ahí es donde volverá a ver a su hijo, si coopera con nosotros.

—¿Por qué no me lo trajeron para acá?

—Nos resultaba demasiado riesgoso hacer eso.

—Comprendo... Cooperaré; ustedes no se preocupen. Nomás regrésenme a mi hijo con vida —rogó Alison.

Sobre la mesa había un cuenco con pan dulce, otro con huevos a la mexicana y otro más con frijoles, todo recién hecho. También había fruta picada, tocino, miel, pan tostado, un plato con mantequilla, café, leche bronca, avena y jugo de naranja. Gertrudis, a cargo de la cocina, daba los últimos toques a los chilaquiles mientras su hija seguía ocupada con las tortillas. No hubo necesidad de despertar a nadie: el canto del gallo y el aroma que despedía el trabajo de la diligente cocinera ya habían alertado a los habitantes de la casa. Don Antonio sólo llamó una vez a desayunar, y esto por mero formalismo, puesto que todos se encontraban más que listos para acudir a la mesa. Su hermano Benigno y el Alacrán se encontraban con él. Al poco tiempo aparecieron Lu, Camelia y Emilio.

Don Antonio presidió la mesa tomando asiento al extremo de ésta.

—Benigno, deja que Camelia se siente aquí conmigo —le pidió a su hermano, justo cuando éste jalaba la silla a su lado.

Don Antonio agradeció a Dios por los alimentos en su mesa y por la presencia de Camelia y Emilio, y enseguida invitó a todos a comer.

—Hay que desayunar bien, porque nos espera un día muy ajetreado —agregó.

—¿Por qué? —preguntó Camelia, en lo que le servía un poco de huevo a Emilio.

—Iremos juntos a mi hangar. Yo partiré a la ciudad de México, a atender unos negocios, mientras tú llevas a Emilio a Reynosa, con su abuela materna. Benigno, ve preparando dos naves.

—Enseguida lo hago —respondió el hermano mayor, levantándose de su lugar.

—Primero desayuna —sugirió don Antonio.

—Amanecí sin hambre, hermano. Además, me preocupa más tener todo listo para cuando lleguen al hangar.

—Como gustes —don Antonio lo dejó ir—. ¿Y Almita? —le preguntó a su mujer.

Francisco Navarro le avisó a su hermano Arnulfo que sus hombres habían entrado exitosamente en la hacienda de los Treviño, en Sinaloa.

Luego de que pasaron el cerco que resguardaba el ganado de los Treviño, los hombres de Navarro eliminaron al centinela apostado en la segunda caseta con su arma silenciada. Tal como estaba en el plan, el primer guardia se encontraba ausente.

Los dos francotiradores caminaron de manera sigilosa hasta llegar a una pequeña loma ubicada a doscientos metros del portón de los Treviño. Procedieron a ensamblar sus armas.

—Me dice Zúñiga que ya viene por ustedes. Que lo esperen afuera en unos treinta minutos, para no perder tiempo —le había dicho Benigno a su hermano, cuando regresó al comedor.

—Está bien —don Antonio estuvo de acuerdo, mientras terminaba de desayunar.

Media hora más tarde el jefe salía de su casa empujado por su hija Camelia.

Con sus binoculares, los asesinos corroboraron que la persona que salía de la casa era ni más ni menos que don Antonio en su silla de ruedas, empujado por su hija Camelia. Rápidamente instalaron las miras telescópicas sobre sus rifles. Los tenían en el centro. Sólo les hacía falta la orden de su líder para jalar el gatillo.

Atrás de Camelia y Antonio iba el pequeño Emilio, quien cayó al suelo un par de segundos antes de que se escuchara el disparo.

—¡Eso fue un balazo! —exclamó don Antonio.

Enseguida sonaron dos disparos más. Camelia pegó un alarido al percatarse de que Emilio había caído al suelo; sin embargo, reaccionó con rapidez, cargando al chico y llevándolo al interior de la casa.

—¿Qué te pasó? —le preguntó Camelia.

—Nada —le respondió Emilio, muy quitado de la pena, aunque extrañado por tanto aspaviento—. Me tropecé, nada más.

—Me asustaste.

Tan pronto como don Antonio entró arrastrándose a la casa, se puso en contacto por radio con el Alacrán.

—No se preocupe, jefe. Lo que escuchó fueron mis disparos. Tenemos la situación bajo control, aquí frente a usted —contestó el Alacrán, parado y moviendo los brazos sobre la loma donde acababan de morir los hombres de Navarro.

—¡¿Qué pasó?! —exigió saber don Antonio, alterado.

—Se nos metieron dos ratototas al rancho, pero ya las maté. Al parecer nos llegaron de la hacienda de Navarro.

—¿Pero quién las dejó entrar?

—No sé quién las dejó entrar, pero ya lo averiguaré. Usted no se preocupe por eso.

—¿Cómo diste con ellas?

—Almita, que es muy buena cazando, me dio su ubicación.

—¿Ahí está contigo?

—Así es.

—Pásamela.

El Alacrán le pasó el radio a la niña, que se encontraba parada a un lado de él, hinchada de orgullo por lo que recién había hecho por su familia.

—Gracias, mi vida. Nos has salvado la vida.

—No hay de qué, papi.

—¿Cómo supiste que esos hombres estaban ahí?

—Los soñé…

Sonó el claxon del capitán Zúñiga, quien iba llegando a la hacienda en su jeep.

—Alacrán, será mejor que nos acompañes.

—Sí, señor.

Facundo García había llegado al Distrito Federal apenas unas horas antes. Al arribar a las oficinas de la PGR el teniente se dirigió a la oficina del procurador. Éste de inmediato le pidió a García que le entregara su arma y la metió en un cajón.

—¿Para qué? —quiso saber el teniente.

—Deja el saco y la corbata sobre el perchero.

—¿Cómo?

—Y dame tu placa y lo que sea que diga que trabajas para la PGR.

Por un momento, García se asustó. *¿Me están cesando?*, se preguntó. No obstante, pronto observó que el procurador hacía lo mismo que le estaba pidiendo (desanudándose la corbata a toda velocidad, como si le faltara oxígeno, para luego quitarse el saco). Cuando sonó su teléfono, el procurador se encontraba en pura camisa.

Contestó.

—Perfecto, en unos minutos salgo —dijo, y colgó— ...Acompáñame —le pidió a García.

Ambos funcionarios partieron rumbo al estacionamiento, donde abordaron un deprimente y abollado Renault color verde opaco, para asombro de García, quien no daba crédito a lo que veía: ¡el procurador conduciendo esa lata con ruedas, vestido de paisano, sin escoltas ni chofer!

Don Antonio encontró al doctor Castillo al abordar su avioneta. Camelia y el Alacrán lo ayudaron a subir. El médico llevaba una jeringa lista.

—¿Qué hace usted aquí? —le preguntó don Antonio.

—Debo ingeniármelas para poder inyectarte.

—¿Por qué te tienen que inyectar? —preguntó Camelia.

—Porque me faltan vitaminas —se apresuró a contestar su padre—. Acabemos de una vez con esto, doctor —agregó, en lo que desabrochaba la hebilla de su cinturón.

Mientras inyectaban a don Antonio, Camelia se presentó con el médico.

—A mi padre se le olvidó presentarnos. Mi nombre es Camelia.

—Homero Castillo. Y ya conocía el suyo, Camelia.

—¿De dónde?

—¿Todavía lo pregunta? Usted es muy famosa. La vi en la fiesta de bienvenida que le organizó su padre. Por cierto, ahí estuve platicando con un músico llamado Ángel González, quien pensaba escribir un corrido acerca de usted.

Camelia rio.

—Pues dígale a ese tal Ángel que tenga cuidado de qué tanto va a contar en su corrido —comentó don Antonio, en tono de broma, mientras se subía el pantalón.

—Por mi parte es todo... Me voy —se despidió el doctor Castillo—. Mucho gusto, Camelia.

Emilio hijo se encontraba sentado junto al capitán Zúñiga, admirando los controles de la nave y preguntándole por cada manómetro, palanca y botón.

—¿A qué vas al Distrito Federal? —le preguntó Camelia a su padre.

Esto dejó a don Antonio pensativo.

—¿Por qué no me acompañas? —le preguntó él a su vez.

—Pero quedamos en que yo acompañaría a Emilio a Reynosa.

—Pediré a mis muchachos que se lleven a Emilio de vuelta a la hacienda, para que juegue otro rato con Almita.

—¿En realidad debo ir? —preguntó Camelia.

—Ahora que lo pienso, sí; es sumamente importante que vayas —le contestó don Antonio, muy serio.

—Está bien.

La fachada rústica de la fonda en el Estado de México resultaba poco formal pero acogedora. Vigas de madera sobre el ladrillo descubierto de los muros. Afuera, en el pórtico, una muchacha torteaba a gran velocidad. García y el procurador fueron hasta un reservado ubicado al fondo, alejado del resto de las mesas. Una mujer les entregó la carta y les preguntó si deseaban algo de tomar.

—Agua mineral —pidió García.

—Tequila —indicó el procurador.

—¿A quién esperamos? —quiso saber el teniente.

—Todo a su tiempo... Ya lo verás.

Facundo García mantenía la vista fija en el menú, debatiéndose entre la arrachera y la orden de codornices, cuando Camelia, acompañada de su papá, se plantó frente a él. Rápidamente, el procurador se levantó de su asiento para darles la bienvenida.

—García, te presento a Antonio Treviño —dijo el procurador.

Cuando el teniente separó la vista de la carta, miró con asombro a la pareja que tanto tiempo llevaba persiguiendo, especialmente a la mujer, quien ejercía sobre él una peculiar fascinación desde la primera vez que vio su fotografía.

—Éste, aquí, es mi teniente de confianza, el licenciado Facundo García, próximo procurador general de la República.

—Mucho gusto —dijo don Antonio—. Mi hija, Camelia.

—La Texana —habló por fin García.

—¿Me conoce?

—Llevo rato persiguiéndola —dijo García, y soltó un irreprimible suspiro.

—Papá, ¿estos señores son policías? —preguntó Camelia, incrédula.

A pesar de la usual oscuridad de su oficina, el nuevo comando reclutado por Francisco Navarro lucía de lo más eficiente. Hombres serios, fuertes y en forma. Uno poblano, otro oaxaqueño y el otro veracruzano. Ex militares los tres. A Arnulfo le preocupaba dejarse llevar otra vez por la pura fachada, como ocurrió con los dos francotiradores de la misión pasada.

—Irán a Reynosa a ejecutar a una mujer de nombre Camelia —comenzó a hablarles Arnulfo Navarro, muy serio él también—. Mi hermano les proporcionará transporte y el equipo necesario para su misión. En todo momento habrán de recordar lo que ya les dijo Francisco: esta mujer es muy escurridiza y habilidosa, así que por ningún motivo deberán confiar en su carita de ángel.

—Yo puedo matar a esa pinche vieja sin ayuda de nadie —aseguró uno de los ex militares, con una repugnante sonrisa en el rostro.

—¿Qué?, ¿acaso no me escuchaste, imbécil?

—¿Mande?

—Ve lo que me pasó en la cara y en las manos: fue por fiarme de esa mujer, y por eso les aclaro: si trabajan como equipo, unidos, y cumplen con la misión que les he encargado, yo mismo los haré lugartenientes dentro de mi organización. Aquí hay trabajo y habrá mucho más si cumplen con su cometido como debe ser. ¿Entendido?

El procurador era un político consumado, de la vieja escuela, y por un momento se olvidó de que se encontraba en una reunión informal, por lo que dio rienda suelta a su verbosidad, como ocurría cada vez que ingería un poco de alcohol en ayunas:

—Pues bien, según lo estipulado en la Convención Única de Estupefacientes de 1961, la cual yo, como senador, personalmente aprobé en la Cámara, y de acuerdo con el Código Penal y Sanitario de nuestro país, es nuestra responsabilidad ejercer acción directa en contra de la producción y consumo de enervantes; esto como parte de nuestra lucha constante en favor del mejoramiento de nuestra raza. Sin embargo, doy mi palabra de honor al aclarar que éste es un terreno neutral, por lo que nadie será procesado por lo comentado aquí, ni nada de lo aquí dicho será integrado como confesión en averiguación previa alguna. ¿Estamos de acuerdo en eso, teniente?

Facundo García seguía absorto ante la imagen de Camelia, intentando conciliar lo que se contaba de ella, sus intrépidas aventuras en el mundo del crimen, con la apariencia dulce de la chica.

—García, ¿me escuchó?

—Sí, claro, jefe; yo creo que voy a pedir la orden de codornices.

Don Antonio no pudo evitar la carcajada.

—Me parece que tanto su teniente como yo estamos de acuerdo en que hay que ordenar primero, que ya hace hambre... Recuerde que nosotros venimos desde Sinaloa.

—Tiene razón, don Antonio; ordenemos primero —dijo el procurador, apenado, pero no tanto como Facundo García, a quien por primera vez en mucho tiempo lo habían sorprendido con la guardia baja.

A Camelia le causó gracia todo aquello.

Luego de terminada la ronda de abrazos, besos y lloriqueos, Alison y su madre platicaban en la mesa del comedor, junto al tétrico cuerno de la abundancia enmarcado en la pared.

—Ese catrín nunca me gustó para ti —le informó Eva a Alison, luego de escuchar la historia del asesinato del esposo de su hija a manos de una mujerzuela en un sucio callejón de Hollywood, a causa de un asunto de drogas.

—Ya sé, mami —dijo Alison, secándose las lágrimas.

—¿Y Emilio?

—Pues eso es precisamente lo que he venido a contarte, mami. Resulta que la misma vieja que mató al padre de Emilio se llevó a mi hijo a Sinaloa.

—¡¿Y eso por qué?! —preguntó la pobre Eva, sorprendida.

—Me cuentan que porque la vieja pensaba que yo estaba muerta.

—Hija, no te entiendo.

—La quería matar por haber asesinado al padre de mi hijo, mami. Yo llevaba a Emilio conmigo cuando, de pronto, ¡que pierdo de vista al niño! Y luego me entero de que va rumbo a Sinaloa, ¡junto a una bola de criminales!, ¡en una avioneta averiada a punto de estrellarse en el desierto de Sonora!... Afortunadamente no le pasó nada y ya me lo van a traer aquí mismo, a tu casa.

—Hija, ¿estás segura de que no estás drogada? —preguntó la madre, tomándole de paso la temperatura y el pulso a Alison.

—No, mami, te juro que todo lo que te cuento es la verdad.

—Hija, ¿qué te pasó en las muñecas?

—¿Dónde?... Ah, esto... Me quise suicidar.

—¡¿Qué?!

—Mami, es que yo amaba a ese hombre.

El procurador tomó la palabra al tiempo que sobre su tortilla de maíz recién hecha untaba un poco del queso fundido que habían pedido como entrada.

—Don Antonio, lo invité a esta reunión para comunicarle que queremos ayudarlo, y esto que le digo viene desde mero arriba.

—Vamos, procurador, no se ande con rodeos, que si su gobierno quisiera ayudarme, no andaría quemando mis sembradíos ni decomisando mi mercancía un día sí y el otro también.

—Usted no me entiende, don Antonio. Yo no hablo de dejar de hacer nuestros respectivos trabajos, por más que nos pese; hablo de evitar una catástrofe mayor que lleve a nuestro país a la anarquía total.

—¿Podríamos hablar en español?

—Don Antonio, estamos enterados de su ruptura con Arnulfo Navarro —el procurador fue al grano.

—¿Cómo lo supo?

—Nosotros también tenemos nuestros informantes, no se le olvide.

—¿Adónde quiere llegar?

—Pactaremos una tregua en lo que combatimos juntos a Arnulfo Navarro.

—¿Y eso por qué?

—Reconocemos que a pesar de la naturaleza de sus negocios, usted es una persona con su propio código ético, el cual honra, cosa de la que carece completamente Arnulfo Navarro, a quien considero un asesino despiadado y traicionero.

—En eso estamos de acuerdo; aun así, no puedo aceptar su ayuda. Lo único que le pido es que me deje en paz hasta que termine con Navarro yo solo.

—Muy bien, si eso es lo que desea, así se hará.

—¿Y qué tal le pareció Hollywood, Camelia? —fue todo lo que se le ocurrió decir a Facundo García, luego de un silencio incómodo.

—Definitivamente no fue lo que me imaginé.

—Lo mismo me pasó a mí —dijo Facundo, con ojos pizpiretos.

—No lo creo —dijo Camelia, un poco molesta por haber recordado la sangrienta odisea que vivió en la ciudad de Los Ángeles.

—Tiene razón —reconoció García, tras pensarlo un poco más—. Por cierto, ¿ya vio lo bien que le está yendo a su amiga? —el teniente decidió cambiar rápido de tema.

—¿Amiga?

—Mireya Osuna, la cantante; tengo entendido que la conoce.

—¿Cantante?

—¿No lo sabía? La llaman el Ruiseñor de Caborca, aunque yo le veo más pinta de guajolote. Juan, el Caimán, se volvió su representante, y ya hasta le consiguió un contrato con una disquera del Distrito Federal. Tengo entendido que se van a casar.

—¡Qué emoción! —manifestó Camelia.

—Sí —repuso el teniente, contento de haber puesto de tan buen humor a la chica, reivindicándose así de las metidas de pata de hacía un momento.

Terminaron de comer y salieron al estacionamiento juntos, los tres hombres y Camelia. El procurador lucía meditabundo. Había algo que le faltaba por hacer. Don Antonio claramente le había dicho que no necesitaba su ayuda.

Optó por ignorar este comentario.

Por fin se decidió:

—Tenga —le dijo, entregándole una cinta.

—¿Y esto qué es?

—Le recomiendo que la escuche. Es por su bien. Tal parece que tiene a un espía de Navarro trabajando muy cerca de usted. Cuando oiga la voz sabrá de quién se trata.

—Gracias, pero…

—Es toda la ayuda que le daré, usted no se preocupe.

Camelia y García se despidieron con un ligero ademán; sin embargo, les costó bastante trabajo apartar sus miradas uno del otro.

A bordo de su avioneta, don Antonio le pidió al Alacrán meter la cinta en el reproductor de la aeronave.

—Tal parece que ahí hay algo muy interesante.

—¿Qué es? —preguntó el Alacrán.

—Tenemos una rata trabajando con nosotros. Esa cinta me la dio el gobierno. Tienen intervenidas nuestras líneas. Saben todo lo que pasa.

—¿En serio?

—Hoy me entrevisté con el procurador. Me ofreció una tregua en lo que termino mis asuntos pendientes con Navarro.

—¿Pulso *play*?

—Por favor.

Los dos hombres escucharon atentos. Camelia también.

"¿Qué me tienes?", se escuchó.

—Ése es Arnulfo Navarro, le reconozco la voz —apuntó el Alacrán.

"Camelia acaba de salir rumbo a Reynosa. La encontrarán en casa de Eva, la mamá de Alison. Ha ido a llevarle al chamaco hasta allá… Navarro, no se te olvide en lo que quedamos", se oyó decir a Benigno.

—¡Apaga eso! —ordenó don Antonio, con el corazón roto, luego de reconocer la voz de su hermano en la grabación.

Una sorpresiva llamada al radio de la aeronave robó la atención de todos.

—Diga —contestó don Antonio.

Era Benigno:

—Hermano, te tengo noticias terribles: ¡hombres de Navarro llegaron a la hacienda y secuestraron a Almita y al niño! ¡También mataron a Lu, a Nacho y a Genaro!

—¡¿Qué?!

—Te juro que intenté detenerlos, pero mis esfuerzos resultaron en vano; salí todo golpeado y por poco me matan.

—Gracias por tu esfuerzo, Benigno; eres un gran hermano —dijo don Antonio, y colgó.

—¡¿Qué vamos a hacer?! —preguntó Camelia, histérica.

—Ella no tenía la culpa de nada —se lamentó don Antonio, con la mirada perdida.

—¡Papá, si Navarro me mandó matar a Reynosa, entonces también corre peligro la familia de Emilio!

—Llamaré a los muchachos para pedirles que vayan a Reynosa a recoger a la mamá del niño. No quiero más víctimas inocentes.

—Jefe, déjeme encargarme de Navarro —propuso el Alacrán.

No tuvieron que soltar un solo disparo. Benigno se encargó de ejecutar a los hombres encargados de la vigilancia en la hacienda. La misión había resultado un éxito. Francisco Navarro iba al volante; Arnulfo viajaba a su lado. Alma y Emilio se encontraban en el asiento trasero, en medio de dos hombres. Los niños fueron atados de pies y manos y les colocaron costales de ixtle en la cabeza.

—¿Adónde vamos? —preguntó Francisco.

—Al rancho de Dionisio Osuna.

—¿Crees que sea seguro ir ahí?

—Por supuesto. ¿Qué nos puede decir? Ese hombre es un cobarde.

—¿Le avisaste que vamos para allá?

—No necesito.

Alguien tocó a la puerta. Las mujeres se exaltaron. Alison se levantó de su silla. Su madre se quedó en el comedor.

—¡Mi hijo! —exclamó Alison, mientras corría a abrir.

Se topó con el mismo piloto que la había llevado a Reynosa. Lo acompañaban dos pistoleros de don Antonio que Alison nunca había visto.

—¿Qué hace usted aquí? ¿Y mi hijo?

—Me mandaron a informarle que ha habido un cambio de planes.

—¿Un qué? ¡Escúcheme bien, hijo de la chingada! Cooperé con ustedes porque me prometieron que haciéndolo volvería a ver a Emilio, y ahora me salen con esto.

—Vengo por usted; voy a llevarla a Sinaloa. Allá se encontrará con su hijo.

—Pe... pero ¿qué se han creído?

—Señora, lamento decirle que corre peligro estando usted aquí.

Las palabras del piloto sonaban bastante francas. Incluso lucía preocupado. Pálido.

—Está bien, pero mi mamá viene conmigo.

—Si usted así lo desea, así se hará; pero apresúrese, por favor, que no disponemos de mucho tiempo.

Dionisio Osuna festejaba en su hacienda, junto a su familia, el regreso de su hija Mireya, quien llegaba del Distrito Federal con excelentes noticias: se convertiría en cantante de música vernácula. Su representante, Juan Pérez, le había conseguido un contrato discográfico gracias a los amigos que tenía en el mundo de la farándula, entre ellos el compositor del reciente éxito *No tengo dinero*, quien le pasó el contacto del ejecutivo de la disquera RCA que firmó a Mireya.

Hortensia había preparado barbacoa, cabrito y varios lechones.

—¡Mi hija será tan famosa como Lola Beltrán! —gritó Dionisio, con una cerveza en la mano—. Qué bueno que esté la familia junta otra vez —agregó.

—Yo siempre dije que tenías una voz hermosa, hija. Sólo hacía falta que alguien te descubriera —comentó Hortensia—. Lo bueno fue que supo reconocer el talento cuando lo vio, señor Pérez.

—¿No están enojados porque les robé? —preguntó Mireya, quien se encontraba abrazada del Caimán, su prometido.

—¿Cómo dices eso, hija? Lo importante es que ya estás de vuelta.

—Papá, ya no quiero que trabajes para ese hombre.

—Hablaremos de eso más tarde —contestó Dionisio—. Lo que me interesa ahora es saber para cuándo es la boda de ustedes dos.

—Bueno —habló el Caimán, un poco nervioso—, primero teníamos planeado grabar el disco y luego ir consiguiendo a los músicos que nos acompañarán en la gira de promoción, y el vestuario, y las fechas.

Lo interrumpió Eduardo, el yerno y hombre de confianza de Dionisio Osuna, quien irrumpió en la casa con noticias pésimas:

—Suegro, ¡Navarro viene para acá!

—¿Navarro? —repitió Dionisio—. ¿Cómo lo sabes?

—Son dos camionetas Chevrolet con placas de Chihuahua; ¿quién más puede ser?

—¿Qué quiere ese hombre ahora, Dionisio? —preguntó Hortensia.

—No lo sé... El último cargamento salió de aquí sin problemas.

Los autoritarios golpes a la puerta despejaron dudas respecto a la identidad del visitante. Definitivamente se trataba de Arnulfo Navarro. Sin embargo, la verdadera sorpresa fue verlo llegar acompañado de dos de sus matones, cada uno cargando a un niño a la fuerza.

Benigno ensayaba su cara de preocupación frente al espejo. La de desesperación le salió mejor. Decidió llorar. Buscó una motivación. La encontró: la preferencia que don Timoteo siempre sintió por su hermano, a pesar de que él llegó primero que Antonio a la organización. Una lágrima corrió por su mejilla. Los mocos comenzaron a escurrir de su nariz. Se arañó él mismo la cara, como un loco. Se rompió la camisa. Buscando hacerse un morete, se golpeó una y otra vez el hombro, la cara y la pierna, sin éxito. Fue por un martillo. En ese momento oyó el jeep de Zúñiga estacionarse afuera de la casa. Demasiado tarde.

Tomó aire. Entró en personaje. Fue a abrirles.

—¡Acaban de llamar los secuestradores! ¡Dicen que sólo quieren hablar contigo! —chilló.

—¿Dejaron algún número?

—No. Dijeron que llamaban dentro de una hora.

—Entremos de una vez —dijo don Antonio, haciendo a un lado a su hermano—. Alacrán, contacta a Matías, a Nelson y a la Changa. Diles que se vengan de inmediato. Zúñiga, habla a Reynosa y pregunta cómo van las cosas por allá. Benigno, ten mi arma y da una inspección alrededor de la hacienda a ver si no queda una rata de Navarro todavía en nuestra propiedad.

—¿Yo qué hago, papá? —preguntó Camelia.

—Pide que te lleven a la cabaña del Ojo de Agua, a ver si Mateo y su familia están bien.

—Sí.

Dionisio era incapaz de imaginar peor humillación que la que estaba sufriendo en esos momentos. Las miradas de toda su familia se encontraban puestas en él. Esperaban que hiciera algo, a pesar de conocer el peligro que significaba desafiar a Arnulfo Navarro.

—¿Quiénes son estos niños? —preguntó Dionisio.

—Suban esas escaleras, metan a los mocosos en una de ellas y amárrenlos bien —indicó Navarro a sus matones, ignorando la pregunta.

—¿Ya les puedo quitar los costales de la cabeza?

—Sí, hazlo; de todos modos la pinche niña es ciega. No ve nada.

—Arnulfo, ¿quiénes son esos niños? —insistió Dionisio.

—No te metas en lo que no te importa —le pidió Navarro, sin voltear a verlo.

—Sí me importa; es mi casa —lo desafió Dionisio.

—Te equivocas: esta casa me pertenece, al igual que tú y toda tu familia.

—En mala hora me asocié contigo.

—No tenías elección.

—Claro que sí: pude haber seguido con Antonio; él nunca me trató como tú me tratas.

—Te equivocas. Te aliaste conmigo porque eres un cobarde y me tienes terror. Sabías que esta guerra que le he declarado a Antonio tarde o temprano iba a ocurrir y por eso preferiste unirte a quien considerabas más fuerte, en este caso yo. ¿Dónde está tu teléfono?

Emilio temblaba de miedo dentro de la recámara de Mireya Osuna, donde se encontraba atado de pies y manos a la cama de la muchacha, junto a Almita, quien lo tranquilizaba tiernamente.

—Todo va a salir bien —le decía.

—¿Cómo lo sabes?

—Todo esto tiene que pasar.

—¿Por qué?

—Es una prueba.

—Yo no quiero pruebas; yo sólo quiero ver a mi mamá.

—Toma mi mano.

—¿No te da miedo la oscuridad?

—He aprendido a vivir con ella —dijo la niña.

—Pues a mí sí me da mucho miedo —dijo el niño.

En eso Dionisio Osuna abrió la puerta. Tras él se encontraba Arnulfo Navarro. Emilio dejó escapar un alarido al ver el rostro quemado de aquel hombre. Era la primera vez que lo veía.

—¿Te asusta mi cara?

El niño movió la cabeza afirmativamente.

—¿Sabes quién me la dejó así? ¡La misma persona que mató al inútil de tu padre! ¡Sí, Camelia la Texana!

—No le hagas caso, Emilio. Camelia es buena —dijo Alma.

—¡No! ¡Camelia no es buena; es una criminal, al igual que yo! ¡Lo lleva en la sangre! ¡Y por su culpa van a morir ustedes dos!

—No se va a salir con la suya —advirtió la niña.

—¿Qué dices? —preguntó Arnulfo, sorprendido ante la bravura de Alma.

—Que no se va a salir con la suya.

—¿Qué te hace estar tan segura?

—Porque Dios no quiere a los traidores.

—Dios no existe.

—Ni a los blasfemos.

—Dime, niña, si Dios existiera, ¿acaso le hubiera permitido a Antonio matar a tu madre para luego llevarte con él como su hija?

—¡Eso no es cierto!

—Sí que lo es; yo estuve ahí con él, en Colombia, cuando ocurrió todo.

—¡No!

En eso Francisco le llevó el teléfono de la familia Osuna y le avisó que había contactado a Edmundo, quien se encontraba en la línea.

—Habla —ordenó Arnulfo Navarro.

—Jefe, hombres de don Antonio llegaron a la casa. Se están llevando a Alison y a su madre —dijo Edmundo.

—Lo más seguro es que Camelia fue por la vieja para llevarla a Sinaloa. Se ha de haber quedado en el avión esperándolos.

—¿Entonces qué hacemos?

—Derriben la nave.

—¿Cómo? —preguntó Edmundo, pasando saliva.

—¿Qué? ¿No pueden?

—No, claro que podemos.

—Perfecto, entonces acaten mis órdenes —y colgó.

No lucían demasiado sospechosos; tan sólo como un trío de ex militares corruptos intentando derribar un avión privado por órdenes de un mafioso en una ciudad fronteriza en la que obviamente no vivían. Sus caras de pocos amigos, los cortes de pelo *flat top* y sus cuerpos fuertes, morenos y pequeños, tampoco ayudaban demasiado. Contaban con que sus pantalones de mezclilla y sus botas vaqueras los harían pasar por lugareños.

Se equivocaban.

Les ayudaba una sola cosa: la temperatura de cuarenta grados centígrados de esa tarde, durante la cual nadie se atrevía a salir a la calle, mucho menos los policías.

Al llegar al estacionamiento, Ulises, el más bajito de los tres, se dirigió al aeropuerto, mientras Edmundo y Gerardo comenzaron a armar cada uno una ojiva en el interior del vehículo. Ulises les informaría cuando la avioneta de don Antonio estuviera a punto de despegar. Sólo tendrían dos oportunidades de derribar la nave; sin embargo, Edmundo confiaba en su puntería o, mejor dicho, en la capacidad de su cuerpo para soportar el culatazo sin desviar la dirección del misil. Aun así, no quería arriesgarse demasiado. Deseaba impactar la aeronave en pleno despegue. La pista se encontraba lo suficientemente cerca para facilitarle el disparo. Atornilló el motor a la ojiva y se dirigió a la cajuela, donde se encontraban los dos lanzagranadas. Volteó para todos lados. El estacionamiento seguía desierto. Introdujo el misil en el tubo. Gerardo se colocó a un lado de él. Preparó su RPG y lo regresó a la cajuela.

—Prepárense, esa madre está a punto de despegar —les avisó Ulises.

Dejaron pasar cinco minutos más, parados ahí, de lo más sospechosos.

—Tal parece que llevan prisa; apresúrense —los alertó Ulises.

Edmundo se colocó el antitanque sobre el hombro y levantó la mira, apuntando hacia el cielo.

—No te coloques atrás de mí, pendejo —le dijo a su compañero.

El jet apareció delante de él. Edmundo esperó a que se elevara unos pocos metros más.

Mientras tanto, en el interior del jet:

—¿Sabes, mamá? De ahora en adelante me voy a dar a valer más, al cabo que sigo siendo una muchacha muy bonita e inteligente, que es lo más importante —le venía explicando Alison a Eva Salinas.

Edmundo accionó el gatillo de su lanzamisiles.

El avión explotó.

Don Antonio mandó llamar a todos sus hombres a su oficina, minutos antes de recibir la llamada de Arnulfo Navarro. También pidió a Camelia y a Benigno que lo acompañasen.

—Hermano, yo mejor voy a ir viendo lo del funeral de Lu.

—Eso lo va a ver el Alacrán más tarde. Mejor quédate aquí.

—¿En serio?

—Sí, hombre; esto nos interesa a los dos.

El teléfono sonó. Don Antonio contestó y enseguida activó el altavoz para que todos oyeran.

—Colega, aquí tengo a la ciega y al muchacho chillón.

—Yo no soy tu colega.

—Claro que lo eres, nos dedicamos a lo mismo.

—Yo no aterrorizo mujeres y niños.

—Y por eso este negocio no es para ti, colega. Eres muy quisquilloso; siempre un esclavo de tu propia moral.

—No seré quisquilloso cuando vaya a despellejarte vivo.

—Ten mucho cuidado con la manera en la que me hablas, o me veré en la necesidad de desquitarme con estas pobres criaturas.

—Dime de una vez lo que quieres.

—¿Qué me ofreces a cambio de la vida de estos pequeños?

—Mi vida.

—Tu vida no me sirve; de todos modos no te queda mucho tiempo, sé que te estás muriendo de leucemia.

—¡¿Qué?! —exclamó Camelia.

—Ah, veo que está contigo la heredera de tu trono. Sí, supuse que no estaría en ese avión tuyo que acabo de derrumbar en Reynosa, pero lo hice de todos modos, no quería desaprovechar la oportunidad.

El llanto de Emilio fue audible desde el otro lado de la línea.

—Navarro, siempre has sido y serás un muerto de hambre envidioso, por eso tu codicia no distingue límites; pero siempre me regocijaré recordando cómo nadabas en esa manteca de cerdo a la que te arrojé, porque eso es lo que eres, un cerdo, incluso chillabas como tal —habló Camelia.

—¡Cállate! —gritó Navarro.

—¿No te interesa mi hermano Benigno? —intervino don Antonio.

—¿Y yo para qué quiero a ese traidor? Ya hice lo que quería con él. No; la quiero a ella.

—¿A quién?

—A Camelia —dijo Navarro.

—Eso no es posible.

—Te llamaré dentro de una hora. Si te decides, nos veremos en el rancho de Dionisio Osuna, para hacer el intercambio.

Colgó.

En ese momento, las miradas de los que se encontraban en la oficina de don Antonio se centraron en su hermano.

—No me miren a mí, yo no sé de qué habla ese señor —comenzó a defenderse Benigno.

—Alacrán, pon la cinta en el reproductor —ordenó don Antonio, sin expresión alguna en el rostro.

El Alacrán obedeció la orden de su jefe. Empezó a sonar la grabación que evidenciaba el contubernio entre Arnulfo Navarro y Benigno, quien ya había previsto esta confrontación. Los había notado muy sospechosos a todos desde que regresaron de la pista de aterrizaje, por lo que sacó la pistola que le había entregado su hermano apenas unos minutos antes.

—Sí, ¡soy el que aparece en esa grabación! ¡Porque estoy harto de que siempre me hagas a un lado a pesar de que fui yo quien te metió a trabajar con Timoteo! ¡Sin mí todavía estarías arreando y marcando vacas y con tu hija muerta! ¡Pero nunca me lo agradeciste! ¡Siempre me hiciste a un lado! Por eso te voy a matar —dijo, justo antes de jalar el gatillo.

El percutor fue accionado sobre una recámara vacía. Esto ocurrió cinco veces más, hasta que Benigno perdió las esperanzas de encontrar aunque fuera una sola bala alojada en ese barril giratorio.

—Necesita esto para que funcione, hermano —le comentó don Antonio, mostrándole las seis balas .357 que extrajo de su bolsillo.

—¡Me engañaste!

—Tú lo hiciste primero, Benigno... Alacrán, llévatelo.

—Venga conmigo, señor —le pidió el mano derecha de su hermano.

—Haz que sea rápido, Genaro —don Antonio llamó al Alacrán por su nombre.

—Sí, jefe —contestó Genaro Segundo, preguntándose si su alias caería en desuso ante la reciente muerte de Genaro Primero.

—¡No! —gritó Benigno, quien intentó sacudirse del firme agarre del Alacrán, pero le resultó imposible.

—Ten dignidad, hermano, por favor —le pidió don Antonio.

—Sí —contestó Benigno, con la cabeza colgando de los hombros.

Don Antonio esperó a que ambos hombres salieran de su oficina. Enseguida se dirigió al capitán Zúñiga:

—Márcale al doctor Castillo y me lo comunicas.

Dentro del cuartel de la PGR, Facundo García se encontraba desesperado. Los altos mandos seguían al tanto de la comunicación entre don Antonio y Arnulfo Navarro.

—Tenemos que hacer algo, señor —dijo el teniente, golpeando la mesa con ambos puños.

—Quedamos en que no intervendríamos, García —le contestó el procurador.

—¡Pero hay niños involucrados, señor, además de que ese miserable ya asesinó a tres mujeres inocentes!

—Cumpliremos con nuestra palabra, teniente, y después iremos sobre quien resulte vencedor.

—¡Pero eso es absurdo! —protestó.

—Son órdenes presidenciales, García.

—Me voy —dijo García, abandonando la sala.

—¿Cuánto me queda de vida, doctor? —le preguntó Antonio al doctor Castillo.

—Bueno, considerando que no has seguido tu tratamiento como es debido y por cómo ha ido avanzando el…

—¿Cuánto, doctor?

—Cuando mucho tres meses.

—Muy bien… ¿Pudo contactar al doctor suizo que va a operar a Almita?

—Sí, hay un hospital en Houston que tiene todo el equipo necesario para…

—La operación tiene que llevarse a cabo en México, doctor.

—Pero eso no es posible, don Antonio. En el país no hay un hospital con el equipo necesario para eso.

—Pues compramos ese equipo, pero necesito que la operación se haga en México.

Camelia escuchaba con lágrimas en los ojos la conversación entre don Antonio y el doctor Castillo. La inminente pérdida de su padre se sumaría a la del doctor Escalante, Emilio, Aarón, Lu, Alison, la madre de ésta y Rosaura. El capitán Zúñiga también se encontraba impactado ante la noticia. Miraba hacia el suelo sin decir palabra.

Un disparo solitario sonó cerca de ahí.

El Alacrán había hecho su trabajo.

—Doctor, luego lo llamo —dijo don Antonio antes de colgar.

Se hizo un silencio en la habitación. Zúñiga jamás había visto llorar a don Antonio.

—Perdí a mi hermano y a mi mujer en un solo día —dijo don Antonio.

—A Benigno lo perdió desde hace mucho tiempo, señor —lo consoló el capitán Zúñiga.

Volvió a sonar el teléfono. Todos sabían de quién se trataba. Don Antonio fue a contestar. Camelia se le adelantó.

—Déjame a mí —pidió Camelia, asumiendo poco a poco el mando que le correspondía.

Volvió a activar el altavoz.

—Mañana a las seis de la tarde en el rancho de Dionisio Osuna. Lleva a los niños —dijo Camelia.

—Más te vale llegar tú sola, que si veo a alguien más contigo, se mueren los tres.

—¿Cómo sé que los liberarás después de que me tengas a mí?

—Pues tendrás que confiar en mi palabra —dijo Navarro, y colgó, despidiéndose con una carcajada teatral.

—Hija, tú no vas a ir sola al rancho de Dionisio. Ese hombre me traicionó, y ahora él y toda su familia trabajan para Navarro.

—No te preocupes, papá. Tengo un plan.

—No, hija; yo no puedo dejar que arriesgues tu vida de ese modo.

—¿Recuerdas lo que me decías cuando era niña? "El que no arriesga no gana."

Emilio lloraba. Inconsolable. Esto debido a que el avión en el que viajaban su madre y su abuela había explotado en el aire a causa de un bazucazo disparado por un asesino a sueldo enviado por Arnulfo Navarro.

—¿Cómo la ves? Bonita manera de irse de este mundo cruel, ¿no crees? Volando en pedazos, muy cerca del cielo —le dijo Arnulfo Navarro, con una sádica carcajada, antes de salir de la recámara de Mireya Osuna.

Almita era incapaz de consolar al pequeño ante semejante calamidad. No sabía qué decirle. Incluso se preguntaba qué clase de mundo era éste en el que uno ya no podía subirse a una avioneta tranquilamente, sin tener que preocuparse de que algún sicario dispare un proyectil cuando la nave apenas va despegando, arruinando de esa manera no sólo el viaje sino la vida de uno y la de sus acompañantes.

¿Será verdad lo que dice Navarro, que no hay Dios? Porque, si existe, ¿cómo permite que pasen este tipo de cosas?, se preguntaba la niña, con aquella madurez que la distinguía.

No, rectificó la niña, *Dios obra de maneras misteriosas. Eso yo lo sé, me lo ha demostrado. Él llamó a la mamá de Emilio y a su abuelita porque tiene planeadas otras cosas mejores para ellas allá arriba.*

Además de que el bien siempre triunfa.

—No te preocupes, todo va a salir bien —volvió a decirle al chico—. Vamos a salir bien de esto.

—¿Cómo puedes decir eso? ¿No ves que mataron a mi mamá? Y todo por culpa de esa Camelia, que me trajo con ella a México, cuando yo vivía a gusto con mi mamá en San Francisco.

—Comprende que Camelia está ofreciendo su vida y la del hijo que espera por la tuya, desinteresadamente. Además, la única razón por la que te trajo con ella es porque creía que tu madre había muerto y no quería dejarte en medio de aquella balacera en la que te encontró. El día de hoy intentó devolverte a los brazos de tu mamá, pero la crueldad de Navarro se lo impidió.

—Tienes razón —admitió el niño, sollozando.

—Hija, tienes que decirme cuál es tu plan —le pidió don Antonio a Camelia, sumamente mortificado.

—Alacrán, tráigame a Mateo para acá —ordenó, con una voz de mando muy natural en ella.

—Enseguida —dijo el Alacrán.

—Padre, ¿tiene dólares en esta casa?

—Sí, ahí en la caja fuerte —indicó don Antonio, apuntando hacia el retrato de un alazán trotando sobre una llanura.

—¿Cuánto cree que pueda reunir?

—Sólo tengo veinte mil; están ahí para casos de emergencia, nada más.

—Esto lo es —dijo Camelia.

Don Antonio le dio la combinación a Camelia, quien abrió la caja fuerte detrás del cuadro y enseguida procedió a colocar los dólares en un maletín.

—También voy a necesitar esa pistola que tiene ahí —dijo Camelia, señalando a una diminuta .25 que se encontraba dentro de la caja fuerte, junto a una caja de municiones.

Don Antonio se la entregó.

—Hija, no te puedo dejar ir sola a ese lugar, sin nadie que te proteja.

—¿Por qué? —preguntó Camelia, con la .25 en la mano.

—Te van a matar, ¿no lo ves? Navarro te ve como una amenaza. Él estaba enterado de mi enfermedad y contaba con poder dominar a Benigno una vez que él asumiera el mando de la organización; por eso no me había declarado la guerra, hasta ahora, que sabe que tengo una heredera. Es a ti a quien quiere eliminar y, si vas sola a ese lugar, lo hará.

—No voy a ir sola —confesó finalmente Camelia.

—¿Quién va a estar contigo entonces?

—Dionisio Osuna y toda su familia.

—¿Qué? ¿Acaso no lo conoces? Dionisio es un cobarde.

—Confíe en mí, padre —pidió, hablándole de usted por primera vez.

El Alacrán entró al estudio de don Antonio, acompañado de Mateo Valenzuela.

—Mateo, necesitamos que nos haga un favor más.

—Usted manda, jefa.

—¿Conoce el rancho de Dionisio Osuna?

—Ah, claro, yo mismo he trabajado en él, a veces cortando uvas y otras veces cortando mota. También me tocó traspalearle parte de su terreno cuando puso ahí la pista de aterrizaje para los aviones que llegan de Colombia cargados de perico.

—¿Conoces a su hija Mireya también?

—Pues sí, me acuerdo muy bien de ella.

—Necesito que vayas con ella y le entregues este maletín.

—¿Le digo que usted se lo manda?

—No menciones mi nombre. Le dices que se lo manda la gente de Tijuana, nada más.

—No entiendo.

—No tienes que hacerlo, tan sólo tienes que repetir lo que te he dicho, que este dinero se lo manda la gente de Tijuana.

—¿Es todo?

—Falta la parte más difícil.

—¿Qué?

—Darle esta pistola sin que nadie se dé cuenta —dijo Camelia, entregándole la .25 a Mateo.

—Lo haré.

—Zúñiga, préstele su jeep a Mateo, al cabo que Navarro no lo conoce.

La familia de Dionisio se encontraba en la sala. Podían oír a Emilio, que lloraba en la recámara de Mireya. Arnulfo Navarro se encontraba frente a ellos. Sus pistoleros subían y bajaban las escaleras con toda confianza. Uno de ellos estaba en la cocina, saciando su apetito con tacos de barbacoa, de cabrito y de lechón.

—Tengo miedo —confesó el Caimán, su cabeza sobre el brazo de Mireya.

—No te preocupes, mi amor, no dejaré que te pase nada —lo tranquilizó su prometida.

—Voy a necesitar que les digas a tus trabajadores que se vayan todo el fin de semana —le informó Arnulfo a Dionisio.

—Pero no tienen adónde ir. Viven aquí en los barracones.

—Vas a ver que, ya que termine con Camelia, tú y yo seremos dueños de todo el país.

Mireya y el Caimán se voltearon a ver cuando escucharon el nombre de Camelia.

—Para empezar, tendrás a todo el estado de Sonora para ti solo —continuó Navarro.

—¡No le hagas caso, papá! No te dejes manipular por ese secuestrador —gritó Mireya.

—¿Y esta muchachita tan llena de vida quién es, Dionisio?

—Es mi hija, Mireya.

—¿La quinceañera? No se preocupe, señorita, pronto su papá podrá organizarle la fiesta de quince años más grande que se haya visto jamás. Yo mismo le contrataré a Angélica María para que cante.

Un vehículo de motor mediano llegó hasta la residencia de Dionisio Osuna. Enseguida se oyó el abrir y cerrar de la puerta.

Dos hombres de Arnulfo Navarro detuvieron al conductor. Uno de ellos entró a la casa arrastrando a Mateo de la camisa.

—Jefe, este menso trae un maletín lleno de dólares que viene a entregarle a una tal Mireya, ¿cómo la ve?

—¿Qué traes ahí, muchacho? —le preguntó Navarro a Mateo.

—Dinero de la señorita Mireya.

—¿Quién se lo envía?

—La gente de Tijuana —respondió Mateo, para confusión de todos, excepto de Mireya y el Caimán, quienes entendieron perfectamente el mensaje.

—Ese dinero es producto de la venta que hice en la frontera, papá —confesó la muchacha.

—Vaya, vaya, conque ya estás metiendo a tu hija en el negocio de la familia, Dionisio —dijo Navarro, y fue por el maletín y lo abrió, momento que aprovechó Mateo Valenzuela para entregarle la pistola a Mireya.

—¿Ya me puedo ir? —preguntó Mateo Valenzuela, luego de haber cumplido su misión.

Arnulfo lo pensó un momento. Observó a Mateo Valenzuela de pies a cabeza. Concluyó que se trataba de un campesino inofensivo llegado de no sabía dónde.

—Te puedes ir —le dijo.

Mateo Valenzuela lo obedeció de inmediato.

Entre los barracones destinados a los trabajadores y la casa de Dionisio Osuna se extendía hacia el norte el terreno desmontado que servía de pista de aterrizaje para los aviones que llegaban de Colombia. Ahí se efectuaría el intercambio de vidas a las seis de la tarde: Camelia por Alma y Emilio.

—Jefe, ¿puede subir un momento? —le preguntó uno de sus francotiradores a Navarro, justo después del desayuno.

—¿Qué quieres?

—¿Dónde desea que ponga el rifle?

—Voy para allá —le contestó Navarro, dirigiéndose a las escaleras.

Camelia conduciría ella sola hacia el vecino estado de Sonora. Ése había sido el trato. No debía llegar acompañada; de lo contrario morirían ella y los niños.

Se levantó temprano, se duchó y comenzó a vestirse.

—Esto es para ti —le dijo su padre, entregándole un cinturón con hebilla de plata cuya forma era la de la famosa bandera con la estrella solitaria, en clara alusión a su sobrenombre—. Es un obsequio de Lu; te lo mandó comprar antes de tu llegada, sólo que no tuvo tiempo de envolverlo.

—Es precioso —observó Camelia, sosteniendo el cinturón en sus manos.

—Lu era una gran mujer. Y pensar que no puedo ser yo mismo quien vengue su muerte.

—Yo lo haré por usted.

—Eso tampoco me parece justo.

—Pero ya hablamos de ello.

—Hija, al menos déjame darte un consejo.

—Adelante, papá.

—Pronto, más pronto de lo que crees, tú heredarás mis negocios, y, cuando lo hagas, vas a tener que confiar en tu instinto. No debes titubear.

—¿Por qué me dice eso?

—Porque no quiero que cometas el mismo error que yo cometí con Navarro. Tú debes reconocer cuando alguien esté enfermo de poder, porque entonces esa persona no se va a poder controlar por sí sola y va a tratar por todos los medios de chingarte... Es como la rabia, que hace que un perro muerda a su propio dueño.

—Entiendo.

—Tan pronto huelas la traición debes pegar primero y a matar, ¿me oíste?

—Sí, padre.

Camelia se colocó el cinturón. Enseguida se caló el sombrero de su padre y se miró de nueva cuenta en el espejo.

—¿Me lo vuelve a prestar? —preguntó Camelia, refiriéndose al sombrero.

—Es tuyo... Toma esto también. Te va a servir —agregó don Antonio, entregándole un revólver distinto al anterior que le había visto—. Le pediré al Alacrán que te enseñe a disparar.

—Sé disparar.

—Confía en lo que te digo: no encontrarás un mejor maestro.

Sonó el teléfono.

—Jefe, es para Camelia —los interrumpió el Alacrán.

Camelia descolgó el teléfono que tenía en su recámara.

—Diga.

—Camelia, no puedes ir a ese lugar sola —se trataba ni más ni menos que del teniente Facundo García.

Se escuchaba desesperado y borracho, como si hubiera bebido toda la noche.

Música de mariachi sonaba al fondo.

—¿Es usted, teniente? —preguntó Camelia, confundida.

—Sí, soy el policía que perdió la razón desde el primer momento en que posó su mirada sobre ti —balbuceó García.

—¿Ha estado bebiendo?

—Toda la noche. De hecho sigo haciéndolo. Estoy en una cantina. Ahogando en alcohol mi pena.

—¿Qué pena es ésa, teniente?

—La que me da el no poder ayudarte, Camelia.

Facundo no pudo más.

Colgó.

—Lo flechaste —comentó don Antonio.

—¿De qué habla?

—Bien sabes de lo que te hablo.

—¿Me puedo retirar, señor? —los interrumpió el Alacrán.

—No. Toma una caja de .357 y vayan a disparar allá atrás. Le di la Ruger a Camelia para que la proteja.

—Pero se me hace tarde —alegó Camelia.

—Hija, esto es demasiado importante.

—Acompáñame —le pidió el Alacrán.

En el curso intensivo de tiro llevado a cabo sobre un inocente camichín, el Alacrán se colocó detrás de Camelia, mientras ambos posaban la vista en la mira de la misma pistola, con un ojo cerrado.

—Las piernas un poco flexionadas —le indicó el pistolero— ...No tanto... ¡Así! La ventaja de esta postura es que te da más estabilidad, aunque ofreces un blanco más amplio. ¿Dónde piensas llevar el arma?

—Pensaba bajarme de la camioneta con ella a la vista.

—¿No te parece un poco arriesgado?

—Al contrario.

—Mueve tu pulgar del barril, te puedes quemar... Eso... Tu mano de apoyo debe rodear tu diestra... Así.

—Nunca te di las gracias —dijo Camelia.

—¿Por qué?

—Por salvarme la vida en Los Ángeles.

—Es mi trabajo.

—Curioso trabajo el que tienes.

—De eso al salario mínimo...

—¿Es verdad que conociste al padre de mi hijo?

—¿A Varela?

—Sí.

—Fue mi culpa que te fuera a buscar.

—¿Por qué lo dices?

—Encontró la fotografía que me dio don Antonio. Supongo que se enamoró en cuanto te vio y enseguida fue a buscarte.

—Eso ya es historia —dijo Camelia.

—No aprietes demasiado el mango, estás muy tensa. Un poco menos... ¡Eso! Ahora sí, jala el gatillo.

El primer disparo dio en un árbol de mangos ubicado a tres metros a la izquierda del camichín.

—Debes tener cuidado, tiene buena patada.

—Ya me di cuenta.

—Vuelve a jalar el gatillo. Quita tu dedo de ahí... Se amartilla sola.

—Lo olvidaba.

El siguiente disparo dio un poco más cerca. La chica aprendía rápido.

—¿Estás lista para el siguiente disparo?

—Claro —dijo Camelia, preparándose.

Camelia se disponía a realizar otro tiro cuando el jeep del capitán Zúñiga llegó a la hacienda.

—¡Es Mateo! —dijo Camelia—. Vamos a la casa.

—Hay unas cosas que debo hacer en la ciudad —dijo el Alacrán.

—Gracias, Alacrán, me sirvió mucho la práctica, me relajó. Estaba un poco tensa.

—Me imagino. No es algo fácil lo que vas a hacer.

—Todo va a salir bien.

—Lo sé.

—Voy a entrar a la casa.

—Nos vemos luego.

—¿No tardas?

—No; voy y vengo.

—Está bien.

En cuanto llegó, Mateo Valenzuela les contó todo lo que había visto en la hacienda de Dionisio Osuna, orgulloso de haber completado con éxito su misión. Condujo toda la noche con tal de llegar a tiempo a Sinaloa y así poder rendir su informe a "la jefa Camelia".

—Había un hombre en cada barracón y tres en la casa, uno de ellos con el cuerpo todo quemado —les informó Mateo.

—Ése es Navarro —indicó Camelia con una sonrisa malévola.

—¿Cómo lo sabes? —le preguntó su padre.

—Porque yo se lo hice.

—¿Qué?

—Creí que ya lo sabía.

—Pues no, cuéntame.

—Lo arrojé a un cazo con manteca de cerdo hirviendo, donde pertenece.

—Te escuché diciéndole eso cuando hablaba por teléfono con nosotros, pero en ese momento me encontraba más preocupado por la traición de Benigno y no le di demasiada importancia.

—Ocurrió en su palenque; llegué ahí con Varela.

—Quiere decir que ya te conoce —refirió don Antonio, con una mueca maliciosa.

—Así es.

—Razón de más para quererte muerta.

—Creí que ésa era la única razón.

—Pues te equivocas. Navarro te quiere matar porque sabe que eres mi heredera. Cuando Benigno le contó de mi enfermedad, seguramente pensó que su momento de controlar el país había llegado; pero cuando se enteró de que tú eras mi hija, supo que tenía un duro rival a quién enfrentar, por eso quiere hacerlo antes de que te hagas más fuerte.

—¿Viste a los niños? —le preguntó Camelia a Mateo.

—Los oí llorando.

—¿Le entregaste la pistola a Mireya?

—Lo hice.

—¿Qué hora es?

—Las ocho y media.

—Debo irme.

—Ten las llaves de la Bronco.

—Gracias, papá.

—Recuerda lo que te pedí: no titubees.

—¿Y el Alacrán? —preguntó Camelia.

—Lo mandé a la ciudad.

—No me despedí de él.

—Lo volverás a ver.

—Adiós, papá. Deme su bendición.

—No sé si lamentarme de que me hayas salido tan cabrona o darme de santos por ello.

La familia de Dionisio Osuna seguía reunida en la sala. Francisco Navarro era el encargado de vigilarlos y de otorgar los permisos para ir al baño. Oyó a Mireya murmurarle algo a Dionisio.

—Oye, tú, gordita robalonches, ¿qué le estás diciendo a tu papá?

—Le estoy reprochando que se haya asociado con tipos tan muertos de hambre como ustedes.

—Mireya, no le hables así a ese hombre, ¿no ves que está armado? —le pidió su hermana Leonora.

—No le tengo miedo —dijo Mireya en voz alta.

—¡Ahí viene Camelia! —gritó Arnulfo al entrar a la sala—. Tráiganme a los plebes.

Un mastodonte al servicio de Navarro bajó las escaleras con un niño en cada mano. Pataleaban los dos e intentaban zafarse, pero el hombre que los sujetaba era demasiado fuerte para ellos.

Alguien les había colocado de nuevo las bolsas de ixtle sobre la cabeza.

—No tienen nada de que preocuparse, ya vienen por ustedes —les aseguró Navarro con su espeluznante sonrisa.

—¡Mentiroso! —gritó Alma.

La familia de Dionisio miraba aterrorizada la escena. Todos, excepto Mireya, quien tramaba algo.

—¡Jefe, ya viene! —gritó alguien desde afuera.

—Dámelos y regresa a tu posición, ¡rápido! —dijo Navarro, tomando los brazos de los dos niños y arrastrándolos hacia el exterior.

—Sí, señor —contestó el grandulón, quien subió corriendo las escaleras.

Pronto se escuchó el sonido de un motor. La Bronco de Camelia había llegado. Francisco no pudo evitar la tentación de asomarse por el panel de cristal al centro de la puerta principal. Era la oportunidad que esperaba Mireya, quien dio un paso al frente, subió el escalón que separaba la sala del pasillo, se colocó detrás de Francisco y le dijo:

—Idiota, tienes un arma apuntándote, por lo que te sugiero que cóloques la tuya en el suelo, lentamente y sin hacer ruido.

—¿Qué? —reaccionó Francisco.

—Otro sonido de tu parte y te juro que esa puerta de madera será lo último que verás en tu vida.

Francisco acató las órdenes de Mireya.

—¡Juan, recoge el arma! —ordenó el mujerón.

—Sí, mi vida —repuso el Caimán, quien se encontraba todo menos asombrado por los temerarios actos de su mujer.

—Te lo dejo; si se te mueve, le sueltas unos plomazos. Voy a sacar a ese pelafustán de mi recámara.

—Adelante, mi amor —respondió el Caimán con naturalidad, como si le hubieran pedido que estuviera al tanto de los frijoles en la estufa.

El resto de la familia Osuna, Dionisio incluido, no daba crédito a lo que veía.

Mireya subió los escalones de dos en dos, con la misma timidez con la que el Cavernario Galindo se aproximaba al ring de la Arena México. La muchacha no tardó en echar de su recámara al corpulento francotirador de Navarro, quien lucía como un inofensivo gatito a su lado.

Enseguida lo arrojó de cabeza por las escaleras.

—¡Y eso fue por fumar en mi cuarto! —le gritó.

—¿Qué haces? —preguntó Leonora, quien seguía sin reconocer a su hermana menor.

—Camelia es mi amiga y la voy a ayudar —dijo Mireya.

—¡No! —gritó Dionisio.

—Padre, no es bueno dejarse mangonear. Vea en lo que lo metió a usted. Tarde o temprano tiene que actuar.

—¡Mireya, no le hables así a tu padre! —la reprendió Hortensia.

—Tiene razón —reconoció Dionisio—. Nada de esto nos hubiera pasado de haberle hecho frente a Navarro desde un principio… Pero no cometeré el mismo error.

Afuera, Arnulfo Navarro y Camelia se encontraban frente a frente, con Emilio y Alma en medio.

—Te recomiendo que arrojes tu arma al suelo —dijo Arnulfo, apuntándoles a los niños.

Camelia lo obedeció.

—¿Cómo están? —les preguntó a los niños.

—Bien —le contestó Alma.

—Pronto regresarán a la hacienda —les aseguró.

—No quiero que te pase nada —pidió la niña.

Entonces Camelia posó la vista en Navarro. Se percató de que, incluso bajo la lánguida luz del ocaso, era un tipo espantoso.

Gracias a ella.

Se sentía orgullosa por eso.

—Veo que el proceso de cicatrización no te favoreció —dijo Camelia con una sonrisa de satisfacción.

—Debo decir que me desilusiona —habló Navarro.

—¿El qué? —preguntó Camelia, nomás para saber adónde quería llegar Arnulfo con su comentario.

—Que estés aquí, sacrificando tu vida por la de estos bastardos. Aunque quizá sea lo mejor... Digo, con ese corazón de pollo que tienes, no vas a durar mucho en este negocio —finalizó, levantando su Browning y apuntándole con ella a Camelia.

—Debes darme tu palabra de que no les pasará nada a los niños.

—Perra estúpida, ¿en qué mundo vives? Claro que les haré daño; de hecho, los voy a matar. Esto que hago contigo son negocios; lo de ellos será desquite por lo que hiciste con mi piel.

—¡No! —gritó Camelia.

Ésa fue la señal esperada por el Alacrán, quien hasta ese momento se encontraba en la cajuela de la camioneta Bronco, oculto bajo una lona color verde olivo. Se deslizó hacia el asiento delantero con dos Smith & Wesson calibre .44 en cada mano, sopesó la situación al pasar la vista por el parabrisas y salió del vehículo disparando a Navarro en la frente, justo después de que éste accionara su pistola en dirección al vientre de Camelia, quien cayó sobre la parrilla de la camioneta y luego al suelo.

El Alacrán alcanzó a detectar la ráfaga proveniente del barracón a su derecha y respondió al disparo, eliminando su origen; sin embargo, ahora él se encontraba herido del hombro. Enseguida volteó a la casa de Dionisio Osuna, ubicada a su izquierda, esperando un disparo proveniente de esa dirección, cuando debió haber buscado al otro pistolero escondido en los barracones. Ése fue su error.

Lo último que vio fue el flamazo a su derecha.

Su postrer pensamiento fue la certeza de haber fracasado en su misión de proteger a Camelia.

Mala manera de morir para un hombre como Genaro Cervantes, alias el Alacrán.

—En su divina gracia, Él creó a nuestros antecesores, Adán y Eva; les entregó el Paraíso como su hogar, y todos los frutos que había en él, para que vivieran, prohibiéndoles sólo el fruto de un árbol. Incluso les dijo por qué no debían comer de él —sermoneaba el sacerdote frente a la tumba, con voz profunda e impactante.

Alma lloraba, inconsolable, junto a Emilio, quien se sentía confundido, incapaz de entender todavía la repercusión que aquel hecho tendría en su vida.

—Escucharon lo que su Creador había dicho pero lo olvidaron. Cedieron a la seducción del diablo y comieron la fruta prohibida. Y tan amargo era el jugo de ese fruto, que les quemó la garganta. Comieron la muerte, no sólo para ellos, sino para toda su raza. Enfurecido, Dios los expulsó a este mundo de trabajos, y se convirtieron en el nido de la muerte y la condenación para todos los suyos. ¿Quiénes son ésos? Somos nosotros. Y como pueden ver con sus propios ojos, en verdad, ningún hombre puede evitar este foso. En verdad, todos vamos a él. Glorifiquemos la gracia de nuestro Señor por esta alma. Para que tenga misericordia y perdone todos sus pecados —terminó el réquiem.

Aquél no era un funeral lluvioso, como los de Hollywood; era un funeral sinaloense, custodiado por un sol vivo, ardiente y húmedo. La tambora comenzó a tocar *Las golondrinas* mientras el féretro bajaba hacia el foso mencionado por el cura.

Nadie iba de saco o corbata; tan sólo las mujeres se atrevían a vestir de negro y a comportarse como es debido.

El Alacrán sujetó del cuello a Baltazar Romero, un criminal de poca monta, dueño de una flotilla de troques en el Tecolote, quien había acudido totalmente ebrio y se tambaleaba y profería groserías al por mayor, sin importarle que hubiera mujeres y niños cerca.

—¡Nos vemos en el puto infierno, jefe! Aquí le mando un poco de Chivas Regal para que vaya poniendo ambiente allá abajo —gritó Baltazar, justo antes de atreverse a verter whisky sobre el ataúd en descenso.

El Alacrán iba con un parche negro de piel donde antes había estado el ojo que perdió en la batalla de Caborca, y la herida en su hombro aún no sanaba; sin embargo, fue capaz de dominar a Baltazar sin problemas. Lo arrastró lejos de ahí, hasta la calle por donde llegó la carroza fúnebre.

—¡Qué chingados traes! ¡A don Antonio se le acabó el corrido! ¡Tú ya no eres nadie, pendejo! —protestó Baltazar, intentando liberarse.

—Te equivocas, Baltazar. Ayer precisamente estaba revisando los libros de mi padre y vi que tiene varias salidas con tu nombre y ninguna entrada, por lo que le voy a pedir al Alacrán que se encargue de que liquides tus deudas antes de que termine el mes —le advirtió Camelia, luego de que se les unió.

—¡¿Qué?! ¡Pero si don Antonio ya *caminó*!

—Y ahora yo quedé a cargo, por lo que te aconsejo que te pongas al corriente con tus deudas, ya que, viendo cómo te has comportado en el funeral de mi padre, no tengo por qué tenerte ninguna consideración.

Camelia llamó a Mireya y al Caimán, quienes rápidamente respondieron a su llamado junto a otros dos colaboradores suyos.

—Mireya, ayúdenle al Alacrán a llevarse esta basura.

—Se supone que debería arrestarla ahora mismo —llegó diciendo Facundo García, quitándose los lentes de aviador que llevaba puestos.

—Sí, pero no lo va a hacer —dijo Camelia.

—¿Y por qué no lo haré?

—Porque tiene principios, y usted vino a este entierro a despedir a mi padre, no como policía, sino como amigo de la familia.

—¿Y eso es malo?

—¿El qué?

—Tener principios.

—No; de hecho es lo que me gusta de usted.

—¿Puedo preguntarle algo?

—Adelante.

—¿Cómo le hizo para sobrevivir a su cita con Arnulfo Navarro?

Camelia le enseñó la hebilla de su cinturón, aún con el registro de la bala disparada por Navarro.

—Este cinto me lo regaló mi padre. Aquí, donde está la abolladura que dejó la bala de Navarro, solía estar la estrella solitaria de Texas.

—Corrió con suerte.

—¿Le llama suerte a haber salvado mi vida a costa de la de mi hijo?

—Dios mío, le juro que yo no sabía que estaba esperando un bebé. Perdóneme.

—No, perdóneme usted; no debí haber hablado de esa manera.

—¿No va a regresar allá? —le preguntó Facundo García, apuntando hacia la tumba de don Antonio Treviño.

—No creo poder.

—¿Por qué?

—Es la parte más difícil.

—¿Qué cosa?

—Verlo irse para siempre, ahora que lo acababa de encontrar.

—La entiendo.

El doctor Homero Castillo llegó hasta donde se encontraba la pareja. De nueva cuenta le dio el pésame a Camelia y se disculpó por haber fallado en su diagnóstico.

—Lo siento mucho, Camelia. No creí que pudiera ser tan repentino. Seguramente la alegría de verla regresar de su cita con Navarro le permitió irse en paz, en vez de seguir luchando contra la enfermedad como lo había estado haciendo por tanto tiempo.

—No tiene que disculparse por nada, doctor.

—Con respecto a lo de su bebé, le aseguro que hice todo lo que pude…

—Dios lo quiso de esa manera y es quien manda en esto. Ahora necesito preocuparme por los dos niños que debo criar.

—A propósito de ello, le informo que ya contacté al hospital donde se llevará a cabo la operación de Almita.

—Será mejor que me vaya —dijo el teniente.

—¿Por qué?

—Quiero enterarme por mi cuenta de cuándo y dónde volverá a estar usted en un lugar público para ir a arrestarla.

—No se atrevería.

—No esté tan segura de ello, Camelia; la tregua que le ofrecí por la muerte de su padre es por un solo día. Luego de esto cada quien retoma sus respectivos papeles.

—Me parece justo.

—Nos estaremos viendo.

—Eso espero… Ah, teniente, casi lo olvidaba: le envié un regalito a su oficina.

—¿Qué es?

—No se lo puedo decir. Digamos que es una sorpresa.

—Sólo espero que no sea una bomba.

—Es precisamente lo que es.

Facundo García miraba hacia la ventana con los pies encima de su escritorio, donde se encontraba el libro de Arnulfo Navarro con los nombres de todos los policías en su nómina, entre ellos el de su comandante de confianza, Gustavo Molina. García comenzó a hacer malabares con su lápiz. Volvió a colocarlo en su lugar. Se sentía nervioso. Bajó los pies de su escritorio.

—¿Me mandó llamar, señor? —le preguntó Molina, parado en la puerta.

—Siéntese, Molina.

Molina así lo hizo.

—Fíjese que me llegó este libro de contabilidad. ¿Sabe a quién pertenecía?

—Lo ignoro, señor.

—A Arnulfo Navarro.

Lo primero que le pasó por la mente a Gustavo Molina fue su Mustang Shelby. Amaba ese carro. Le quedaba claro que no podría seguir pagándolo. A sus dos hijas las sacaría del colegio de monjas y las inscribiría en escuelas de gobierno. También se tendría que ir despidiendo de sus amantes Andrea y Raquel. Volvería a los tiempos en que sólo se acostaba con su esposa. Sin embargo, no se resignaba a ello; la perspectiva le resultaba terrorífica, escalofriante, macabra, infernal. *No sería vida*, determinó. Pensó que debía haber una escapatoria. Optó por actuar con tranquilidad, como si aquello no significara nada.

—¿Y qué? —preguntó, con una sonrisa de nervios.

—Nada, que mes tras mes aparece tu nombre. Nomás este año has aceptado unos cien mil pesos de parte de la organización de Navarro.

—¿Y qué quiere que haga? ¿Que me ponga a llorar? —lo desafió Molina, cambiando de táctica con rapidez.

—Podrías empezar por borrar esa sonrisa estúpida de tu rostro.

—Vamos, teniente, no se haga el santurrón, que es imposible vivir de manera decente con lo poco que ganamos aquí en la fuerza —el corrupto cambió de táctica de nuevo.

—No le estoy pidiendo excusas; le estoy pidiendo su placa y su pistola.

—Ah, ¿va en serio? —preguntó Molina, haciéndose el sorprendido.

—Conque todavía no le cae el veinte…

—¡Todo esto es una farsa! —comenzó a filosofar Molina.

—¿Todo qué?

—¡Esto! ¡Esta oficina, su empleo, el mío! ¿Qué estamos haciendo? Todavía que son los gringos los que consumen la droga, nos piden a nosotros que acabemos con los proveedores; si no hubiera demanda no habría oferta —Molina continuó filosofando, asemejándose más a un profesor de ciencias sociales que a un policía.

—Y creí que yo era el político, pero tú me ganaste con ese discurso que me acabas de soltar, y todo para hacerme creer que recibir dinero de parte del crimen organizado no significa traicionarte a ti mismo y a tu patria.

—¡Está bien, está bien! ¡Aquí está mi placa y mi pistola! Pero me la va a pagar, teniente. ¡No crea que no tengo nada contra usted! Estoy enterado de lo enamorado que está de la hija de don Antonio, y eso va a ser su perdición, y cuando lo sea, yo estaré ahí para informárselo a todo el mundo. Tendrá que pagarme para que mantenga la boca cerrada —gritó Gustavo Molina, justo antes de abandonar la oficina de Facundo García.

El Alacrán ejecutó a Baltazar Romero cuando éste salía de una marisquería junto a su amante. A una semana de su imprudencia en el entierro de don Antonio. Camelia necesitaba enviar con urgencia ese mensaje al resto de sus súbditos.

—No me arrepiento de haber matado a esa rata —le dijo Camelia al Alacrán, tomando un ejemplar del periódico regional de hacía tres días.

En su primera página se leía: "Violento asalto en Banco Rural del Tecolote. Cinco muertos y dos heridos en el tiroteo. Setenta mil pesos robados por los delincuentes".

En su primera plana, el ejemplar del día siguiente informaba acerca del asesinato a quemarropa del alcalde de Los Pinitos, el licenciado Perfecto Leyva, ocurrido a las afueras del palacio municipal. La nota abundaba: "Se relaciona al ejecutado con el sindicato de gomeros".

El ejemplar de ese día daba cuenta de la misteriosa explosión de una avioneta en el aeropuerto de Mazatlán. Habían muerto siete personas, entre ellas Rómulo Acosta, un cacique hotelero acusado de lavado de dinero por las autoridades federales.

El titular: "¡Sinaloa sangriento!"

—Los dos hermanos de Baltazar Romero, Lucas y Martín, están planeando una rebelión en contra nuestra, por eso asaltaron el Banco Rural, para financiar su lucha —informó el Alacrán, quien le había proporcionado los tres ejemplares a Camelia.

—¿Cómo lo sabes? —preguntó ésta.

—Hace unos días me llamó Perfecto Leyva. Me dijo que Lucas había ido con él por la mañana para pedirle que se uniera a su causa, a lo cual Perfecto se negó. Lo mismo le pasó a Rómulo en Mazatlán; se ha de haber opuesto a colaborar con ellos. Sospecho que Martín todavía está en el puerto, reclutando hombres con el dinero robado al banco. Lo que sí sé es que Lucas sigue en Los Pinitos, intentando tomar el control de los gomeros.

—¿Qué propones?

—Déjame ir por ellos. Yo puedo con los dos.

—No.

—¿Por qué no?

—Porque ya no quiero que te ensucies las manos, Genaro. Te necesito aquí.

—Nomás te aviso que tu papá invirtió mucho dinero para convertirme en la máquina de matar más eficiente de todo el país. He viajado por todo el mundo aprendiendo tácticas de combate cuerpo a cuerpo, manejo de armamento y fabricación de explosivos; por lo que insisto: sería un enorme desperdicio que me tuvieras encerrado aquí, contigo.

—Lo dices como si fuera el mayor de los suplicios.

—No lo es; al contrario, ni siquiera parece trabajo, y eso es lo que me preocupa. Yo soy como era tu papá: no soporto estar en un solo lugar, sin usar las manos.

—Pero estarías usando el cerebro, eso es mucho mejor.

—Sí, claro, para la gente inteligente, pero yo no lo soy.

—Te equivocas.

—Seamos francos: yo soy un simple matón a sueldo.

—Te equivocas una vez más, Genaro; tú eres un hombre sumamente inteligente. Sólo te hace falta tener un poco más de confianza en ti mismo.

—Zúñiga también puede ayudarte; él sí estudió.

—Tengo otros planes para él, no te preocupes por eso.

—¿Entonces quién se va a encargar de los hermanos Romero?

—La última vez que revisé los libros conté más de setecientos elementos trabajando con nosotros, sin contar a policías, políticos y militares que tenemos en nuestra nómina. Sinceramente no puedo creer que entre toda esa gente no haya nadie que se pueda hacer cargo de los hermanos de Baltazar.

—Tienes razón —reconoció el Alacrán—. Supongo que me hace falta delegar responsabilidades.

—¿A quién tenemos trabajando cerca del Tecolote? —preguntó Camelia, sedienta de sangre.

La nota periodística que Facundo García leyó la semana siguiente en su oficina no estaba exenta de ironía.

Decía así:

Empujado por el amargo y tortuoso remordimiento producto de haber asaltado el Banco Rural de su pueblo natal (El Tecolote), Martín Romero Moya, de 31 años, decidió quitarse la vida con dos disparos a la cabeza, el primero entrando por la boca y saliendo por la parte trasera del cuello, mientras que el segundo, mucho más eficaz, entró por un ojo para salir por la nuca, todo esto dentro de la *suite* presidencial de un reconocido hotel de Mazatlán, Sinaloa. El hoy occiso fue visto por última vez con vida caminando por el *lobby* del hotel en compañía de dos sujetos mal encarados, los cuales no fueron capaces de levantar el ánimo tan decaído que invadía a su amigo. El cadáver fue encontrado a la mañana siguiente por la mucama, junto a una pistola Beretta M 1951 calibre nueve milímetros, su nota suicida y una cuarta parte del botín robado al Banco Rural del Tecolote nueve días antes. El agente del Ministerio Público cerró el caso calificándolo inmediatamente como suicidio, mientras que el dinero ha sido devuelto a donde pertenece.

La nota escrita por Martín Romero justo antes de suicidarse implicaba en el asalto al Banco Rural a su hermano mayor, Lucas Romero Moya, de 37 años, quien en estos momentos se encuentra en el área de terapia intensiva de la Cruz Roja, luego de que los frenos de su camioneta Ford le fallaran al transitar por una de las peligrosas curvas ubicadas en la carretera que conecta El Tecolote con la sierra de Los Pinitos.

—¿Estás leyendo lo del suicida que se dispara dos veces? —le preguntó el procurador al teniente, con una sonrisa.

—Usted sabía que esto iba a pasar, ¿cierto? —quiso saber Facundo, levantando la vista del periódico.

—Es lo que pasa cada vez que muere un jefe importante —contestó el procurador, muy quitado de la pena—; se dan esta clase de ajustes.

—Le juro, señor procurador, que yo no estaré tranquilo hasta no tener esposada a esa mentada Camelia la Texana —profirió García, fingiendo indignación con tal de quedar bien con su superior.

—"Desposada", ¿quisiste decir? —le reviró el procurador con una mueca maliciosa.

Mireya, parada junto al refrigerador, le contaba a Camelia chismes relacionados con el mundo de la farándula, mientras ésta picaba cebolla y cilantro, sentada en la mesa de la cocina.

—¿Quién? —exigió saber Camelia.

—¿Conoces al actor Dante Alarcón? —le preguntó Mireya.

—¡A poco ese hombre tan guapo es maricón! —exclamó su amiga, sorprendida.

—Tiene novio y vive con él. Comparten un *pent-house* en la Zona Rosa. A los dos los conocí en México. Muy buenas personas, por cierto —agregó Mireya.

—¡Pero si en la telenovela en la que actúa se le ve tan macho, y luego se da unos besotes con la fulana que sale con él!

—Su novio es un compositor cubano. Toca el piano muy bonito. Cuando estábamos en su casa nos enseñó a Juan y a mí una canción compuesta por él, que, si me la diera a mí, estoy segura de que ganaría en Viña del Mar.

—¿Y por qué no se la pides? Sirve que la incluyes en tu disco.

—Porque ya se la dio a la vieja flaca ésa que sale en la telenovela con Dante.

—Pero esa mujer canta horrible —comentó Camelia.

—¿Y eso qué importa? Lo importante es que está delgada.

—¿Cómo dices que se llama ese compositor? —preguntó Camelia, yendo por papel y lápiz.

—¿Por qué quieres saber? —dijo Mireya, cada vez más arrepentida de haber sacado el tema a colación.

—Quiero hacerle una oferta por esa canción suya.

—No, no te molestes, en serio —casi le rogó Mireya.

—No es ninguna molestia, Mireya. Ahora, dame el nombre del pianista —le ordenó Camelia, perdiendo poco a poco la paciencia.

—Su nombre es Oziel Lara.

—Ya lo tengo. ¿Y la canción?

—*Veredita de oro.*

—Dices que ya te conoce.

—Sí, bueno, me conoce como el Ruiseñor de Caborca, pero sabe que me llamo Mireya.

—Excelente —dijo Camelia, muy tranquila.

El Caimán escuchaba intrigado la plática de las dos mujeres. En eso irrumpió el Alacrán en la cocina, evidentemente molesto.

—¿Me pueden dejar solo con Camelia? —pidió a los invitados.

—Claro —dijo Mireya, aún asustada.

El Caimán no dijo nada; simplemente se fue de ahí, muy seguro de que su esposa sería la futura ganadora del Festival Internacional de la Canción de Viña del Mar.

En una mano el Alacrán llevaba el diario con la nota en la que se mencionaba al ya famoso suicida de los dos balazos. Arrojó el diario a la mesa sobre la que se encontraba su jefa.

Camelia no dijo nada. Simplemente volteó a verlo sin perder la calma. El Alacrán conocía esa mirada; se la había visto a don Antonio cuando estaba realmente enojado.

—¿Ya viste eso? Voy a ser el hazmerreír de todos mis colegas cuando lo lean. Seguramente van a pensar que yo hice ese trabajo tan cochino. Por eso te pedí que me mandaras a hacerlo —el Alacrán justificó de esta manera su coraje.

—Me desilusionas, Genaro. Pareces niño chiquito. ¡Qué importa lo que digan tus amigos matones! ¿Acaso no lo ves? ¡No nos pudieron haber salido mejor las cosas!

—No te entiendo.

—Esta nota está enviando dos mensajes a nuestros colaboradores: por un lado, dice: "Esto es lo que les pasa a los que nos traicionan", y por el otro, deja claro que la policía del estado está de nuestro lado, sin importar lo ridículo de las circunstancias.

—Bueno, no lo había visto de esa manera —reconoció el Alacrán—. ¿Ya ves que no soy tan inteligente? Por eso te dije que no sirvo para dirigir.

—Al contrario, me urge que les des un entrenamiento de sicarios a los muchachos.

—Así se hará. ¿Para cuándo quieres que lo programe?

—Cuanto antes mejor. Y diles que cuando un suicida falla en quedar muerto, con el primer disparo regularmente cambia de parecer respecto de sus ganas de morir.

—Ahora te estás burlando —le hizo ver el Alacrán; Camelia no pudo aguantar la carcajada—. ¿Qué te pasa? —le preguntó a Camelia.

—Es sólo que me asombra que hayan decidido dejar la nota a pesar del cochinero que hicieron en el cuarto.

El Alacrán imaginó entonces la escena ocurrida en la *suite* presidencial del hotel El Zarco, en Mazatlán: Ismael coloca la Beretta en la boca de Martín Romero y acciona el gatillo. Cierra los ojos. Enseguida escucha los gorgoteos de Martín. Abre los ojos y se da cuenta de que el suicida tendrá que dispararse por segunda ocasión. ¿Es eso posible? No le importa. Ismael decide pasarle la Beretta a Fernando, quien muestra más criterio al colocar el cañón en el ojo de Martín, como debió haberse hecho desde un inicio. Aun así, todo su criterio no le alcanza para llevarse la nota suicida con él en lugar de dejarla junto al muerto y prestarse al ridículo nacional.

Principiantes, pensó el Alacrán.

Definitivamente debí haber ido yo, agregó en su mente.

—Tengo un nuevo trabajo para ti —le indicó su jefa.

—¿Qué cosa?

—Necesito que vayas a la Zona Rosa, en la ciudad de México, a ver a este tipo.

—¿Oziel Lara?

—Es un compositor cubano. Tiene una canción titulada *Veredita de oro*; quiere dársela a Mireya para que la cante en el Festival de Viña del Mar, sólo que todavía no lo sabe.

—¿No lo sabe?

—No; haz que lo sepa.

—Entiendo.

—Es urgente.

La tarde siguiente el Alacrán convenció al compositor de entregarle *Veredita de oro* a Mireya, en el balcón de su condominio.

¿Que cómo lo hizo? Muy fácil: sujetándolo de los tobillos y balanceándolo en el aire, con la cabeza apuntando hacia el lejano asfalto, ubicado ocho pisos más abajo.

—¡Suéltalo, salvaje! —le exigía Dante Alarcón, al tiempo que le propinaba manotazos inofensivos al Alacrán en el brazo y en la espalda.

—¿Le hago caso a tu amigo? —le preguntó el mercenario a Oziel Lara.

—¡No! ¡No!

—Entonces, ¿cómo vamos a quedar?

—¡Claro que sí! ¡La gordita va a cantar la canción!

—Su nombre es Mireya Osuna —le aclaró el Alacrán.

UN AÑO MÁS TARDE

(1973)

Luego de conseguir un honroso tercer lugar en el Festival de Viña del Mar, Mireya regresó con Camelia para acompañarla durante la operación de Almita. Ambas se encontraban afuera del quirófano, junto a Emilio, esperando noticias del doctor.

—Verdad que no le va a pasar nada a mi hermanita —preguntó el niño.

—Claro que no, mi amor; pronto van a estar jugando ella y tú en la hacienda —le contestó Mireya.

—Me apena que no te hayas ido de gira por estar aquí conmigo —le dijo Camelia a su amiga.

—Tan sólo la postergamos un poco. En estos momentos necesitas todo el apoyo que podamos darte; a menos que ya no nos quieras junto a ti…

—Al contrario, se los agradezco. Me ha servido de mucho tenerlos a mi lado.

—Nunca te pregunté cómo le hiciste para convencer a Oziel de darme su canción.

—El Alacrán le hizo una oferta imposible de rechazar.

—Me la dio encantado.

—Quiero pedirte otra cosa más —dijo Camelia.

—Lo que sea.

—Que me prometas que si algo me pasa tú te harás cargo de los niños por mí.

—Por supuesto.

Las dos amigas se abrazaron. En ese momento salió el doctor Müller del quirófano, acompañado por el doctor Castillo.

—¿Cómo salió todo, doctor? —lo interrogó Camelia.

—El tratamiento de la tracoma es muy riesgoso; sin embargo, el doctor Müller ha hecho un muy buen trabajo, Camelia.

—Qué bueno, doctor… ¿Y como en cuánto tiempo podremos saber el resultado de la operación?

—Con este procedimiento el resultado es inmediato. Recuperando el conocimiento le quitarán las vendas. Si puede ver, lo hará enseguida.

—¿Me acompañas a la capilla, Mireya?

—Claro.

—Yo también quiero pedirle a Diosito que le regrese la vista a mi hermana —dijo Emilio.

Facundo García no podía creer lo que le informaba Evaristo, su nuevo comandante de confianza, cuando se aproximó a su carro. ¿Cómo era posible que Camelia se hubiera atrevido a ir sola a ese hospital, sin tener siquiera al Alacrán a su lado? Tan sólo con su inseparable amiga Mireya y el pequeño Emilio Varela acompañándola.

¿Me estará retando?, se preguntaba el teniente.

—¿Qué hacemos? —le preguntó Evaristo.

—Iré yo solo.

—¿Está seguro, jefe?

—Sí, no te preocupes.

—¿Le presto mi chaleco?

—No, cómo crees. Dame tus esposas nada más.

Camelia rezaba con devoción por la salud de Alma cuando escuchó los pasos de Facundo García detrás de ella. Sabía de quién se trataba; reconocía el sonido de sus zapatos sobre el piso de linóleo. Por eso terminó de rezar, se persignó y se levantó del altar. No hubo registro de sorpresa en su rostro luego de encarar a García, parado en el umbral de la capilla.

Camelia caminaba tranquilamente hacia él.

—Teniente, debo confesar que me asombra la pasión con la que se entrega a su trabajo, del cual no parece descansar nunca; pero ¿sería mucho pedirle que me arreste tras recibir el resultado de la operación?

—Está bien, Camelia, así lo haré —cedió Facundo, molesto con la sucesora de don Antonio por haberlo acusado de ser un tipo obsesivo, lo cual él estaba seguro de que no era.

—Se lo agradezco —expresó Camelia con frialdad.

El doctor Castillo llegó hasta la capilla. Le informó a Camelia que las enfermeras del hospital estaban listas para quitarle el vendaje a Almita.

—Vamos para allá —dijo Camelia—. Sígame, teniente, no vaya a ser que me le escape —aconsejó con remarcada ironía.

La enfermera procedió a quitarle el vendaje a Almita, quien se encontraba sentada sobre su camilla, no sólo nerviosa, sino temblando.

—¡No! —Almita pegó un alarido.

—¿Qué pasa, hija? —preguntó la enfermera.

—¡No quiero que me las quiten! ¡Por favor! —rogó la niña sacudiendo su menudo cuerpo.

—¿Qué está pasando? —le preguntó Camelia al doctor Castillo, consternada.

—Tiene miedo de ver otra vez —le informó el doctor.

—¿Es normal?

—¿No lo tendría usted?

—Sí, pero ella nos conoce a todos nosotros, ha palpado nuestros rostros, ya sabe qué esperar; además, solía ver cuando estaba muy chiquita, usted lo sabe muy bien; ella perdió la vista por una infección.

—Se equivoca, Camelia; Almita no sabe qué esperar. Por mucho tiempo ella se ha acostumbrado tanto a su mundo de sombras que se siente a gusto en él. Esto es como volver a nacer para ella; le pido que la comprenda.

—Tiene razón, doctor —reconoció Camelia, caminando hasta la camilla—. Mi amor, soy Camelia, aquí estoy contigo, no te va a pasar nada; te quitaremos las vendas cuando lo desees.

—Está bien —dijo Alma, dejando escapar un suspiro—. Pero quítamelas tú —pidió, luego de armarse de valor.

—¿Puedo? —le preguntó Camelia al doctor.

—Adelante.

Camelia procedió a quitarle las vendas a la niña, quien no paraba de temblar. Emilio se encontraba muy asustado también. Mireya sujetaba al niño. Facundo García lo observaba todo desde el pasillo, conmovido por la escena que estaba atestiguando y al mismo tiempo consciente de que se encontraba frente al reto más grande de toda su carrera: vencer sus emociones y arrestar a Camelia una vez terminado esto.

La niña quedó con el rostro descubierto.

—Ahora sí, abre los ojos, hija —le pidió Camelia.

La niña así lo hizo, lentamente. Enseguida posó su vista sobre cada uno de los ahí presentes.

—¡Emilio! ¡Mireya! ¡Camelia! —fue llamando a cada uno por su nombre—. ¡Puedo ver!

En ese momento todos fueron a abrazar a la niña, llorando de alegría.

—Gracias, Dios mío —dijo Facundo, con una lágrima escapando de sus ojos.

Terminaron de festejar y Camelia procedió a darle un beso en la frente a Alma y a Emilio y se despidió de ellos.

—Hijos, quiero que sepan que los amo con todo mi corazón, pero estaré lejos por un tiempo. Mireya se encargará de cuidarlos mientras yo no esté con ustedes —les dijo, limpiándose las lágrimas.

Almita, quien ya había visto al teniente García con su recién recuperada vista, fue capaz de entender perfectamente lo que estaba pasando.

—¡No! —gritó—. ¡No te vayas, mamita! —le rogó, sujetándola.

Emilio no tardó en hacer lo mismo.

La situación se tornó aún más difícil para García, quien de por sí ya tenía suficientes cosas de qué preocuparse; una de ellas, su ex comandante Gustavo Molina, quien recién lo había amenazado con hacer pública la fascinación que sentía por Camelia la Texana.

—Vámonos, mi teniente —le propuso Camelia, luego de llegar hasta él con las manos al frente, como esperando ser esposada y mirándolo fijamente a los ojos; sin embargo, hubo algo en la manera en que la muchacha pronunció su grado que impulsó a Facundo García a dejarse llevar por sus emociones, atenazando a Camelia con sus brazos y plantándole un beso en la boca, el cual fue debidamente correspondido por ella.

—¡Guácala! —expresó Emilio, mientras Mireya y Alma no paraban de aplaudir.

Incluso las enfermeras se emocionaron.

—Lo siento, Camelia, pero me temo que no podré arrestarla —García continuó hablándole de usted a pesar del beso que le acababa de dar a la muchacha.

—¿Por qué?

—Le debo al menos eso por el regalo que me hizo llegar a mi oficina.

—¿De modo que le sirvió el libro que le envié?

—Hice una limpia en la procuraduría basado en él, y ahora que nuestra policía es mucho más eficiente, paradójicamente gracias a usted, me siento capaz de capturarla cualquier día de la semana. El día de hoy será fijada nuestra tercera tregua, pero muy pronto nos volveremos a encontrar —dijo Facundo.

—¿Eso es una promesa o una amenaza, mi teniente?

—No lo sé —respondió García, justo antes de irse.

—¿Qué pasó? —le preguntó Evaristo, al verlo llegar solo.

—Nos vamos.

—¿Por qué?

—Esa muchacha es muy escurridiza. Al parecer se me escapó por la salida de emergencia.

—¡Pero no puede ser, teniente! ¡Si teníamos todas las salidas cubiertas! ¡Voy a ir a ver!

—Evaristo, regresa aquí en este instante —le gritó su teniente.

—¿Qué pasa?

—Debes aprender a respetar una orden; he dicho que nos vamos, y nos vamos a ir.

—Sí, señor.

Justo antes de subir a su carro, García sorprendió a Camelia observándolo desde la ventana del hospital.

Alzó la mano y se despidió.

El Alacrán estacionó el Lincoln y les abrió la puerta a los niños, quienes salieron disparados rumbo a una nevería. Camelia y Mireya caminaron detrás de ellos, por el piso de grava. El Alacrán los esperó afuera. Alerta. Como siempre.

—¿No quieres un helado? —le preguntó Camelia a Mireya.

—Estoy a dieta.

Emilio y Alma se debatían entre los distintos sabores cuando el locutor de la radio anunció un corrido titulado *Contrabando y traición*, el cual estaba programado para escucharse enseguida.

—Quiero una nieve de chocolate en cono —eligió Emilio.

—Yo una de fresa, pero en vaso —aclaró Alma.

"Salieron de San Isidro, procedentes de Tijuana", comenzó a cantar el vocalista.

Camelia sacó un billete grande de su bolsa y pagó los helados de los niños, sin preguntar cuánto era y sin dejar de escuchar la canción, con una mirada de incredulidad ante la increíble semejanza que existía entre los sucesos relatados en el corrido y lo que ella misma había vivido al lado de su primer amor, Emilio Varela. Escuchar el nombre de éste y el suyo fue la confirmación de que había unas cuantas personas que ahora sabían de su vida.

Unos cuantos millones, nada más.

—Quédese con el cambio —habló Camelia.

—¿Usted cree que en verdad exista esa mentada Camelia la Texana? —le preguntó la muchacha que la atendió.

—¿Cómo va a creer en esas cosas, señorita, si los corridos son puro cuento? —contestó la protagonista del éxito musical, cerrándole un ojo a Mireya—. Vámonos, niños.

Seguía sonando la canción cuando salieron de la tienda de helados. Parado al lado del Lincoln los esperaba el fiel Alacrán, con una mano en el arma oculta bajo su saco y mirando de manera retadora a quien se quisiera acercar.

En esos momentos, en el Distrito Federal, el teniente Facundo García, parado en un semáforo, también escuchaba *Contrabando y traición* en el radio de su carro.

Por más que quería, no podía dejar de pensar en Camelia. Se encontraba perdido, atrapado en una guerra que libraban su corazón ardiente y su mente fría.

—¿El amor o el deber? ¿A quién hago caso? ¿A mi corazón o a mi mente? —se preguntó.